一如年少

楚飞——著

湖南文艺出版社
HUNAN LITERATURE AND ART PUBLISHING HOUSE

博集天卷
CS·BOOKY

自序

　　我落笔很快，打字很快，你们一定想不到，这本书的前面十二万字几乎是在上班的地铁上，去出差的的士上，片场监视器的旁边，一个低着头的中年男人，用手机断断续续地敲打出来的。

　　忽然让我自己给自己写一段序，反倒是停了好几天，一个字也写不出。

　　《一如年少》的构思说起来应该是 2016 年的事了。

　　那年九月，我原本准备辞职，去做一些从未做过的事，但没想好具体要做什么。我用了大半个月的时间，带着孩子，去了一些一直想去但没时间去的地方，青海和桂林是其中的两站。

　　这个故事最初就源于阳朔的西街，有一天我们在店里吃饭，旁边一个女歌手在唱歌，其间不断有人来点歌，非常受欢迎，而在同一个场，另一个男生也在唱歌，周边无人，表情很落寞，我去取水果的时候多看了他一眼，旁边的服务生告诉我，你想不到吧，他们是一对恋人。我停留了一下，服务生大概跟我讲了一下他们的生活状况。

　　这两个人就是李琴操和张楠楠最初的原型，可惜我当时没时间听完他们的故事，也没想过要动笔写。后来当我开始想写一个"你永远猜不到他们的生活是怎样的"故事时，我用了他们的身份和职业做背景。

2016 年 11 月的某一天，我拖着行李去国贸附近吃饭，我的朋友张越过生日，她点了一大桌菜，两人开始聊天，不觉间就说到了大学生活，我跟她讲了一段故事。

我大学毕业的时候，和同宿舍的几个铁哥们一起约定，等到 2012 年的 9 月 1 日，我们认识的第十年，大家一起回到天津，去一间我们经常路过、很奢华的酒店里住几晚，看看里面到底有多贵。可是 2012 年很快就来了，当年应允这个承诺的人分别散落在山东、深圳、重庆、法国，大家心里都还记得，却没有勇气去兑现，都很忙，都抽不开身，路途遥远，隔着千山万水。之后再没人提起这件事情。可是，我在 11 月整理邮箱的时候，发现了一封邮件，是 2012 年的 9 月，里面发了很多那家酒店的图片，还说，原来里面也是有烧饼可以吃的，味道很好。

在电脑前，我哭成了傻子。

那年 9 月回到天津的，是那个身在最遥远的法国的同学。一如年少，少年如一，当年一个简单的承诺，却是我们友情世界里最难的难题。

这么多年了，你们还好吗？

我说着说着，完全忘记对面坐着一个跟这群人完全没有关系的姑娘，再一次哭了。

当天晚上我到了上海，住在离虹桥机场很近的一家快捷酒店，打开窗户听飞机起落的声音，听泥头车轧过马路的声音，听酒店楼下小猫发出的孤独的声音。

当时刚转型，我永远猜不到第二天会遇到什么人，碰到什么样的事。于是，我忽然就想写一个让人猜的故事，很简单的想法。当晚就写了第一个两千字，发在了我几乎不更新的个人公众号"楚公子的欲情课"上。

写完，我默默地转到了朋友圈。

第一个读者应该是"老白"白一骢吧，就是拍《暗黑者》和《老九门》的制片人，也是业内公认非常厉害的编剧，我和他是在一次专访时认识的。

老白在朋友圈下面留言说，后来呢？

后来是什么，我也不知道，还写不写我都不知道。但我在上海的那一周，断断续续地更新了好几个两千字，每次更新，老白都来问。

那封信呢，吹去哪儿了？

那封信到底写了啥？

你丫能不能告诉我李琴操怎么样了？

你丫能不能告诉我他们有没有遇到？

你丫能不能告诉我这三个男人到底谁死了？

你丫版权留给我啊！我先举手的啊。

后来我就越来越忙，就没时间搭理他了，匆匆写了个结尾，当时故事里还没有十八岁的张无然。

他也没再搭理我。说散就散的朋友圈友情。

我从来都不会知道，2017年是我人生中说话说得最少的一年，不想说话，也不会说话，沉默寡言，有段时间很想离开北京。我和故事里的北角先生的个性有一点相通，很怕遇到困难，但一旦坚定要做一件事，就不会轻易放弃。

2017年的4月看似很不顺得厉害，在地铁的台阶上崴了脚；挂个窗帘从阳台上跳下来把腰给扭伤了，人生第一次；又得了肠胃炎，半夜痛得浑身发抖，被我的死党陈培背去送急诊，也是人生第一次。

但也是4月，在一个朋友安排的饭局上，遇到了我的偶像赵薇，这是我转做电视剧制片人后第一次遇到她，以前做记者时，我们只是采访与受访者的身份。我们聊得也不多，我喝了很多酒，只记得她说，以后会离这个行业越来越近，还有一句是，想一想当初为什么要做这个行业。

后来我想了想，我之所以进这个圈子，肯定是因为热爱，以前热爱写稿，现在也应该热爱自己的每一个项目。

于是，我把公号里自己写的故事又拿出来看了一眼，决定改成一个长篇试试。

我落笔真的很快，超快，过完五一开始写，到 5 月 20 日左右，我把前面的十二万字写完了。

开始去接触出版社，中间很多编辑看过前面五万字，却因为种种原因，没有谈成。慢慢我知道，肯定是故事还不够好。

心境跟着起起伏伏。

太忙了，我没时间写，也没时间改，于是一拖就拖了两个多月。这期间，我没再看过书稿一眼。

然而，我很幸运，在北京遇到了两个带我入行的贵人，泉泉和小蓝，书很快签给了博集，又遇到了一个很好的编辑蒋淑敏，她对我非常容忍，每次催稿催得都很温柔，从不给人焦虑感。

10 月 8 日，我的一个电视剧项目在横店杀青，当晚我又喝了不少酒，大概喝到凌晨四点的样子。横店下着小雨，我和摄影师林圈圈从万盛街步行到剧组的酒店，酒在路上就慢慢醒了。回到酒店，我没再睡觉，趁着天还没亮，思绪清晰，新写了一个故事大纲给蒋老师，写完就去赶飞机，从上飞机睡到下飞机。

虽然写字很快，但过程也很煎熬，这个时候，我再没想过放弃，因为我很坚定地知道，我要做成这件事。

定稿后我邀请了刘雅瑟当我的书模，她是我心里张无然的不二人选。

我跟刘雅瑟是在九年前她的一个比赛中认识的，后来她给饶雪漫的书拍了插图，当时我开玩笑说，以后若是我也出书了，要帮我拍，她答应了。时间一晃过了九年，我们再次在北京遇到，正好我在写这本书，我想起当年的话，她也很爽快地答应了。

拍摄的那天北京零下十三度，其中一个拍摄地点在后海的溜冰场。书中有一张插图是她躺在冰上，我跟她讲戏，是女主角简翎在失去一切之后，再无所求，眼中空洞无物，为了这一个表情，她在冰上躺了一个小时。

九年，刘雅瑟已经蜕变成了一个优秀的好演员，我极力向每一位制片人、导演推荐，这么好的演员，应该可以有更好的未来。

有幸邀请到熊梓淇来帮我拍摄书中"北角先生"的角色，他眼里的少年气，是我一直羡慕的，不管我在什么场合遇到他，他眼睛里散发出来的光芒，从未让我失望过。

我和熊老师是在合作电视剧《国民老公》的时候认识的，我是这部剧的制片人。当时他的老板周昊先生推荐他来演男一的时候，我决定去苏州片场探班，当天看他演了一下午戏，晚上又去喝了点酒，我才第一次知道什么叫"老天爷赏饭吃"。

他太忙了，一直到今年开年我才"抓"到他来拍摄，此时已经接近开春。其实拍摄当天的最后，我把他"赶"到一个地下人行通道，反反复复让他从通道走上走下地抓拍，也尝试拍了很多剪影。只是考虑到印刷的效果，最终都没用，但如果是影像，那真的是非常好的一个场景。

嗯，只能当作私人珍藏了。如果第二版卖过五万册，我会考虑以其他形式公开。

开个玩笑。熊老师是我心里永远的少年，他会越来越红，他的努力，值得。

好了，《一如年少》前后的创作过程大抵就是这样，其实没有太多可表述的。

要感谢的人实在太多了，以上提到的张越、陈培、老白、泉泉、小蓝、淑敏、刘雅瑟自然是不用多说，特别感恩。还有博集的邢老师，也是我的贵人，第一次吃饭还是她买的单，之后竟然没有机会回请。此外还有，拍插图时无私帮我的男男，大冬天帮我跑了无数个地方去找拍摄地；帮我到处刷脸借衣服的艺娇；带着团队帮我拍了一整天的美少女林圈圈小姐，一个非常优秀的摄影师。

感谢为我写推荐的韩杰导演、张一白导演，你们都很爽快。

这本书还要特别鸣谢两个人，一个是以前跟我同在腾讯娱乐记者组的同事喻德术，在北京他给了我最多的温暖和鼓励，也带我喝了最多的酒，他媳妇说她见他的时间比我少；另一个是我的贵妇朋友任荔小姐，我对她的生活一无所知，可是却能无话不谈，在这繁忙的生活里，还跟我喝了几次咖啡，书的每一稿她都看了，看得非常认真，并且给了许多被我吸收了的意见。

最后想说的是，这个故事是虚构的，如有雷同，纯属巧合。

一个即将三十五岁的中年男人写了第一本书，我知道还有很大的空间去进步，因为是第一本，所以我比较能原谅自己。

我在北京住在立水桥，每天坐地铁去上班，有时候尘土满面，有时候会扬起头看着蓝天，阳光就落在我的脸上，生命如此美好，我会迅速地溶入人潮里去，被人潮淹没，才不会那么孤独。

故事是虚构的，可是这滚滚红尘，却真实存在于我们的生活之中，星辰与大海，永远对它有渴望。也希望看完这个故事之后的你们，继续渴望这滚滚红尘。

楚飞

2018 年 2 月 4 日

写于立春日

目录

contents

失心游乐场

如果你找到了简翎，

如果你还爱她，

请你离开她。

1

2017 年，北京。

九月未央。但北角先生的心里已经长满了野草，风乍起的时候，他眼里看到的已是秋天的萧条。

北角今年三十七岁，在北京东二环内有一套一百一十平方米的大两居室，如今寸土寸金的北京城房产每日一价，更显得当年他决定买房很英明，这套房的银行贷款不多，月供没有任何压力，这对现在的年轻人来讲，简直是不可思议的一件事。可对于北角而言，没什么了不起，从十九岁考到北京读大学，他在北京生活了十八年，但也并没有因此对北京多了安全感和归属感。

北角对房子的要求比较苛刻，必须是正南向，客厅和阳台、卧室都朝南，厨房必须是开放式的，和客厅连在一起。他喜欢在正午时分，有阳光照进厨房，他正在做饭，把洗得干净漂亮切成片的番茄一片片拿起来，对准太阳光，它们薄而透亮。通常这个时候，他的女朋友会从卧室里出来，穿着他硕大的白衬衣，依偎在门边看着他，嘴角含笑，他把生的番茄片塞进她的嘴里，两人相视而笑，然后在阳光下疯狂地缠绵。

在这座人潮汹涌的城市里，北角过着这样灿烂而自知的生活。

在北京生活的十八年，他有过三个女朋友，算下来他已经很长情了，平均大约每六年一个，每一个谈的时间都很长，长到他身边的人都觉得他是变异了的射手座，不花心，不滥交，不符合朋友们对射手座的人设，每交一个女朋友，朋友们都以为他是要和她结婚的。

北角很宠爱他的女朋友们，从不忍心让她们下厨，除了工作，他的爱好就是待在厨房。舍不得她们手洗衣服，连让她们在阳台晾晒衣服他都舍不得，因为他觉得女生的手就应该是柔软光滑的，不要碰任何化工品，不该染任何俗世尘埃。他也很慷慨，他的女朋友们都绑定过他的信用卡，刷多少或者把卡刷爆，他从未说过一个不字。第一任女朋友，北角甚至为了她，将房子大装修，把大两房改成了小三房，其中一间变成了她的衣帽间。

可是，他的宠爱，都没能留住她们，没有人愿意和他结婚。

一切都因为他身上长了两个牙印。

这两个牙印，一个在胸口，一个在臀部，一深一浅，一到秋天，牙印就异常清晰，呈现出一种奇怪的血红色，时常伴有疼痛感，每次洗完澡北角站在镜子前，它们就像两朵即将要盛开的红雪莲，隐约涌出鲜红欲喷的血，在他的身体上逐步往上蔓延开来，像是要吞噬他的双眼。浴室水蒸气的烟雾中，站在镜子前孤独的北角，害怕和自己的眼神交会。

但这往往只是一瞬间而已，除了真实的疼痛感，其他的都是假的，更像他的假想。

北角的女朋友们都很好奇。

他从不与人说。但也有例外，北角每一次和女朋友做爱都非常投入，只有在这个时候，他会有只言片语。他说是前任留下的，轻描淡写，他以为这是个很好的解释，听上去既坦诚又无从考究，但她们往往会更有兴致，继续热烈地追问为什么这两个牙印会这么深刻，深刻得像胎记一样。

"它们是我的灵魂。"有一次北角脱口而出，这句话把他自己都吓到了。

说完，他光着身子从床上爬下来喝了一大口水，他的若无其事，却在女朋友的心里种下了"它是你的灵魂而我不是"的错觉，当天晚上，他们就分手了。这是北角的第一任女朋友，她走的时候对北角说："不是我不够爱你，也不是我觉得你不爱我，而是从一开始，我们的爱就不对等。"

第二任女朋友知道他是那种如果选择不开口就什么都不会说的性子，所以她对这两个牙印的故事并未显得兴致盎然。她知道，要接受北角这个人，就得无条件地接受这两个牙印的存在，就当它是北角身体的胎记吧。她也的确这样做了，有好几年他们相爱得如同一个人，北角一直想着如何向她求婚。

直到有一次缠绵之后，她抚摸着他胸口上的伤口问："北角，你还会疼吗？"

北角轻轻地抚摸着她的长发，在暗淡的灯光下，发丝依然青光发亮。他摇摇头。

"可是，我觉得好疼。"她眼里泪水充盈，继续抚摸着北角的伤口，忽然，她扑上去，张开嘴，对着旧伤口就是一口，她咬的力度很小，但北角却疼痛得无以复加，一脚就把她从床上踹了下去。那一脚很重，她的额头碰到了书桌角，血从她的额头流下来，染红了白色的地毯。

北角意识到自己的行为太过恶劣，他下床去拥抱着她，为她包扎额头的伤，空气变得很沉默，两个人都不知道要说什么，好像这几年的情分在这一瞬间被蒸发了。

第二天她不辞而别，之后他们再没见过。很长一段时间里，北角会半夜起来，打开抽屉，盯着一个戒指盒，那是他特意在一个周末飞去香港买的蒂芙尼对戒。他以为自己不久就会结婚了。

在一个阳光温煦的午后，他把这对不属于他的戒指，抛进了大海。

第三任女朋友，是在他三十岁生日那天确定关系的，她叫安，全名叫安夏。安比北角之前的两任女朋友都要安静，和她的名字一样。安从不过问北角胸口的伤口，不过问他的钱财，也不过问他的情史，一次都没有。他们像是两个独立生活在一起的个体。对于一个变异了的射手座来讲，安的这些反常反而让北角对她有一种迷恋。

安在等北角自己开口，她相信，如果一个男人真的爱自己，一定会坦承。

可她高估了北角，这个男人生性软弱，害怕辜负，更害怕被辜负，如果有一个让他温暖舒适又不问过往的人可以过一辈子，他一定会欣然接受，他一度以为安就是那个人。

三十七岁的时候，北角和安夏已经在一起七年了。他在二十岁时给自己定下来的人生目标是三十五岁结婚，成为一个可以在北京立足且有身份有地位的人，虽然晚了一点，但他做到了，在北京精准地实现了人生规划。

现在，他只缺婚姻，可能还缺一个孩子。

求婚很突然，那天，北角带着无比灿烂的笑容，在接安下班的途中向她跪地求婚。可安却只是流着眼泪对他说："你的内心还有太多的不敢，我们还不适合结婚，我想等，我等得起，可是我不知道你能不能等得起。"

她说出来的每个字，比北角每一次轻描淡写都更轻更淡，但这些字，就像北京四月突然飘进人喉舌里的杨絮，干涩，难以下咽。北角问安是不是也介意他身上的两个伤口，安抱着他默默流泪不说话，天空忽然下起大雨，车一辆辆从他们身边飞驰而过，两人抱头痛哭，从此各安天涯。

"我会等你。"安在搬出公寓之前对他说，"从前我不想太介入你的生活，就是知道有一天我们会分开，这样可以洒脱地走。你知道吗？北角，在北京这样的城市，没有爱，是活不下去的。你不爱我，也没有真正地爱上过谁，如果不能真心，我们始终只是两个孤独的人而已，我看不到我想要的未来。你说过的，你的身体还住着其他灵魂，你不释放它们，它们就会缠绕你一生一世，不得安宁。"

北角低着头："安夏，我觉得欠你很多。"

"你不欠我，我也不欠你，谁也不欠谁。我们年轻时的终极理想生活应该就是，和所有睡过的人都互不相欠。如果你真的觉得亏欠了，你可能真的爱上了一个人，但那个人不是我。"

安最后和他拥吻告别。

北角细细地咀嚼了她最后说的几句话。对啊，和所有我们睡过的人都互不相欠，听上去是那么肆意洒脱的人生，可是没有几个人能真正做到。

这一次的失恋分手，北角没去买醉，三里屯的酒吧现在一点吸引力都没有。和过去一样，他每天西装革履地去上班，每一根头发都被发胶固定好，一丝不苟，他是每日出入国贸最高端场所的成功金融人士，会根据每天谈判对象的不同、出席场合的不同而搭配不同的衣服，开会时滔滔不绝，签文件时快准狠，对下属没有多余的废话，对领导不溜须拍马，活得不卑不亢。

这是北角一直努力想要成为的人。

只有晚上不同，他站在浴室的镜子前，看着胸口和臀部的伤口，它们每时每刻都有可能像一朵即将要盛开的红雪莲，璀璨妖艳，绝境生花。

三任女朋友都离他而去，每一个他都以为只要自己用力气去爱，就一定会有结果，但原来她们都介意，介意那两个北角这辈子都不愿意再提及的伤口。他不说，所有的女人都以为她们输给了这段故事，输给了故事里的某个女人，她们以为北角走不出伤口的回忆，她们的安全感丧失，因为这些伤口会像不定时的炸弹，在某一天，可能会突然爆炸，没有人可以全身而退。

以为时间可以忘却的，却最终被时间摧毁。镜子里的北角，那张脸，那副身躯，陌生得不像是他。

砰。他一拳打在了镜子上，破碎的玻璃划破了手，血流成河，他蹲在了地上。安的话让他明白，如果不主动走出心魔，他这一生，永远没有机会再去爱上其他人。

2

尽管伤心难过，北角的生活依然没有任何改变，爱情对他来说，本就是一件没有想明白的事情，他要的只是精准无误差的生活。

如果没有收到那封匿名的邮件，北角还会按部就班地生活下去。

过去的三个女人都没有摧毁他的生活，可这封邮件的到来，却让他坐立难安。

九月中旬的一天，北角刚刚结束所有的宣讲，公司今年要进一批海外留学生，他负责招聘组这个项目。身心俱疲的他躺在办公室，拉上百叶窗帘，眯着眼。这时，电脑屏幕亮了，弹窗提醒他收到一封新邮件。北角是个非常注重细节的人，任何邮件，他都会第一时间处理，这是他比常人厉害的地方。

邮件是匿名的，点开，里面只有一句话："你不知道，从什么时候开始，你已不复勇往。"这句话像是一剂深夜心灵鸡汤，北角眯着眼，一边看一边笑了笑，这样的邮件经常收到。正要关掉时才发现，邮件往下翻，后面还配有一张图，是一只孔雀，孔雀的身体是彩色的，眼睛紧闭，尾巴却是黑白色的，看上去像是受了伤。

北角盯着这只孔雀看了足足十分钟，一动不动，身体的两个伤口在此时像是有千军万马在奔腾，他的双眼充满了血丝，那种突如其来的疼痛感和撕扯，让他不知所措。他疯了一般排查自己邮箱所有的往来邮件，很快他发现，这个匿名用户在此之前曾给他发过三封邮件，都是只有一句话，只是因为没有配这张带有孔雀的图，全部被他当作垃圾邮件忽略了。

四个窗口，把这四封邮件并列在一起，虽然都只有一句话，但是串起来，却像一把火一样，烧在他的心上，燃尽所有枯荣，春风吹又生。

北角迅速地排查到第一封来自五年前的邮件,IP定位显示是广西阳朔,这封邮件写的是:"万水千山不可见,你的爱人呢?"但第一封邮件和之后的三封邮件,相隔了约四年,而后面三封邮件,都是在这一个月内以每周一封的频率,密集地发给他。

第二封邮件写着"最危险的地方最安全,最害怕的地方最无害",第三封邮件则是"你相信世界上还有另外一个你吗?"。

而第四封邮件配的图是一只尾部受伤的孔雀,这个含义只有北角能看懂,孔雀尾巴就是孔雀翎的意思,十九年前,他的初恋情人简翎,正是这孔雀翎的翎,简翎是十九年前那场浩劫里最大的受害者。

现在看来,这四封邮件,每一字每一句都犹如晨钟暮鼓般沉重。

北角又迅速地排查了一下最近三封邮件的IP,均显示来自广西桂林一所名叫近海中学的学校。近海中学?他马上上网搜索这所学校,但所有的关键词搜索都显示查无此信息,桂林没有一所叫近海中学的学校。

这些都不是重点。此时此刻,他最想知道的是,简翎是不是过得不好?十九年过去了,她过着什么样的生活?有没有从那场浩劫里走出来?

心顿时很痛很痛,心里有了千万种猜想。他原本以为只要永远不提十九年前的往事,努力将自己活成另外一种人生,就可以将那场浩劫彻底忘记,就可以彻底将故事里的每一个人遗忘。可此时他才发现,原来这十九年来,他所谓的遗忘,不过是自欺欺人。

当年自己逃离后,这些故事里的人,他们过着怎样的人生?

头开始痛起来,伴随两个伤口带来的疼痛感,他把自己的身体埋进了沙发里。他想起安离开时说的那句话:"你的身体还住着其他灵魂,你不释放它们,他们就会缠绕你一生一世,不得安宁。"

他陷入了深思,工作这么久,第一次发现在做一个抉择的时候是如此痛苦。

北角把辞职报告给了上司，上司用一种听上去极为冷淡的口吻对他说："Steven Bei，你这个决定太任性。"

不算挽留，也几乎没有寒暄与告别，第二天北角就离开了这栋位于国贸最繁华地带的金融大厦。很早之前，北角就告诉跟了他三年的秘书，等他辞职后，把工位上所有的东西都扔掉，不要哭，北角除了将她安排到另一个跟他关系还不错的经理身边工作之外，也做不到其他的。

本来还有一年的时间，三十七岁的北角，即将成为这家排名靠前的世界五百强外企里的大中华区的副总裁。可他等不了了，安的离开，让他重新审视了自己，还有这四封邮件的突然到来，打乱了他现在的生活，虽然他还没想清楚自己到底要做什么，但他已无心工作。

辞职并未让他有一丝的颓废与不安，他只是不太确定自己是否真的有勇气去做那件事，第四封邮件正是他此时心态的真实写照——你不知道，从什么时候开始，你已不复勇往。

不复勇往，多么残忍的四个字，十九年前他就逃离了战场，哪有资格说不复勇往。

和安分开的第十天，他疯狂地想念安，想起她温柔的长发，还有两片温热的嘴唇，想起她说的那句"和所有睡过的人互不相欠"，这句话像一把刀一样划过北角的胸口，锋利无比。

安和自己互不相欠了吗？我们和所有曾经爱过睡过的人在分手的时候互不相欠，就能安度余生了吗？北角想到这里，忍不住给安打电话，可是在电话里他一句话也说不出来，这种感觉就是最熟悉的陌生人。

安先开的口。"北角，你以后不要给我打电话了，去做你想做的事情。"她温柔地说，"等你做完了，如果你还来北京，哪怕你一无所有，我也会等你，好吗？"

北角听到她在那边无声地哭泣，他不知道为什么要打这个电话，可能他真的觉得亏欠了她，因为亏欠，所以爱得更深。

辞职之后在家里疯狂地睡了一个礼拜，这期间不少同事约他送行，他都一一拒绝，又有朋友知道他和安分开了，发微信来责问为什么，还有几个狐朋狗友直接给他发了三里屯酒吧的定位，他一条都没回。

长在胸口和臀部的伤疤，在这样分不清日与夜的时光里，如同两个人在打架，伤口的每一条纹理都深邃如刻痕，闭着眼，用颤抖的手去触摸，像弹簧一样立刻又弹回来，仿佛将自己推向一个巨大的恐惧里。北角在这个恐惧旋涡里看到了一张张曾经在他生命中出现过的面孔，不等他伸出手，他们就消失了。

这两个伤口时常会让他产生莫须有的幻觉，又在短暂的清晰之后幻灭。

北角挣扎着从梦里醒来，跑到客厅打开饮水机，接连喝了好几杯水，阳光直射在他的脸上，不知道那些泪痕在强烈又美好的光线下，是否能被遮掩。他逃避了十九年的岁月，那场十八岁浩劫的后遗症，毫无征兆地在这一个月内开始重新发芽，破土而出，野蛮生长。

这时电话响了，是中介公司的电话，他在辞职后的第二天就去房产中介把房子信息挂了出去。中介告诉他，有人看中了他的房子，七百五十万元可以成交，只要他本人过去签字即可。

下午他就去签了字，把这套房子卖了。三个月后，房子的尾款就会到账，加上这些年的积蓄，北角的银行卡里，有了一长串数字，是他在北京奋斗十多年的全部，也是他第一次感受到除了钱之外一无所有的孤独。这种孤独感强迫他必须马上离开北京，否则他不知道自己会不会被如此糟糕的情绪所吞没。

房子空出来的第二天，北角拎着行李飞往了法国。去之前他又忍不住给安发了一条微信，想来想去也不知道说什么好，最后只告诉她，如果需要钱可以随时找他，钱最实在，可是却不带任何温度了。

等北角飞完长达十个小时的飞程开机后，安的对话框仍然是空白，没有新的回复。

他没去人山人海的巴黎，而是选择去了尼斯。

在尼斯的海岸线安静地待了三天，北角什么都没想，面朝蓝天大海，九月的海风和强烈的紫外线，他将自己的身体像丢一件废弃品一样丢弃在沙滩上暴晒，第二天全身皮肤就开始脱皮泛红，他真切地领悟到什么叫作"时间是怎么样爬过了我皮肤，只有我自己最清楚"的疼痛。暴晒三天后，他已经认不出镜子中的自己，黝黑憔悴，像非洲难民，如果跟十九年前的自己比起来，此刻的他像是经历了万世的流离失所。

时间有时候是春药，有时候是毒药。北角露出了一丝满意邪魅的笑容，他想让自己变得更加不像自己，最好自己都认不出自己，他这十九年追求的，就是一副和自己不相干的皮囊。

在尼斯待了三天，北角去到了昂蒂布，昂蒂布位于法国东南角，海的沿岸线有许多莫奈、毕加索的作品，艺术家最爱的旅居之地。一对和他曾经有业务往来的中国夫妻收留了他，这对夫妻在三年前移民法国，在昂蒂布租了一块私人沙滩，平时带人练习海底潜泳，生活简单而有情趣。在昂蒂布三天的时间里，北角依然每天只是暴晒，主人也不干扰他，每日吃的用的都准备好送过来。

昂蒂布的私人沙滩纯净美好，离开之前，北角才想到要下水。

朋友把他带去了一个隐蔽的跳水台，北角站在上面，可以看到海底的整个世界，纯蓝的海水与天一色，朋友建议他在这里一定要裸泳："等你离开了昂蒂布，你就不会这样自在了。"

于是，北角赤裸着身子，纵身跳进了这片海，从头皮到脚趾，咸咸的海水猛烈地侵入到他身体的每一个细胞，腐蚀着他的皮肤，像是被鞭打一顿之后用盐水侵蚀，这种大喊到失声的痛令他一生难忘，唯有浮潜时看到的海底世界的美好，才能安慰到他。痛感猛烈袭击他的时候，他的眼睛看到了海底的生物，那画面太震撼，它们活得如此自在，而人类，却总有悲悯在心头。

他的内心更加坚定了一些。

告别昂蒂布之前，北角去买了一次醉，一个人喝得酩酊大醉，喝到地老天荒，倒在一个菜市场的角落里睡着了，第二天被一个黑人用一棵洋白菜砸醒来的时候，他手里还抱着一个酒瓶不肯松手。

"你哭得很惨啊，"黑人大哥说，"不知道你在哭什么。"

北角狐疑地看着黑人大哥，回想起昨晚买醉，大概是舍不得那瓶昂贵的酒吧。

为什么要来法国？北角在离开之前想清楚了这个问题，他追求的竟然是易容般切肤的疼痛，想要找到一些勇气和过去告别。在从尼斯到巴黎的火车上，他一路睡得昏昏沉沉，他很难过，因为他已经不想念北京，不想念工作，也不想念安了。安说得对，他们经不起分离，没有互相亏欠感，或许就是从未真正相爱。

时间将过往磨成了一张发旧的卡带，岁月和所有的故事一样，过去了就立刻陈旧了。

北角从巴黎回到北京之后，大病一场。

事实上，因为房子被卖掉了，在北京已无家可归，他从东边的酒店住到北边的酒店，在生病的日子里，一个人猫在酒店里簌簌发抖，暗无天日，有点像《挪威的森林》里的渡边君，在他失去一切之后，裹着一个麻布袋开始流浪。

病终于好了，北角又决定去趟青海，当即就买了机票，那是他多年想去却没有时间去的地方。到了西宁，在机场租了一辆车直接开去了坎布拉森林公园，然后一直往西开，沿途是大片大片空旷的草地和无尽的青海湖。

九月的青海已经很冷了，风像是从遥远的地方远远地吹来，吹得脖子生痛，路边成群的牦牛和藏羚羊很从容，它们淡泊，真正与世无争。北角穿上了厚厚的冲锋衣，虽然很冷，虽然高原反应折磨着他，但他还是坚持把车开到了茶卡盐湖，一路上用了五罐氧气。

茶卡盐湖，天空之镜。

北角裹着大衣，沉默地站了一上午，流浪了好几日未洗的头发，如一把枯草，大病初愈的身体，裹在硕大的风衣里，看起来更显单薄无力。有那么一瞬间，他是没有魂魄的。

他不确定自己在等什么。等白云苍狗，苍狗又白云。

有些事，真的只有流浪了才会懂。北角看着远方，天空之镜无尽，无尽的天空之镜，让他终于做了一个决定。

从前轻狂逃不掉，那段尘封了十九年的往事，哪怕他已经人到中年，还是躲不掉。就像安说的，不把自己从这些往事和伤痛里释放出来，他没有资格去爱任何人，也不会真正爱上任何人。

再见，安；再见，茶卡盐湖；再见，天空之镜。

也许，再也不见。

3

"最危险的地方最安全，最害怕的地方最无害"，这是北角收到的第二封邮件的内容，对他来说，这十九年最危险和最害怕的地方，只有那个逃离了十九年的故乡。

于是，他回到了青木镇。

青木镇是南方中部的一座小镇，青翠的松柏环绕，大片大片的泡桐树，泡桐在夏季开出白色或紫色的花，有淡淡的幽香，但泡桐一到秋季就会迅速凋落，大约只有在南方才能生长，在北方少见。除了有一条主街道的大马路之外，青木镇的最大特色就是，青石板铺就的小路遍布了整个小镇的每个角落，陌生人路过很容易迷失，但这恰好是北角小时候觉得最好玩的地方，穿梭在青石板路的丛林里，寻找生活的乐趣。

　　一个行李箱，一个小背包，一件藏青色的薄长风衣，胡子拉碴的北角出现在青木镇上，他看上去像一个过客，跟这个他曾经生活了十八年的小镇，已经没有一丝吻合的气质了。

　　他在镇上的街尾找了一家小旅馆，要了一间最好的房，老板问他要住多久，他只说不知道，待够了就走。虽然离开了十九年，镇上的人早已遗忘了他，但他对青木镇却不陌生，那些夹杂在夜晚空气里飘来的小镇气味，是不会变的。

　　北角的出现，没有引起任何人的注意，晚上他会搬一张竹椅和老板坐在门口乘凉，店门口有大群的人每天在讲镇上或者邻镇的乡村野史。他通常戴着一顶帽子，遮住了大半张脸，身体轻飘飘的，看上去像是要成仙了一样。他说着一口纯正的京腔，所有的人都以为他来自北京，他确实不会说青木镇的方言了，但还能听懂，有时候听人们说到熟悉的名字时，他会有些细微的反应，但没人察觉到。

　　镇上的人都把他当成一个失恋的北京青年来南方旅游，路过这里。十九年，岁月早已将他易容成了另外一个人，真可笑。

　　青石板路基本还保留着当初的旧模样，有些地方年久失修，慢慢不再有人行走，碰到下雨天，光滑苍翠的青苔遍地，满目疮痍。青木镇上以前有一个破旧的火车站，最后一辆绿皮火车停开之后，小站就废弃了，新修的高铁不在这里经停，轨道生锈，金黄色的锈斑如同西下的夕阳之色，散发着被遗弃的绝望。火车站原本是小镇运输经济链的重要输出口，自从废弃之后就成了荒地，人烟稀少。小镇的人们在接受新时代的变化，他们最善于遗忘。

　　老板每天都饶有兴致地跟他讲镇上发生的大小事，大部分话题北角都觉得很无趣，有时候他已经离开，老板仍然在自言自语。

　　但是这一天，老板告诉他，住在东边的青木首富的儿子下个月要结婚了。

北角停下正在翻书的手："哦，首富的儿子结婚，排场应该很大吧。"

"那是自然喽，据说接亲队伍都是清一色的奔驰，女方家早就去市里订车去喽。不过他是二婚，二婚……嘿嘿，还搞这么大排场。"老板明显带着不屑，"年轻人，我问你，圣诞节是哪天？"

"12月25日。"

"这是个洋人的节日吧，女方是从英国留学回来的，说是要在圣诞节的前一晚结婚，叫作平安夜，图个平安，真是搞不懂你们年轻人的节日。"老板埋头给花浇水。

"他儿子要娶的人也很有钱吗？"北角继续和老板聊天，有一句没一句。

老板扶了扶老花镜，也没看他，回答说："首富家有多少钱没人知道，但他儿子林觉娶的是县长家的千金，这次联姻之后，这个龟孙子的生意版图应该会更大了，去年还入选了县里的十大优秀青年，新闻都报道过，女方家里很有背景的。"

北角的嘴角不由自主地微张了一下，又问："首富儿子的第一任老婆呢？"

"别提了，那是一对冤家，两人经常吵架，后来就离了，据说是女方生不出崽来，一直也没生孩子。"老板说，"我们这个公子哥的脾气可不太好，十几岁的时候还差一点坐牢。"

手上的青筋抽动了一下，但他只继续翻书，老板以为他没有兴趣听，嘴上却没停。老板又说，林觉年轻时是镇上一霸，吃喝嫖赌每样都沾，后来好了很多，经商几年，混得风生水起。

"发生了什么事要坐牢这么严重？"看上去只是随意挑了一句问，但北角的问题又回到了之前的话题。

"这小子命好，他老爹找人顶了包替他坐了三年牢，他什么事都没有。"老板说。

"替他坐牢的又是谁？"北角尽量将声音压低。

老板好像感受到了什么，回过头来看了一眼北角，放下了手里的水壶，往东边的方向看了看，说："这是一桩陈年旧事，过去得有小二十年了吧，记忆都模糊了。替他坐牢的娃叫张楠楠，也是我们镇上的小孩，坐了三年牢，出来后这伢子就变了个人，出去打工。十几年没回来过一次，一次都没有，心也够狠的，家里人也不知道他在哪儿，是有点惨。"老板一开始还有点若有所思，逐渐变得像在背一本小镇的年历，没有一丝情感，因为他面对的听客，对这个小镇来说，不过是个过路人而已。

北角上了楼，点了一根烟。

张楠楠替林觉坐了三年牢？到底发生了什么？他在那场浩劫中不是快死了吗？为什么最后坐牢的人是他而不是林觉？这么多疑问在北角的脑海里像反复循环，张楠楠瘦小的身子是从死神手里抢回来的，又去受三年的牢狱之灾，他还能活着？

此时的青木镇，安静得一点杂音都没有，十月初的夜风里有某种黑色颗粒杂质，令人不寒而栗。

十九年的年岁足以改变太多。离开时他还是十八岁的少年，十九年后回来，却道此乡是异乡，好在他是个没有乡愁的人。过去的十九年，他努力把自己活得像一个北方男人，努力地改变自己的容貌和气质，把十八岁之前的故事很好地掩埋着。

可他最终还是回到了这里。这是宿命一场，宿命里有的，不管如何斗转星移，都无法改变。

北角叹了一口气，直到回到青木镇，他才知道，这十九年的岁月，自己从未走出来过。岁寒无与同，蝴蝶永远飞不过沧海。

回青木镇有些地方必须要去走一遭，也许能找到某些答案，虽然他不确定。

北角问老板镇上有哪些五保户人家，老板不假思索地就把人名全部告诉了他，如他所料，这其中就有简家。青木镇是一个有很多姓氏的地方，以林、萧两大姓为主，简家只是小户人家，非常容易辨认。

"这户人家只有一个老太太，很穷苦，老太太很倔强，只愿意拿镇上的五保户补贴，其他政府的福利她都不要。"老板只当北角是想做善事，便给他指了路，又告诉他水果店和杂货店怎么走。

天色将暗，北角走向了简家，泡桐的树叶开始变黄凋落，世间，只有泡桐最是一叶知秋。

这条路太漫长了，每往前走一步，北角都能清晰地听到自己脚步落地的声音，无比沉重，他的眼睛慢慢地起了雾水，心里百般滋味。只有他知道，现在正在走的这条路，是他十九年前最开心的时光，是他在青木镇存活着的希望。如今，这条路他已经十九年没有走过了。

到了一座有点破旧的青砖大宅门口，北角停下来，虽然房子很旧，但主人还是很讲究地在门口挂了"简宅"的灯笼。大门半掩着，简家只有七十五岁的奶奶一人独居，北角看着这扇半掩的门很难过，奶奶一定是在等待着谁归来，等待着有朝一日，谁来推开这扇门。

深呼吸一口气，他推开门，院子里也有一棵泡桐，长得异常笔直，旁逸斜出的枝丫开散得齐整有序，这是院子里唯一有生气的事物。泡桐最矮的枝头挂着另一盏灯笼，随风轻盈地飘散着一点点烟火气，证明这户人家尚有人在住。

北角顺着光线往房子里看，轻声地叫了一声："奶奶，你在家吗？"

没人应答。

"奶奶在家吗？"他又喊了一声，声音却很弱，弱得连自己都要听不见了，但房内传来了一点动静。

等了好一会儿，院子里堂屋的大门才打开，七十五岁的简奶奶从里面走了出来。

"你找谁？"简奶奶的声音也很轻，她的眼睛看上去不那么灵光，挂着拐杖摸着身边的门框，才走到北角身边。

北角强忍着眼里的泪水："奶奶，你还好吗？"

简奶奶认不出北角，也辨别不出他的声音，这陌生的口音不像是本地人："孩子，你是不是走错门了，这里是简家。"

北角伸手去扶住老人。

"奶奶，我是小暮。"他的声音开始颤抖。简奶奶瞪大了双眼看着他，良久，她摆摆手，她似乎想不起这个名字。

"我是萧青暮。"北角哽咽了，萧青暮这个名字，他已经有十九年再未提起过，整个小镇也遗忘了这个名字，奶奶年事已高，一时想不起。

北角害怕这种冰冷的感觉，马上转移话题，也是他来简家的重点："奶奶，简翎……在家吗？"

简奶奶原本枯如草灯的双眼，出现了一丝光亮，但很快又灭了，她缓慢地走到泡桐树下靠着，等了很久，老人才缓缓地吐了一口气说道："小暮，真的是你吗？你和小翎从来都没有联系过吗？"

北角摇摇头。

"小翎也没有联系过你，对吗？"老人又问，她的眼里是混浊冷清的泪水。

北角"嗯"了一句。

"你们这两个孩子的心啊，都太狠了。"简奶奶擦了擦眼泪，她告诉北角，简翎在过去的十九年里只回过青木镇一次，之后就再也没有回来过，一年半载偶尔有一个电话，但从来不让家里知道她在哪儿，过得好不好，有没有结婚生子，都没有人知道。"也不知道她上辈子造了什么孽，现在有家不能归，这一辈子怕是再难相见喽。"简奶奶从衣兜里掏出手绢，擦拭着眼睛，她就这么一个孙女。

北角问简奶奶有没有可能知道简翎的去处，她摇摇头，这是北角最害怕的答案，简奶奶没有必要隐瞒他，如果她知道的话。

"小暮，你走吧，小翎不会再回来了。你们的命都苦，都是苦命的孩子。"简奶奶也没有多余的话。

北角从包里拿出一个信封，里面有三万块，他把信封放在简奶奶手里，但简奶奶把信封又塞了回来，她告诉北角她不缺钱，她在镇上信用社有个账户，每个月都会进来一笔钱。"这是小翎在告诉我，她还活着，让我不要惦记她。我知道，这个地方，她是回不来了。"

回不来了，北角的嘴唇抽搐了一下，这个地方他不能久待，他害怕。

简奶奶忽然想起什么来，让北角等等，她转身回到房里，出来的时候手里也拿着一个信封。这个信封被南方湿润的空气侵蚀多年，封皮早已发黄，薄弱得好像随时会被风吹破。

"等你找到小翎的时候再拆开看吧。"

北角接了信封就离开了简家，身后的大门随即也关上了，似乎它今天就在等着北角的到来。

走在回旅店的路上，他的眼里闪烁的全部都是十八岁的少女简翎，扎着马尾，眼睛闪着灵气。十八岁的萧青暮走在这条石板路上，以为生命的尽头一定是简翎，可是谁会想到，就在那一年他们就分开了。这十九年，他们从未彼此打听，也从未有过彼此的下落，他们是彼此的未亡人，十九年各自被流放。

起风了，这封信薄如蝉翼，原来十九年的岁月可以如此轻如此薄。北角下意识地把手松开，薄薄发黄的信封立刻随风飘走，一阵风，轻易地将信封里的秘密带走了，带走了萧青暮、简翎、张楠楠命运的关联，也连同带走了他们十九年后唯一的信物。

一阵难过袭来，他在夜里，跟着风，奔跑起来。

青木镇另一个要去的地方，是失心崖。

失心崖是个很奇特的地方，常年阴冷湿寒，漫山遍野散落着木槿棉，还有大片大片的芦苇，清水在地下流淌。少年时期的北角在这里度过了大部分发呆的美好时光，怀着对外面世界的渴望，对爱情的懵懂，还有简翎陪伴在他身边。

镇上的孩子都很怕失心崖，偏偏他和简翎都不怕。失心崖的悬崖上有一块倒三角形的石头，非常突兀，越往前走越尖细，往下看，就是深不见底的深渊，石头面积很小，最多能站三四个人，这块石头被传得很邪乎，只要有人踏上去，就有去无回。

从前有人跳过崖，相传这里有许多冤魂野鬼出没，所以，失心崖是青木镇的禁地，但凡有家长看管的孩子，都不会轻易地来这里。而北角和简翎，恰好没有父母管，北角从小没有父母，简翎的母亲在她小时候离家出走，而她的父亲，一个开长途大货车的司机，常年不归家。失心崖人烟稀少，反倒让北角和简翎觉得这里有许多乐趣，尤其是夏日，大片清香的木槿花和大片新抽芽的芦苇很是美丽。心里没有惧念，对倒三角形的石头也没有敬畏感。

两个青涩的少年，在失心崖旁边度过了青梅竹马的时光。

如今这些记忆都长满了厚重的青苔，无迹可寻。只有那块倒三角形的石头一如十九年前，看不出一点点岁月经过的痕迹。

北角的身体里另外一个灵魂叫萧青暮，现在，他和萧青暮同时被唤醒，像是两个陌生人在对视。失心崖能让所有人都失心，这句简短的寓言，萧青暮从未相信过，但此时此刻的北角，相信了。

第二天早上，北角搭上了青木镇最早的一班班车离去，没有跟老板告别，他很早之前就告诉过老板，如果某一天他走了，不用找，肯定就是离开了。但他不知道要去哪儿。

简翎，张楠楠，你们都去哪儿了呢？萧青暮，你复活了吗？

北角靠着班车上的窗户，摇摇晃晃，从青木镇到县城里，一个小时的车程，他断断续续醒来又睡去，做了好多短暂又清晰的梦。梦里他在失心崖旁边追着一个彩色的泡泡，在阳光下这个泡泡呈现出最完美的色彩，他伸出手，这时，简翎出现了。

"不要碰，你一碰它就会消失。"梦里简翎还是少女的模样，眼神里带着少女娇羞的祈祷，对他说，"我们的生活是黑白森林，就让这个彩色泡泡多停留一会儿吧。"

可泡泡还是很快就碎了，北角被惊醒，身边的座位没有人，他只晃了晃眼皮，马上又进入另一个梦境。这个梦境里多了张楠楠，张楠楠缺着门牙，十岁时的模样，站在离北角和简翎远远的地方，冲他们傻乐。北角有点慌张，因为记忆里的张楠楠，手里永远都有一样他们从来没有见过的东西，大部分都是他做生意的父亲从外地带回来的，可这个梦境里，张楠楠两手空空，离他们越来越远。北角大喊了一声，突然发现，简翎也离他越来越远，他们两个去了不同的方向。

这次北角在自己的尖叫声中醒来，过去的萧青暮带来的是恐惧。

阳光透过玻璃窗照射到北角的脸，他睁开眼，班车已经到了县城，下车时，他从班车的后视镜里看到自己的模样，干枯的头发散落在脸颊，脸色如枯萎的芦苇，眼睛浮肿，眼袋大而深黑，脸的轮廓因为清瘦冷冽地清晰。北角陷在难过的情绪里无法自拔，他知道自己正在跳向一个旋涡，那些邮件将他一步步引向旋涡，他想逃离，甚至想念北京，想念安了。

如果安当时答应了他的求婚，他还会回青木镇吗？想着，北角打开了安的微信，对话框依旧一片空白。

"喂，先生，你要去哪里？"汽车站的售票员大声地催着他。

"阳朔。"北角脱口而出了这个地名。

4

北角拿着去阳朔的汽车票，在汽车站一直等到下午五点，不停地翻看手机，有时候他会想，如果这个时候安忽然出现，温柔地对他说一句"北角，你回来吧"，他会不会马上就把去阳朔的票撕了，又沧桑地回到北京重新开始呢？他不知道。他和安的对话框，什么都没有出现，她的朋友圈里也没有更新什么内容，她的世界好像突然静止了。

这里不是北京，不是法国，不是青海，现在他只是在一个小县城里，要去一个根本不知道会发生什么的地方。北角在车上又昏昏沉沉地睡了一晚，从县城到阳朔，中间走走停停，原本最多五个多小时的车程，竟然开了八个多小时，公路很颠簸，他什么都没想，没有回忆，有一种要把时间睡死的从容。

车子的终点是阳朔西街，刚过十一黄金周，游客依然很多，十月的阳朔正是最舒服的季节，初秋的漓江清澈如画，但也清冷得让人肃穆，尤其是清晨，青色漓江上的晨雾霭霭，是一幅很天然的画，只是北角心事重重，这样的美，也不过是美得徒增伤感。

他的步伐比一般旅客慢得多，不紧不慢地在热闹非凡的西街挑了一家昂贵的酒店，酒店的条件却很一般，唯一的好处是临街，窗户下就是西街的入口，所有来往西街的人，都要经过这里，远眺则可以望到漓江。

办好入住后，北角让老板送了一箱黑啤到房间来，倚着窗户开始喝。连续喝了三天，喝到兴奋的时候，他把喝不完的啤酒往街道喷洒，有人以为下雨了，尖叫，有人知道是楼上人的恶作剧，嚷嚷几句，没有人真的介意。

不知道下一封邮件会什么时候到来，等不到的时候，只能借酒消愁。

西街是一个很诡异的地方，既要爱它的明朗，也要接受它的熙攘。这里卖得最多的就是各种来路不明的佛珠，价格不一，从几百元砍到几十元是常有的事。北角在青海去过塔尔寺，懂那里的佛珠品种才是真正的物美价廉。

西街的音乐类型太多，大抵可以分为两种，一种是滥情的港台口水歌，一种是烂大街的民谣派，满大街都在放赵雷和宋冬野。北角去的时候，正流行那首《成都》，他不喜欢《成都》，但喜欢赵雷的另外一首，叫《我们的时光》，歌词写得不像这个时代的风格：头顶的太阳 / 燃烧着青春的余热 / 它从来不会放弃 / 照耀着我们行进。

偶尔还能听到安来宁的歌，他唱的是《我的名字叫做安》。每次听到这首歌，北角都会驻足一会儿，他想起曾经在北京有个叫安的女生告诉过他要

"和所有睡过的人都互不亏欠"。

他给自己买了一顶大大的草帽，戴着它穿过闹市，穿过市井小民的丛林，穿过各种妖艳贱货出没的街道，走到漓江边，他在这里发现，西街和西街的漓江，仿若两个不相干的世界。

他每天刷着邮箱，但第五封邮件一点动静都没有。简翎是不是就在西街？张楠楠是不是也在？这些都是谜团，第四封邮件的IP是桂林近海中学，虽然这所学校查无踪迹，但可以肯定的是，来阳朔和桂林这个方向不会错。如果这四封邮件就是将他故意往这里引的话，一定会有第五封邮件的出现。

为了更靠近漓江的安静，北角退掉了西街闹区的酒店，拖着行李往漓江边走，小旅馆太多，转了一大圈也没定下来。最后他在一家小旅馆门口停下了，门口的一块小黑板上写了一行字。

——你之所以停留，这里一定有什么吸引着你。

一句特别朴实的话，没有什么特别，但在这句话的最后，插着一根醒目的孔雀羽毛，翠蓝色，在阳光下闪烁着光辉，耀眼无比。

北角的眼睛定住了，邮件里受伤的孔雀和眼前出现的孔雀羽毛，会是同一个暗示吗？虽然仍然只是猜想，但似乎想不到什么理由不选这里。于是，他走进去问老板："老板，有没有适合长期租住的房间？"既然认定这是一个暗号，就肯定要长住，而且他现在只是一个流浪汉，没有地方可去。

"要长住的话，顶楼有个小阁楼，安静，视线也好，可以看到整个漓江风景，现在是空着的。"老板倒也爽快。

一个月一千五百块，北角毫不犹豫地在前台刷了一年的房费，老板满心欢喜，这种阁楼很难租出去，又难得碰到一个如此大方的客人，一时高兴，就承诺客人可以在他家吃饭，当然，伙食费另算。

北角点了点头，又问老板："店门口的孔雀羽毛很漂亮，是谁插上去的？"

老板压根就没注意到客人为什么会特意问那根孔雀羽毛，随口就回了一句："大概是我女儿，她学美术，经常弄些个装饰品回来，我都不知道什么时候有的，可能有一阵子了。"

"哦。"北角有点紧张又有点失落，老板的话听上去没有什么有效信息。

他在门口抽了一根烟，就跟着老板上了阁楼。

小旅店离漓江不算很近，顶楼有一个精致的独立小阁楼，那个高度正好可以俯瞰整个西街的街景，又能远眺到漓江的景色，没有比这个阁楼更适合自己的了，北角算是满意。西街已入秋，阁楼虽是顶楼却并不热，相反漓江带来的风非常宜人，房子的朝向也是他喜欢的，两扇朝南的窗户在床头，还有一扇朝西，紧闭着，北角伸手去推开它，沾满了灰尘，可见这扇窗常年不开。

老板告诉他，西窗下面有一个片区房子相对密集，住着西街大部分的卖唱歌手，在西街这个群体非常庞大。"怕吵，所以一般不要开。"老板解释说，大概是怕客人因为这个原因不租了，又解释说其实这些西街歌手不吵人，晚上他们在远处的西街唱歌，白天他们都在睡觉，所以互不影响。老板还开玩笑说，不要小瞧了西街的卖唱歌手，他们主宰着西街最大的现金流，他们日进斗金，又挥金如土。

见北角并不反感，老板又说："如果一个女的在西街唱到年老色衰，那她要么是背负高利贷，要么就是吸毒，或者是，终生无家可归。"

"你放心，他们都很懂礼貌，彬彬有礼。"老板离开的时候这样说，不管是敷衍还是安慰，反正北角是心甘情愿住进去的。

如果不是遇到了李琴操，这扇西窗，也将是永远关着的。

所谓世事难料。

5

每天晚上，北角都会去西街的闹区走一圈，有时候买买醉，有时候只是为了出去走一下。

西街的卖唱歌手真多啊，人少的时候，卖唱歌手比游客还多。

他认真观察了一些西街的卖唱歌手，人手拖着一个音箱，音箱品质的好坏大概就能判断出这个歌手是否受欢迎，以及是否有钱，人手还有一个iPad，一打开，通常是他们最擅长的曲目，这些曲目大部分是当下最流行的口水歌，客人最常点。

西街的饭店要数啤酒鱼店人流量最大，卖唱歌手就穿梭于各种啤酒鱼店，当然，烧烤店、日式三文鱼店、面包店、水果店，甚至是沙县小吃，都有卖唱歌手出入，还有大大小小的酒吧，反正哪里有人，哪里就一定会有他们的身影。

第一次听到有人喊李琴操这个名字的时候，他眉头一紧，怎么会有姑娘叫这样的名字呢，太难听了，应该是艺名吧。李情操？李勤操？还是李琴操？哗众取宠的名字。

很快他就见识到了，李琴操在西街一带是最有名的卖唱歌手。

他第一次见到李琴操的时候，她正在一个简陋的舞台上胡蹦乱跳，台下的客人们有节奏地喊着"李琴操李琴操"，游客以中老年男人居多，声音混浊不堪，空气中充斥着浓烈的酒精味道，没在西街混过的人，闻到这样刺鼻的气味，可能会作呕，北角就差点没被这些喊街客散发出来的气息熏倒。

他忍不住抬头看了一眼台上叫李琴操的歌手，她戴着一顶小草帽，露出整齐的刘海，眼睛四周化了很浓的黑色眼影，脸上有着非常非常厚实的妆，在耀眼的灯光下，粉底的厚度刺眼地暴露出来。她还涂了很重的腮红，酒精热浪扑鼻而来，这些腮红变得更红了。远远地看，李琴操活像一个小丑，没有一丝美感，不知道为什么这么多人会围着她。

真是朵"奇葩"。

这时，李琴操换了一首歌，是花儿乐队的《静止》，音量调得刚刚好，西街很多歌手的觉悟不高，大部分人都会把音量调到最高，以为可以吸引到更多客人。

李琴操唱《静止》的氛围，让北角第一次感受到这首歌让人精神分裂，至少让西街猴急难耐的男人们很分裂。前奏响起，台下的人开始蹦跶，但李琴操却站在舞台上一动不动，眼睛朝下看，一开始她闭着眼睛唱，"寂寞围绕着电视／垂死坚持／在两点半消失／多希望有人来陪我／度过末日"，唱这一段李琴操都是安静的，与前一秒热烈的她仿若是两个人，等到唱"啊／垂死坚持"的时候，她才睁开眼睛。

李琴操完全无视台下的所有人，她的眼睛注视着遥不可及的星空，散发出一种和星辰相接的光芒，孤独而又璀璨，那道光，在北角之后的日子里，反复出现。

但台下的老男人们像泄了气一样觉得没劲，有些人停止摇摆身体，脸上露出讪讪的表情。只是一个小小的瞬间，李琴操收回了那道光芒，脸上露出客人们喜欢的媚态。

当她唱到"垂死坚持／在两点半消失／多希望有人来陪我／度过末日"时，台下的男人们终于不买账了，带着怒气喊着要她停下。可怕的庸俗的中年男人，一点都不掩饰出来买醉时为所欲为的嘴脸，他们听不得"垂死坚持"这样的字眼，像是击中了他们无趣的生活。

"老子让你唱一首大张伟的歌，你给老子唱的什么鬼，什么静止，我要听倍儿爽，倍儿爽，懂不懂，快让老子爽。"其中一个喝得醉醺醺的老男人激动地喊，一边还用手指着李琴操。北角替她觉得尴尬、难为情。

自从大学毕业之后，北角就没有接触过如此肮脏恶劣的生存环境，他一心要成为人上人，一心想要在北京混成一个社会精英，他也成功了，在北京，他站在了金字塔的尖端。此刻的他正经历从未经历过的糟糕环境，以为李琴操会不知道怎么收场，可是他低估了李琴操，这样的尴尬算什么。

原本还在唱"啊……垂死坚持"的李琴操，很快就把《静止》停了，收得利落干脆，一个音节都不多，收放自如，仿佛这是一种天生的本领。她迅速拿起 iPad，找到了《倍儿爽》，音乐一起，她就开始摇头晃脑，做出老男人们喜欢的模样和姿势。

李琴操的嗓子不错，音域也算宽广，即使唱男声，也没有听上去不舒服，这大概是她能在西街很红的原因之一吧。她的肢体语言丰富，很会调节气氛。

北角喜欢《静止》这首歌，李琴操没有把它唱得很朋克，而是多了一种深情的味道，只有那样的深情才能与星辰相接时散发出光芒。但是唱《倍儿爽》的时候，李琴操简直就是个疯子，台下的男人们开始露出吃了摇头丸般的表情。他们其实并没有在听她唱什么，而是听到她发出的声音，看到她扭动的身躯，就好像被投喂了一粒春药，意乱情迷。

这就是西街的夜。

北角讨厌这样的画面，准备离开回到阁楼，他需要马上安静下来抽根烟。

刚要起身，只听到"啪"的一声，一个啤酒瓶摔在地上，碎了，另外一个猥琐的老男人站在李琴操面前，用比李琴操还高的分贝大声喊："别爽了，老子要和你合唱一首，来一首那个什么之恋，就莫文蔚唱的那个什么之恋。"

台下起哄喊着"广岛之恋"，老男人的眼睛都快睁不开了，半秃的头上零散着几缕头发，活似一只垂暮的乌鸦。

"先生，《广岛之恋》可以唱，但西街都知道我的规矩，如果要和我合唱，必须是十倍以上的价格，如果你付不起，就请你继续喝你的酒，我唱我的歌，如果你喜欢，我可以免费给你们送一首，多唱一首。"李琴操连眼皮都没抬一下，北角细细琢磨了这番话，很有江湖意味，既保住了自己的颜面，又刺激了男人们为她掏腰包的自尊心——应该没有哪个男人会在这个时候不慷慨吧。

李琴操理直气壮，一点余地都不留，脸上没有笑容，浓妆掩盖不了她脸上的冷冽。

"妈了个巴子，跟老子谈钱。"老男人果然被刺激到了，飞快地从钱包里掏出一把现金，直接举到她面前，"来，给老子唱。"

李琴操依旧不动声色。

"唱不唱，唱不唱你？"老男人又提高了音调。

李琴操打了个手势，啤酒鱼店里的老板应声走过来，接过老男人手里的钱，也不数，直接揣进了兜里，北角目测那一沓钱的厚度，在五千块左右。老板拿钱走开时，李琴操已经找到了《广岛之恋》，音乐再次响起，台下的看客们又开始起哄，付了钱的老男人拿起麦就喊，没有一个音是准的。但李琴操的厉害之处是，她完全可以做到忽略老男人的声音，不受干扰，她的声音像一条蛇一样，缠绕在老男人的声音之外，让老男人有一种意淫之后的满足。

北角抬头望了望此时西街的天空，繁星一闪一闪，哪怕是被满街通透的灯光映射，它们也依然明晰可见。

北角自己都不知道，为什么要等到李琴操唱完这首歌，其实只要没那么在意这些卖唱歌手是怎么表演的，一首歌的时间很快就过去了。老男人意犹未尽，把手搭在李琴操肩膀上，被李琴操推开，那只手又回到她肩膀上，老男人心有不甘，一首歌花掉了五千块，还占不到任何便宜，不闹腾点事应该不爽。

"你叫什么名字啊？"老男人在麦克风里喊，事实上这里每一个人都知道她叫李琴操。

"李琴操。"

"情操？哪个情操？道德情操？还是哪个勤操？"随着老男人不断地重复那两个字，整个场子都跟着哄堂大笑。

李琴操也跟着笑，她的声音甚至比所有人的声音都要大，她仰起脸笑了好一会儿，也喊："对啊，没错，我就叫琴操，琴弦的琴，不是爱情的情，注意发音啦。周星驰电影里也有个琴操姑娘，美丽的琴操姑娘，哈哈哈哈，是不是很好笑，是不是很好笑！"说完，她自己又是一通大笑，笑得眼泪都快流出来。这群老男人中有人笑到吐了，发起酒疯。

这下，北角必须要离开，眼前的一幕太过肮脏，浑身难受。走时，他又回头看了一眼李琴操，她化着很浓很浓的妆，看不出是什么年纪，戴着一顶小草帽，齐整的刘海，一头乌黑的长发藏在演出服里。这样大力度地疯笑，头发也没乱。

他忽然想起旅店老板说的那句话。

——如果一个女的在西街唱到年老色衰，那她要么是背负高利贷，要么就是吸毒，或者是，终生无家可归。

李琴操属于哪种呢？

此刻，北角没有心思去知道别人的事情，何况李琴操只是一个卖唱的歌手，一个没有尊严、为钱可以活得如此丢弃自我的卖唱歌手，和他完全不是一个世界。北角不是看不起她，只是有点难过，李琴操在刹那间仰望漫天星辰时眼神里闪烁出来的光芒，被他意外撞见，可能她和他一样，也是孤独的，孤独地在这西街煎熬着。

6

李琴操在西街的确是最红的歌手，如果她愿意唱，等她到午夜场的客人也非常多，很多人真的慕名而来，因为李琴操这个名字太过有名。

接下来见到的李琴操，都和第一次见到她的场景差不多，西街嘛，流动的永远是不同的游客不同的老男人，相同的表演和相同的流窜的气味。

后来，北角懒得出门，待在他的小阁楼里的时间比较多，他去街上买了画板和图纸、素描笔，开始画不远处漓江的山和水。他没学过画画，但也不是一时心血来潮，是真的想打发这漫长的时光，他的定力比一般人好，一旦开始画，几个小时可以一动不动。

因为在老板家吃饭的缘故，北角很快见到了老板的女儿，小女生叫盛凌，用老板的话来说，他女儿和这个词一样，盛气凌人，父女俩互不待见。

　　盛凌在桂林市区一所师范大学念大一，十八岁的少女，脸上堆满了胶原蛋白，青春无敌。第一次和北角见面，盛凌被北角身上的沧桑感惊到了，确切地说，是被迷住了，她从没想到一个三十多岁的男人看上去会如此饱经沧桑，脸上的皮肤似乎像一个出海归来的人，全是风吹雨淋的痕迹，她甚至猜测他的职业应该是海员之类的。

　　北角想到了门口的孔雀羽毛，主动开口说话。

　　"你家门口那根孔雀羽毛，挺漂亮的。"他脸上笑容不多，见盛凌没什么反应，又换了种口吻说，"你父亲告诉我是你弄回来的。"

　　盛凌内心少有像此时的害羞，又不想被人发觉，听到房客说自己的父亲时才抬起头，说道："我父亲？他知道是我插上去的？"

　　北角点点头。

　　"噢，你说那根羽毛啊，其实也不是我插上去的啦，是我的一个同学来我家做客带来的礼物，不过确实挺好看的。"

　　"男同学？"北角也不知道自己为什么会这么唐突。

　　少女翻了个白眼："当然是女生啦，我最好的闺密，叫张无然，是她送给我的。"说完想了想，又说："这种孔雀羽毛很常见，你去大街上转一转，很多手工品的店里都能找到，很多。"

　　对少女的答案竟然有点失望。

　　他又想到了邮件的 IP 来自一所叫近海中学的学校，虽然早已在网上查过并没有这所中学，却还抱有一丝希望，万一那所学校很不起眼根本没有人会在意，万一盛凌知道呢？不好说。

　　但盛凌告诉他从没听说过这所学校。

　　北角又问她之前高中就读的是什么学校。

　　"花岩一中。"少女说。大叔太奇怪了，问完孔雀羽毛又问奇怪的学校，可她一点都不反感，与其上楼面对沉闷的母亲和不怎么跟她说话的父亲，还不如跟大叔多聊几句来得有趣。她见过很多南来北往的房客，像北角这种气质的却还是第一个。

花岩一中北角知道，当年他从青木镇逃离来到桂林参加高考，就读的是花岩二中，两所学校挨得很近，中间只隔着一条马路。他没跟盛凌说这些，没必要，如果是校友还能说上几句，既然不是，就作罢吧。

孔雀羽毛这个暗号看上去很不成立，邮件里唯一的信息源现在看来也是不成立的，可能一切只是巧合，会不会那些邮件只是深夜心灵鸡汤，只是恰好配了一张孔雀的图，又恰好巧合地击中了自己？北角陷入了被动，他唯一能做的，就是苦等第五封邮件出现。

要在表演的时间找到李琴操非常容易，当他觉得无趣的时候，想想那晚看到的她眼睛里闪烁的内容，他就会去西街，往最热闹的地方去就是。李琴操什么歌都会唱，她的造型永恒不变，浓的妆，厚重的眼影，李琴操给自己贴了一个有辨识度的标签，这大概是娱乐圈的规则，尤其是吃青春饭的行当。她很好地掌握了一个歌手如何具备辨识度的技能，哪怕这个标签并不好看，却能讨人欢心。

李琴操确实很会讨来西街买醉的老男人们的欢心，北角之前一直没想明白为什么她那么受欢迎，后来想通了，因为李琴操看似没有架子，但实际上她离所有人都很遥远，有距离感才会让那些想接近她的人伤害不到她。她比任何人都玩得疯，放得开，没有人知道她为什么可以随时没皮没脸地疯，她轻而易举地让男人们争先恐后从钱包里掏钱出来为她消费，又不让任何人有机会得寸进尺。

"她这么红，可曾得罪过人吗？"有一个夜晚，北角来看李琴操演出，他问酒吧的老板，李琴操就在不远处表演，她把一首凄凉的《下辈子如果我还记得你》唱得那么欢快，她的情绪总是让人捉摸不定，该冷的时候她很热情，该热情的时候，她又有点冷。北角又有点明白为什么李琴操能存活在这么残酷的西街了，得不到的才会骚动，李琴操看似没有自我，实际上却是一个非常自我的人，没有人可以真正触碰到她。

"那当然了，在西街卖唱谁没得罪过几个人？"老板一边给北角调酒，一边跟他聊天。

"李琴操不像是会得罪人的人。"北角淡淡地说。

"天底下情商高的人都是从没有情商熬过来的，看你像个经历过职场的人，应该懂。"老板这样说，北角只是撇撇嘴一笑，他给老板递了一根烟，老板告诉他，李琴操是西街最能赚钱的歌手，一个人能抵十来个歌手的收入，放到市场里，不比二线歌手赚得少。

"赚这么多钱，为什么她的演出服那么少？"北角问。

"因为穷吧。"老板说。

"哦，为什么呢？不应该啊。"北角条件反射地问。

"赚得多也花得多嘛，正常。她就几套演出服，万年不变，用的化妆品也不贵。"老板的烟抽得很快，眼睛同时还在扫着场子里的其他客人，北角不着急回话，等老板想说了再继续聊，"有些人穷，真的是可以用肉眼看出来的，哪怕她存在于这样一个声色场所。"

北角又想起了旅店老板的那句话，不由得瞎猜："难道她吸毒？"

"这个就不清楚了，她应该没吸毒，她倒是曾经有过一个吸毒的男朋友。我们都不知道她的来路，她话很少，不像表演时那么热辣，这个女人不唱歌的时候啊，完全没有人气，没见过她和什么人往来，也没有什么亲戚朋友走动。"

北角猛地狠吸了一口，不太相信看上去乐观快乐甚至是世俗的李琴操，有这么悲惨的身世。

李琴操在离他不到五米的地方唱歌，她现在唱的歌他叫不上名字，只听她重复地在唱，"用力到处抠抠，花掉所有抠抠"，声音用力越猛，那些男人眼里的光就越贼，有的人直接把钱甩到李琴操身上，旁边的老板会过去帮她捡起来。

"李琴操是她的本名吗？"这是他最好奇的。

"当然不是，说来有点话长，很多年前的事了。有一年她在表演，被一个外地来的土豪老板调戏，问她叫什么，她就是不开口，那时候她还不化妆，街上也没几个人知道她。土豪喝多了，一直调戏她。土豪当即甩出了一个名字，李琴操，当时现场的人都笑了，她也跟着笑，据说她很喜欢这个名字，也不知真假。"老板说。

因为这难听的名字，李琴操竟然一夜成名，十多年过去，西街人都忘记了她原来叫什么。"还得是我这种开店十年以上的人才知道一些她的过往，后来的人，都不知道这段故事。"

北角想起李琴操那晚说的，周星驰电影里有个琴操，是哪部电影呢？努力想了很久，才想起应该是《大内密探零零发》里和刘嘉玲抢男人的小三，叫作琴操姑娘。

"后来呢？"

"说来奇怪，李琴操后来就变了个人。哥们，你先喝着，常来啊，我去招呼下那边的客人。"说完，老板人闪了。

北角一口气把一杯威士忌喝完，扔了两百块在吧台上。又看了一会儿李琴操的表演，再没看到那晚那样让人过目不忘的光芒，他笑了笑，自言自语道："以后都看不到了吧，也许是一场错觉。"

他回到小阁楼，把西窗关上，把南向的窗户打开，睡一个安稳觉。最近他要经常借助一点酒力，才能不失眠。

但那晚有点反常，威士忌没有让他迅速入眠，翻来覆去，后来他干脆爬起来打开电脑，找出了周星驰演的那部《大内密探零零发》来看，李若彤饰演的青楼女子——琴操姑娘出场的时候，惊艳绝美，力压群芳。网络上至今还有一堆琴操姑娘的动图，画质虽一般，但琴操姑娘的美，一颦一笑，都清新脱俗，是这个时代一堆假脸女人所不能比的。

琴操姑娘在这部电影里和刘嘉玲饰演的原配斗，那场戏，堪称经典，只是到最后，电影来了个大反转，琴操姑娘原来是个间谍，她利用美色勾引周星驰，只是为了复仇，现在再来看这样的剧情反转，真的是一个大无厘头。

北角连续抽了好几根烟，在烟雾中才来了睡意，他在闭上眼睛的一瞬间，忽然有一个念头，如果琴操姑娘斗赢了原配，斗赢了命运，跟心爱的男人在一起了，没有了后来的结局，该多好。

这个李琴操，真有意思。

7

"你相信命运吗？"

这是简翎在失心崖边最爱问北角的一句话，从小被命运捉弄太多，简翎在心里已经不相信命运了，所以她活得很自在，没有束缚。她经常在木槿花开的时节，沿着失心崖来来回回地走来走去，无人的失心崖山谷，回荡着她的笑声。

那时候的失心崖，还没有让人失心。

前几晚听了酒吧老板描述的李琴操，北角这几日经常想起这句话，你相信命运吗？命运本身是存在的，但并非不可逆。他和简翎，十八岁那年还彼此依靠，以为余生都会在一起，可现在，已经有十九年，查无此人，下落不明。

第五封邮件还没有出现。北角在西街的生活越来越简单了，白天他靠在阁楼的西窗抽抽烟，抽完就关上。西窗白天很安静，适合画画。他画的大部分是山和水，因为画的是同一处地方，画久了，也有了一些神韵，他沉醉在从素描到给它们上好色彩的整个过程。

旅店老板的女儿盛凌一到周末放学就来找他画画，两个人切磋最近画画的心得，少女原本立志要考中央美院，但最后也没能如愿，不过考在本地的师范院校，倒是父母很乐意。十八岁的盛凌，叫他北角大叔，从前她很讨厌放学回家，更愿意读寄宿，但最近她很喜欢回家，有时候等不到周末，周二或者周四也会找个借口偷溜回来。

盛凌对门口那根孔雀羽毛很爱护，越发觉得是它点缀了她现在的生活，她将新认识的大叔特意问过孔雀羽毛的事，告诉了她的好闺密张无然，盛凌带着娇羞红着脸，给闺密描绘大叔的模样，两个女生笑到捧腹。

有一次盛凌邀请张无然到家做客，不巧的是，那天北角恰好出了门，两个女生就坐在门口的秋千上说着心事，也许还能见上大叔一面。下午，盛凌上楼去换衣服，准备回学校，张无然就独自坐在秋千上等盛凌下来。此时，一个大叔拎着一袋画纸从门口经过，穿着浅绿色的薄长小风衣，他走路走得那么专注，完全没有发现有个小女孩就坐在门口的秋千上。

但是张无然却将他看得很真实，在她眼里，这个大叔就是一个走路带风的行者，行色匆匆，和她擦肩而过。

等盛凌下楼的时候，张无然笑着在她耳朵边说起了悄悄话，盛凌嘴里喊着"讨厌"，两个女生又是一顿大笑，一起回了学校。

北角逐渐发现一个现实：他从北京的生活圈退出来之后，他的微信慢慢地也沉寂了，没有人找他，遗忘的速度比什么都快。他偶尔翻看朋友圈，曾经的朋友依然过着灯红酒绿夜夜笙歌的生活，他不羡慕，但他还会想起安，想知道安过得怎么样，和谁在一起，要和谁结婚了吗？

他的银行账户里有上千万元的存款，尽管他不屑承认自己富有，但他清楚地知道，因为有这些钱，他才可以不用为生计发愁，才有了淡泊名利的资格。多么残忍的现实。

来到西街之后，北角失眠越来越重，睡眠变得很轻，可能因为没有工作缠身，也可能因为西街的热闹多少有点影响，总之很容易醒来，要喝点酒才能继续睡。有一段时间，他分不清自己到底是在北京还是在青木镇，抑或是在法国，最后想起自己是在西街，那种思绪辗转的感觉，让他再度沉沉睡去。

平静的生活，被李琴操打乱了。

这一晚下了小雨，北角惯性醒来，发现两个朝向的窗户都没关。起来闷了一口酒，就去关朝西的窗户，这是他住进这个小阁楼以来，第一次午夜去关西窗。

北角弯下腰把手伸出去拉窗户的玻璃木门，很自然地往下面看了一眼，挨着他最近的楼房，原本跟旅馆差不多高，因为他住的是阁楼，所以地理上高了大半层的层高，能俯视到下面。

俯身的时候，对面楼的灯正好亮了，窗帘没拉，房间里一目了然。只见李琴操进了门，要去卸妆，看了看钟表，凌晨一点半，正好是卖唱歌手们收工的时候。李琴操的客厅并不大，摆放着一台电视和一张化妆台。

北角想起她唱"垂死坚持"时眼睛里散发出来的光芒，而此刻，她应该是非常疲惫的，她在化妆台前坐了许久，并没有动手卸妆，脸上依然是浓浓的妆。

他忘了自己原本是要去关窗的，索性点了一根烟，倚靠着西窗的窗台，想看看卸了妆的李琴操长什么样子。

但点燃的烟引起了李琴操的注意，她发现了阁楼上的北角，走到窗户前，冷冷地朝上看了一眼，北角倒也不慌张，因为她的这种冷，他一早就知道。李琴操也点上了一根烟，北角知道她抽的是一种台湾女式香烟，烟嘴里有两种薄荷，特别凉，原来西街还能买到这种烟。

李琴操在窗台迅速地抽了几口，见北角没有收敛的意思，"哗啦"一下，把窗帘拉上了。

她应该有点生气，北角想，以前这个阁楼是空着的，从来没有人可以俯视她，但现在他住了进来，对她的房间形成了居高临下，而且还是在午夜带着偷窥的俯视。北角暗暗觉得好笑，他发誓，要不是偶然撞见，他绝不会在半夜去窥视一个女人。

被人误解了，哪天得找个机会去解释下。北角又点了另一根烟坐在窗台上，因为下了雨，西街开始冷了起来，两条裸露在外面的腿，冷得起鸡皮疙瘩。头有点痛，他掐熄了烟，准备去睡，这时，李琴操房间的灯也熄了。

　　还没来得及关窗，就听到李琴操的房间传来了关门声，不到两分钟，北角看到巷子里出现了一个短发女孩，背着一把吉他，走向了巷子深处。在他可视范围内的巷子很短，但事实上，巷子一直往里延伸还有很长很深，很快短发少女的背影就消失了，她去的方向跟西街闹区正好是相反的。

　　这是谁？难道是李琴操？她是短头发的？这么晚了，她还要去哪儿？

　　一切发生得如此突然，来不及细想，北角鬼使神差地抓起一件外套就往楼下奔，他的速度极快，旅馆的门还没关，他朝着巷子深处的方向跟了过去。

　　但是，他把短发少女跟丢了。

　　可笑的是，他根本不确定那人是不是李琴操，巷子深处很黑，因为下了雨，卖唱歌手们早早收工了，这个时间点巷子里几乎没有人，越往深处走，脚步越发胆怯，更分不清地形。短发少女很熟练地消失在了某条延伸的巷子里，一定是老手。

　　北角回到旅店门口，漆黑一片，只有那块写了字的小黑板被绿色荧光包围着，发出一点暗淡的光亮，他看了看那句话——你之所以停留，这里一定有什么吸引着你。

　　还有那根吸引他住进来的孔雀羽毛，在冷风里依然清灵地飘曳着。

　　他完全没了睡意，点了一根烟，蹲在门口，这里离巷子口很近。

　　这时候，他听到旅店一楼的客房里发出了男女交欢的声音，女的叫得很欢，有起有伏，他从男人高潮时的叫喊声中分辨出来，正是这家旅店的老板。

　　北角突然发出了令自己尴尬的笑声，这个世界多可笑啊，就在刚刚这个狭小的时空里，就有这么多的戏剧发生，有的人为了生计在卖命卖唱，有的人半夜背着吉他消失在夜色里，有的人在失眠，有的人正在做爱，有的人享受肉体的欢愉，有的人则饱受精神折磨。

　　故事易写，岁月难熬。

　　这种尴尬迫使他想要马上回到自己的阁楼，可还没来得及抬脚，一个风骚的女人从老板房间里走了出来，她看到正在抽烟的北角时愣了一下，旋即脸上挂出了另一个职业的妩媚表情，直勾勾地看着他。北角厌恶地把头扭过去，女人从他身边走过，衣服上喷满了廉价香水的味道，特别刺鼻。女人刚走，老板也跟了出来，看到北角时也错愕了一下，但很快装作什么事都没有，也点了一根烟，站在巷子口的另一个暗处。

北角指了指三楼，老板的老婆住在三楼。

"回娘家去了，今天都不在。"老板声音很小，又扭过头来看北角，"你这么晚了在这儿干什么？也要找妞吗，要不要给你介绍个货色不错的？"

北角把未吸完的烟丢进水坑里，摆摆手就上了楼，老板在身后发出了低沉的狂笑。

回到房间，他开了一瓶新的红酒，也等不及醒酒，直接喝了一大杯就躺下了。

接下来，北角连续两天都没出门，只在老板喊饭的时候下楼，白天他集中精力画画，晚上靠在窗前等李琴操的出现，可是连续等了两个晚上，李琴操似乎都没有回来。他翻了翻日历，这两天是周六周日，周末生意这么好？

为什么会对李琴操有这么大的兴趣？北角认真想了一下：因为自己看到了李琴操和星辰相接的眼神，还有一点，他可能无意中窥探到了李琴操的一个秘密，因为发生在午夜，难免让人产生强烈的好奇心。一个女子半夜背着吉他要去哪儿呢？如果这个女子就是李琴操……

8

深秋来了。

北角身上的两个伤疤，频频作痛。日子除了等待还是等待，第五封邮件没出现，李琴操也没出现。

连续等了两个晚上，都不见李琴操的房间亮灯，这更激起了北角的好奇心，李琴操没回家的这两日，是不是也不在西街抛头露面呢？为什么不回家？是去朋友家了，还是那晚发现被窥视后就迅速搬家了呢？

许多问号在北角心里冒出来，他决定要去西街找找答案。至少，如果能遇见，要主动消除那天晚上的误会。

李琴操在西街这么有名，真的很容易找，北角又来到那天晚上喝酒的酒吧，李琴操在这里唱歌。进入十一月，游客大幅度减少，西街的晚上没那么热闹了，今晚李琴操可以安静地唱歌，没有老男人们围着她。可见，老男人们都是怕冷的。

李琴操穿了一条蓝白相间的长裙，脚踝露在外面，她不怕冷。今晚她唱的是靡靡之音，先是唱了王菲的《影子》，又唱了一首邓丽君的《何日君再来》。北角再次确定他所看到的李琴操其实是一个内心很冷的人，比如今晚的她，眼睛里有许多蓝色的东西，蓝色是忧郁。

"你很捧她的场，去点歌吧。"老板给他调好了一杯长岛冰茶。

"我只是来你的店，恰好她又在表演而已。"北角解释说。

老板的眼神何其厉害，今天客少，他挑衅说："我赌你不敢去点她的歌。"

"为什么不敢？"北角反问。

"如果你去了，今晚的酒算我的。"老板惯用的手法而已，北角岂会被套路。

"你想替她招揽生意。我可不缺酒。"他摇了摇头笑了起来，想起自己还有很多红酒在卖房的时候存在北京的一个酒窖里，当时想等从法国回来后喝掉它们，可从法国归来后他已经是无家可归的人，再无喝酒的兴致，也不知道以后是否还有机会去喝。

"我知道你不缺酒，可是你缺……缺什么呢？缺女人？应该也不是。"老板狡黠地看了他一眼，观察着客人。

"我只是不喜欢这种老掉牙的打赌方式。"北角打断老板的话，他确实没有想去点李琴操歌的冲动。

"不用你点，她很快就会过来，我先给她去备酒。"老板说。

说话间，李琴操已经朝酒吧走了进来。她的妆真的很浓，走到北角面前的时候，他认真看了一眼，可能是因为淋了点小雨的缘故，感觉她脸上的粉底快要挂不住了。李琴操今晚的长发很随性地垂着，坐在北角旁边的座位，手指摆弄着发梢，老板给她递过来一杯酒，也是一杯长岛冰茶，上面加了一朵小玫瑰，北角的没有，老板刻意做了区分。

"你们聊。"老板说完就去旁边换音乐，换了一首柔软的歌。

睫毛刷得很翘，眼睛很大，这是北角第一次近距离看李琴操的脸，不知道卸了妆是什么样子，其实她的脸不大，因为腮红过多，现在又不均匀，显得方了点。

"我们认识吗？"李琴操看了北角一眼，喝了一口。

"我认识你，你不认识我。"北角指了指老板，"我们共同认识这个老板。"

北角并非刻意化解尴尬，只是李琴操的气场令他有点紧张，他之前的女人里没有她这种类型。

李琴操甩了甩耳边垂着的头发，有一丝滑过他的脸，有一种野性冒出来。

在巷子口看到的短发女生的背影，怎么会是李琴操呢，明显两个不同的人。想起那晚冲下楼去跟踪的冲动，北角对自己的行为哑然。

李琴操端起酒杯主动敬了下北角："你觉得我唱得好吗？"

北角才留意到她说话的声音，跟她唱歌的声音有点不一样，竟然是有点哑哑的涩涩的。

李琴操应该是故意问的，北角顺着她，点了点头说："你是个会用气唱歌的人，所以嗓子不累，西街很多歌手都是用嗓子在喊，其实很费力气。"他故意省略了歌手前面的"卖唱"两个字，尽量让他们的对话显得平等。

"大家都是卖唱歌手，无所谓会不会唱，好听就行。"李琴操喝了一大口，一杯就干完了，老板适时地又递过来一杯。北角有点不好意思，因为他的酒先到，却比她喝得慢，索性一口闷了，老板顺势给他也送来了第二杯，用一种奇怪的眼神望了他一眼。

北角已经看了《大内密探零零发》，对琴操姑娘印象深刻，他虽然早已知道了李琴操名字的由来，但还是特别想问问本人，只是不知道怎么开口。

"我们加个微信吧。"话到嘴边，却变成了这句。

"对不起，我没带手机。"李琴操拒绝了他。

"我……你的真名就叫李琴操吗？"北角的脸有点发烫，他不擅长说假话，更不擅长说明知故问的真话。

"西街所有人都知道琴操就是周星驰电影里的那个琴操姑娘，她特别美，是我很羡慕的美，我喜欢琴操这个名字，我喜欢，大家也都叫习惯了。"

"这个艺名……很特别。我看过那部电影的，琴操姑娘确实很美。"北角尴尬着接话，继续尬聊。

李琴操浅笑了一声："谢谢你啊，没有说这个名字很难听。"她的眼眶那么大，深邃，眼睑垂下来的时候，多了一丝文静的感觉。"你们男人真的很肤浅，都喜欢周星驰的琴操姑娘，喜欢她，爱慕她，为她的容颜倾倒，但其实又看不起她，对不对？"

北角无力反驳。

"没事，我自己喜欢就行了。"李琴操又喝了一大口。她回头看了他一眼，北角很讨厌这种不势均力敌的感觉，就像敌人在暗处，自己在明处，敌人知道他要说什么，而他不知道敌人要说什么。他知道，因为他从未像李琴操这样生活过，对她的世界一无所知。

可能是因为北角脸上的窘迫，李琴操有了耐心，也认真了点。

"苏东坡在五十二岁的时候遇到了一个十六岁的才华横溢的姑娘，诗词歌赋的水准跟他旗鼓相当，于是他们成了忘年交，他们相爱了，这个姑娘也叫琴操。但琴操姑娘最终选择出家，她和苏东坡不能在一起，因为世俗的眼光太残酷，流言能杀死人，苏东坡这样的大才子，也不能打破世俗，他不敢娶她。"

李琴操的眼里好像是无物的，是放空的："这两个琴操姑娘我都很喜欢，我不会成为她们，她们有的勇气，我没有，我能叫李琴操，是我的荣幸。"

北角瞬间觉得自己很幼稚，李琴操这个名字确实越听越好听了。

"因为我们的肤浅，所以对你有诸多误会，就像你的名字一样。"北角说的是真心话。

"怎么，你认为这个世界上所有的误会都需要一一去消除去解释吗？"李琴操忽然变得严肃，"那晚我没有误会你，你想多了。"她轻蔑地看了一眼北角，浓浓的妆也掩盖不了她眼睛里散发出来的戏谑之情。

"你知道是我？"北角有点慌张，这些都是在职场上他经历不到的，有点手足无措，一句话就不打自招了。

"你很窘迫，大概是你以为那一晚你偷窥了我，我会很介意，对吧？如果这也算个误会，今晚就消除了吧。我相信你不是故意的。这杯我干了，你随意。"喝完李琴操就走了，走前对老板又喊了一声，"今晚这几杯挂在我的账上。"

北角很郁闷，不是因为李琴操有这样的反应，也不是因为她一开始就认出他就是那晚偷窥她的人。他不开心的是，自己太早掉进了她言语挑衅的泥沼里，他认为的误会，在她看来其实不是一个误会，这句话很打脸，证明他不仅偷窥了，还当真了。此时他的大脑飞速地运转，这句话一定有什么漏洞："如果她真的不在意，又怎么会还记得我？"

出门前的几个问题一个都没有解决，反而带着新的问题回到了小阁楼。这个李琴操，跟他之前交过的女朋友都不一样，她看上去很热情，骨子里却是一股冰冰的冷，清醒地看着世界，带着在她的自我世界里已经构建好的保护伞。此外，李琴操的眼睛，曾短暂地出现过一种和他很接近的孤独感，让他觉得李琴操像是一本书，一本让他失眠的书。

问题越多，反倒睡得越踏实了，那晚连酒都没喝就睡意浓浓，他现在很平静，因为他预感李琴操将是一场他无法预知未来的暗涌。

9

第五封邮件还是没有出现。

北角最近经常梦到简翎，很奇怪，以前色彩斑斓的梦境渐变成了黑色倒影，遍地哀鸿。这天晚上他又梦到和简翎在失心崖旁边，两个人沉默不语，场景很像他们的最后一次告别。醒来的时候，胸口和臀部的伤口像穿过森林吹来的寒风，钻心地痛。

他们分别的那一年，十八岁。

北角的房间基本上像一个画室了，除了一堆酒，就是一堆画。盛凌回家的频率比以前明显高，老板也不管不问，乐得女儿这么爱回家，见到女儿找北角切磋画艺，还时不时送新沏的茶上楼。

盛凌经常会说出一些二次元的词语来，北角也不嫌烦，他作画的时候，盛凌在旁边叽叽喳喳，不回复她也无所谓，有时候他喝完一罐啤酒随手一扔的声音，反而会吓到她。盛凌画画的时候，北角就靠在西窗，她画几个小时，他就发呆几个小时。

"你看什么呢？"这天盛凌画完了，北角还在发呆。

他没说话，靠着西窗盘起腿喝酒。

"我上次带我同学来过我家一次，就是我跟你说的那个女生，张无然，我经常跟她说起你，可那天你不在。"

"哦，真遗憾。"其实北角没想起是哪一天，他就是不太想说话。

盛凌也来到窗边，见北角一直盯着对面的楼下看，就说："对面楼下住的是李琴操，她可是我们西街的大红人，如果现在是大上海，她就是大上海的台柱子。"她说完自己哈哈大笑起来，可北角没觉得哪里好笑，大上海在她眼里，可能就是个酒池肉林之地吧。

"你跟她熟吗？"北角问。

"我们算是邻居，但不了解她，没说过几句话。她人很好的，每次看到我都会笑。"盛凌正是话多的年纪，她也靠着窗户望着北角，疑惑地问，"怎么，北角大叔对李琴操有兴趣？可是我觉得她不漂亮啊，就是歌唱得比一般人好一点，这也没什么啊，西街会唱歌的人多了去了。"

"你见过她不化妆的样子吗？"北角不接她的话，又问。

"算是见过吧，很多年前了，那时候我还小。"盛凌回答。

"长什么样子？"北角接着问。

"说真的，不太记得，我后来见到的她，都是在晚上，化着一张鬼脸去唱歌，唉，真的很难看，好难懂哦。她虽然不算顶漂亮，但还挺清秀的，以前也不每天化这么厚的妆，现在真的像鬼一样。你们男人喜欢她这样的吗？"

盛凌的话零碎，没什么有效信息。北角摇摇头，继续喝酒，也不打算接着问了。

"不过这个李琴操很奇怪，她周末是不出台的。"盛凌忽然说。

出台？这两个字很刺耳，尤其是从盛凌的口里说出来，十八岁的年纪，不应该懂这些词。

"就是不工作，不去唱歌啦。"盛凌解释。

哦？盛凌似乎解决了北角对李琴操好奇的问题中的中一个，难怪他守了周末两个晚上，都没见到李琴操出现。

"西街好多老板都知道啦，周六日她是不去表演的。"盛凌很轻蔑地说，她和李琴操没有什么交集，但卖唱歌手在她看来是很低贱的职业。

"什么时候开始她周末不去唱了？"北角读出了盛凌的不屑，也不想纠正她，她们本来就不是一个世界的人。

"至少有四五年的时间了吧。"盛凌一点都没注意到北角情绪上的细微变化。

"那她会去哪儿？"

"我也不知道，可能在家睡觉啊。她会弹吉他，我曾经想跟她学，她说没时间教我。"原来盛凌有点赌气是有原因的，但以李琴操的性格，不肯教她，再正常不过。

吉他？李琴操会弹吉他？北角的眉毛跳了一下，那个午夜背着吉他出门的少女背影，到底是谁呢，会不会就是李琴操呢？

"李琴操住的这栋楼里，有没有一个少女也会弹吉他的，短头发。"他问。

"会弹吉他，短发……"盛凌想了一下摇摇头，"应该没有，她们那栋楼里，我大部分都认识，我就知道李琴操会弹，但她是长头发，也不是个少女了。"说完，盛凌大笑，她的头发齐肩，笑起来肩膀一颤一颤的，头发也跟着甩动，很好地示范了什么才是真正的少女。

跟盛凌相比，李琴操是那么的老气横秋，不是一个年代的人。

可是，十八岁有十八岁的烦恼。

"其实我很羡慕李琴操，最起码她活得很自我，不像我……"盛凌忽然来了这么忧伤的一句。

北角不得不中断打探李琴操更多信息的思考："你也可以活得很自我。"他安慰她，在他看来，盛凌现在拥有的一切，是他和简翎在十七八岁时最渴望拥有的，有父母陪伴，家庭完整，衣食无忧，以及活得体面。

"北角大叔，你可以陪我去江边走走吗？"盛凌问，北角点点头应允。他和盛凌一起下楼的时候，老板和老板娘都坐在旅店的前台，老板抽着烟玩游戏，老板娘则在追肥皂剧，看到他们俩一起出现也没有诧异，连问都没问一句。

出了门盛凌哼了一句，走到江边，她蹲在地上，把脸埋在手心里，哭了。北角有点慌张，盛凌比他小太多，不知道怎么安慰才好。哭了很久，她站起来走到江边说："北角大叔，我很讨厌自生自灭的感觉。我爸妈感情不好，他们虽然住在一起，但各过各的，经常吵架。你知道吗？我初三开始读寄宿，就是不想看到他们冷漠地住在一起，也害怕他们会离婚，如果有一天他们离婚了，我不知道要怎么办。"

眼泪从少女的双眼流下来，和江上波光粼粼的水波一样，晶莹透亮。

"他们从来不管我考什么学校，学什么专业，我自己决定就可以，其实我好害怕，不知道以后的路要怎么走。"盛凌擦干了眼泪，头发被吹散了，江边飞过许多寻食的鸬鹚。

北角本来想说，其实你非常幸福，话到嘴边又觉得这话不足以安慰她。不等他说话，盛凌侧着身子看着他，说："还好有你啊，我的北角大叔，你的出现让我觉得生活有乐趣，我现在每天都想回家，因为可以看你画画，听你讲故事。你在北京的生活就是我最向往的。你知道吗？我……有时候看着你喝酒的样子，其实我很心疼，北角大叔，你把酒戒了吧。"

北角突然有点苦涩，盛凌有一点和他很像，向往去更远的地方生活，但他们又迥然不同，他当年选择去北方读书，有不得已的苦衷，而盛凌，只是为了逃避现在的生活。

"回去吧，风大，别着凉。"他打断盛凌的话，他有一种不好的感觉，但说不出来具体是什么，盛凌今天的状态不太对劲。"你父母并非感情不好，只是生活总归是平淡的，他们已经变成了亲人，吵吵闹闹，你不用多担心。"

北角陪她在漓江边走了一大圈就回去吃饭，饭通常是跟老板一家吃的，老板平日里话很多，但今晚这顿饭所有人都吃得极为安静，一向爱开玩笑的老板，也只顾埋头吃饭。

吃了饭，北角专程去听李琴操唱歌，今晚她唱了很多首，有个客人点了《昨夜星辰》，很老很老的一首歌："常忆着那份情那份爱／今夜星辰今夜星辰／依然闪烁……"

今夜没有星辰，李琴操一动不动地唱完那首歌，全程闭着眼唱完。

北角决定今晚要在窗台上，等到她收工。

10

经过一家电子店，他进去买了一台天文望远镜，配置不算高，但在西街能买到就已经不错了，在漓江这凄冷的夜里，偶尔看看漫天星辰，也是一种享受。

为了等李琴操，北角一直坐在阁楼的西窗，身上披了一条厚重的亚麻围巾，他的身板日益消瘦，围巾很大，几乎可以包围他大半个身子，所以不觉得冷。他抽着烟，旁边放着啤酒，一点也不心急，在等待李琴操出现的时间里，他一直都在想简翎。

不知道简翎的人生是怎么样的，和他一样三十多岁还在自我流放，还是已经结婚生子忘却过往，或者是像李琴操一样颠沛流离？西街的夜如此热闹，可他却在专注地想一件事情，呆若木鸡。

十二点刚过，李琴操收工回来了。

从北角认识李琴操到现在，他见过的她，表情始终是差不多的，波澜不惊，眼中无物，永远云淡风轻，不问世事，这样的一个人，穿行在世俗的红尘里，是那样扎眼，让人心疼。

李琴操进门开了灯，一眼就看到了对面西窗上坐着的人影，不知道为什么，北角下意识地打开了手机，开了视频模式，从李琴操进门开始拍，这是真正的偷窥。这次她没有直接拉上窗帘，而是点了一根烟，在她的窗台上开吸。又拍了几秒，他连忙关了手机，李琴操这么敏感，如果被她发现，只怕会动怒。他把啤酒朝她举了举，喝了一大口，算是打了招呼。浓妆艳抹的李琴操笑了笑，夜色里，她的嘴唇笑起来有点夸张，一点也不收敛。

很快北角发觉不对劲。

李琴操用手指了指他的楼下，他顺着她指的方向往下看到三楼，立刻目瞪口呆，只见盛凌跟他一样，坐在三楼的窗台上，学着他的样子喝着酒抽着烟。北角看向她的时候，盛凌举起了手中的啤酒，朝楼上举了举，又向着李琴操的方向举了举，然后闷了一大口。显然她还不适应酒精，一口下去，整张脸显得又苦又涩，舌头伸出来，用手扇着风。

"散了吧。"说完，李琴操面无表情地拉上了窗帘，很快就熄了灯。北角恶狠狠地盯了盛凌一眼，警告她赶紧去睡觉，少女做了个鬼脸，也就回了房。

北角关了西窗，跟着熄了灯准备去睡，可是他马上意识到了什么，连忙往李琴操的楼下看过去。果然，那天晚上的短发少女背影又出现了，他迅速地往楼下奔，这次他的速度比上次更快，等他到了巷子口，隐约还能看到少女的影子，他连忙追上去，可是等他追过去的时候，又来不及了，背影消失在黑夜里，像是被黑色吞噬了。

北角跑得气喘吁吁，双手撑着膝盖大口大口地呼气吸气，以至于有双手在他背上拍了拍的时候，他受到了惊吓，像弹簧一样弹起来。

回头一看，是盛凌。

"北角大叔，你还好吗？"盛凌一脸疑惑。

"你怎么在这儿？"北角没回答她，本来想怼她几句，但还没从惊吓中喘过气来。

"北角大叔，难道不应该是我问你吗？你怎么在这儿，你在追什么？"盛凌也没生气，但气势凌人。

北角觉得是自己有点失态，当下深呼吸了一下就往阁楼走："哦，没什么，就是来走走。"

"那你看到你想看的了吗？"盛凌很倔强。

北角没理她，看她还在探头探脑往巷子深处看，又回头喊了句："大小姐，能不能回去睡觉？"

盛凌扬了扬嘴角，跟在他后面进了旅馆。北角想起白天那顿尴尬的饭，心里庆幸还好刚刚下楼的时候没有惊醒老板和老板娘，要不然盛凌大半夜地跟着他从外面回来，纵使有千万张嘴，也说不清。

接下来的两个晚上，北角没有看到李琴操，后来他恍然大悟，原来这两日又是周六日，盛凌曾经告诉过他，李琴操在周末是不开工的，也不见踪影。奇怪的是，短发少女也没出现。

很像，又很不像，北角一直在琢磨。他的生物钟被打乱了，晚上等李琴操等到大半夜，白天就呼呼大睡直到下午才能醒，要不是盛凌来找他画画，他能睡到傍晚。

在第五封邮件没有出现的日子里，北角似乎不知道自己要怎么做，他知道一切冥冥中自有注定，不能急。但他有一种很不安的感觉，感觉自己很快就能知道李琴操的秘密了，这个女人极力隐藏的秘密。他也不知道为什么要这么费劲地走进李琴操的世界，他们仅有的几次交集，李琴操对他的印象应该很差，第一次以为他是偷窥狂，第二次很蹩脚地要解释自己不是偷窥狂，第三次他们都被楼下的盛凌偷窥了。

生活忽然围绕着李琴操在转，秘密越多，他越想知道。

如果不是那天唱《静止》时，李琴操的眼睛和星辰相接时散发出来的孤独，正好击中他，他可能不会跳进这个坑，如果……对了，如果不是旅店门口那根孔雀羽毛，他可能不会住进来，就不会像现在这样，掉入李琴操的黑洞之中。

她在明处，而自己应该在暗处，北角忽然想明白了这一点。他调整了战术，这些不确定和越来越大的黑洞，让他迫不及待地想解开所有的疑团。

这天晚饭的饭桌上，盛凌想让北角看看她最近画的几幅画的颜色，被他拒绝。盛凌哼了一声，跺了跺脚，丢下碗筷就回了房。北角尴尬地看了看老板夫妇，老板也有点尴尬，但老板马上解围说，"这丫头就这个德行，北角先生习惯了就好，她一直都这样。"

老板娘往北角碗里夹了点菜，笑着问他："北角先生老家哪里啊？"

"湖南人。"他答道。

"听你口音像是北京人，祖上是湖南的？"老板娘又问。

北角胡乱点了点头，突然意识到氛围很诡异，飞快地吃了两口，就上了楼。

晚上七点，他下了楼，跟老板说要在一楼开一间房，老板狐疑地看着他，本想问问他是为什么，但还是没开口，直接给了他房卡。北角把房钱递过去，老板又犹豫了一下，收了。老板在猜度他，但一想到自己找"小姐"的事被这个房客撞个正着，觉得不能把话说穿了。北角知道老板在想什么，懒得解释，只给了老板一个"不是什么人都跟你想的一样"的眼神。

接着他又去了李琴操表演的酒吧，冬至将至，西街的户外生意大都转移到了室内。北角进了李琴操表演的一家酒吧，就开始专心喝酒，也不看李琴操，但她的行踪都在能见的范围里。

老板过来跟他说，今晚不到十二点，李琴操就能收工。

十一点半的时候，北角进了一楼开好的房间，裹着衣服躺在床上，没有开灯，静候李琴操的出现。

不到十二点，李琴操出现了，她经过旅店的时候跟往常一样，悄无声息。北角看着她上了楼，大约四十分钟后，果然，一个背着吉他的短发少女从那栋楼里出来了，往巷子深处走去。北角连忙开门跟了上去，一直紧跟在那个身影后面，不远不近。

但很快又跟丢了，这里的巷子非常碎，和青木镇错综复杂的青石板路差不多，每一条巷子都很短，分支又多，不熟悉地形就很容易迷失，何况还是在大半夜，黑灯瞎火。

北角有点沮丧，原本以为计划得天衣无缝无懈可击，却还是没成功。此时此刻，他一脸沮丧。行动失败，他不得不往回走。

走到巷子口，北角发现李琴操就站在巷子口，她低着头，长发随着风吹起来，暗淡的灯光下，只能看到她半张冷漠的脸，她的眼影还是很重，像一抹庄重的黑色哀愁包围着她的双眼，完全没有卸妆。

他很诧异，现在他无法假装没有看到李琴操。

"你想知道什么？"

这个声音冷冷的，没有一点温度，与上一次跟北角说过话的李琴操又不一样。

11

"你想知道什么？"

李琴操的声音极其冷漠，像是一个午夜回家的杀手，带着杀气。

北角做贼心虚，冷汗从后背冒出来。难道自己真的错了？他看到的明明是一个短发的少女背影，而眼前的李琴操，长发飘逸，浓妆还在脸上，绝无可能是同一个人，同一个人不可能有这么快的速度。重点是，如果是同一个人，有什么理由要扮成另外一个人出现，变脸的完成度这么难，根本不需要。即使她就是李琴操，又跟自己有什么关系？北角觉得自己很荒唐，嘴上却不肯认输，压低了声音反驳："我想知道什么，跟你没关系。"

"很多人的无趣多半是自己胡思乱想，你真的很无趣。"李琴操根本就不想回答他。北角当时有点发怒，李琴操真的是一个很自我的人，又惯于否定他人，从心理学角度来说，这类人要么是自信，要么就是自卑。

这注定是一次不欢而散。

北角把自己关闭在阁楼上，西窗紧锁，他沮丧地认识到，李琴操是一个很顽强的人，知道别人的秘密只会让自己活得沉重。他开了两瓶红酒，一个人就着这寂静无声的夜喝完，今晚他有点不胜酒力，很快头就有点昏沉，倒在了床上。

迷糊中，一阵很轻的敲门声，北角以为是自己喝多了产生的幻觉。他很困，意识模糊，但他听到了钥匙转动的声音，门开了，一个身影闪进来，又迅速地反锁了门。

北角知道有人进了他的房间，但看不清这个人的脸，浑身动弹不得，这个身影来到他的床边，往杯子里倒了一杯酒，一口气干了。北角努力想睁开自己的双眼，但浓烈的酒精正在麻醉他的意识，根本起不了身。

所有的场景都迷蒙虚化，有双手把他脸颊的头发拨开了，轻轻地抚摸着他的脸，那双手柔软光滑不经世事，很舒服，他现在受了挫折很脆弱，需要温暖，那一瞬间他以为是安来了，以前安就会在他酒醉之后这样安抚他，他对这样的安抚抵抗力为零。大概几分钟之后，有两片薄薄的嘴唇贴了上来，嘴里散发的热气让他更加昏昏欲睡，他想要推开这个人，却又有点迷恋这样的温度。

那双手顺着他的脸慢慢抚摸到了他的胸口，北角开始清醒，胸口的伤疤绝不能让任何一双手停留。

"北角大叔，你爱我吗？"一个低低又软绵的声音，北角的意识终于清醒了，吻他的人不是安，是盛凌！他睁开双眼，只见盛凌脸上泛着红晕，在昏黄的台灯下，她倔强地挺着胸，努力地让自己看上去像一个性感成熟的女人，可是脸上的表情出卖了她，那是一张幼稚纯真的脸，跟她努力表现出来的情欲完全不匹配。

真可笑。

北角的酒完全醒了，他不知道盛凌是怎么到他房间的："你有我房间的钥匙？"

"这还不容易，这家旅店都是我家的，我想进哪间房随时都能进。"盛凌始终是个孩子，一说话就是孩子气。

"你知道你在干什么吗？"北角想到刚才迷糊中盛凌抚摸了他的脸又吻了他的嘴唇，立刻觉得荒唐至极，幸好他的酒醒了。

"北角大叔，我爱你！"

"我都能做你爸了，有什么值得你爱的。"北角怒斥。

"你是不是喜欢李琴操那样的？我可以为了你，成为她那样的女人。"

这句话从她的口里说出来的时候，实在是没有底气，但她要硬撑。

"谁说我喜欢李琴操那样的！你能不能不要胡思乱想！"酒精还在起作用，此刻他的头很疼，除了傻，他想不到用什么词来形容盛凌。

他这才注意到，盛凌不知道什么时候已经脱掉了所有的衣服，赤裸裸地站在他的面前。

盛凌双手交叉在胸口，嘤嘤地哭了起来，边哭边说："你喜欢李琴操那样的，我可以变成，我可以给你一切……我愿意，我爱你，北角大叔，我知道你今晚被李琴操拒绝了，一定很难过，我很心痛……"

"胡说八道！谁说我爱李琴操了？我不会爱她，也不可能爱你。"听不下去了，必须要制止盛凌继续说下去，他醒悟过来，原来他在跟踪李琴操的同时，也被盛凌跟踪，自己却一点也没发觉。荒谬，这一切太荒谬了，他不仅没解开李琴操的秘密，现在又多了一个情窦初开还不懂什么叫爱情就愿意献身的盛凌，他的脑袋几乎要炸裂。

可他不能炸裂，人越来越清醒，他走过去从地上捡起盛凌的衣服给她披上，盛凌还在哭泣，他像一个父亲一样，把她疼惜地搂在怀里。他很懊恼，但必须要阻止盛凌再这样下去："赶紧把衣服穿好，明天还要上学。"

盛凌不肯走，北角只好让她睡自己的床，他则蜷缩在西窗下的沙发上将就了一晚。

一个房间，两个清醒的人，都没睡着。清晨六点，他把盛凌叫醒，让她回自己房间。

北角的口吻淡得没有一丝味道："以后不要记得今晚。"

盛凌咬着嘴唇，眼里带着幽怨，没说任何话，下了楼。

一切像什么也没发生过，本来也没发生什么。暗涌过后是平静。

盛凌的举动让他有了恐慌，他做了一次长时间的思考，重新想了一下自己为什么会来西街，仅仅是因为四年前那封邮件的IP，第一封邮件和第四封邮件之间隔了四年，发邮件的人也许换了地方，如果第五封邮件再不出现，他不能继续再游荡下去。

第二日，他把盛凌叫到房间，因为心里没有杂念，所以也不觉得应该尴尬。他把画板和剩下的图纸全部送给了盛凌，还有一堆画，原本他打算扔掉，但是被盛凌阻止了。

"北角大叔，你要走？"她急了。

"我本来就是个流浪汉，只会走走停停，不会在一个地方停留很久。"北角一边说一边整理那些画，选了一幅自己最满意的打算留作纪念，选来选去，最终还是选了一张画有李琴操窗台的画，把它卷好，其他的都任凭盛凌处理，即使扔了也不觉得可惜。

"西街已经没有一个让你能留下来的理由了吗？你可以继续画画，这里的风景你画一辈子都画不完，你还没开始学画人物肖像，还没出去写过生。"盛凌的眼神可怜兮兮的，语气却很坚硬。

北角摇摇头，他胡子拉碴，脸的两颊清瘦，颧骨前所未有地耸立，因为瘦，喉结也显得异常突出。

"你打算去哪儿？"

"深圳。"北角只是随口说了一个地点。

北角把画都交到盛凌的手里，她痴痴地看着他，泪水翻滚着。小女生的心思真是摸不透，北角暗自想，他对她远远不像她对他这般有感情。盛凌在北角眼里，就是一个旅店老板的女儿，只是他恰好住在这家旅店，除此之外，不应该也不会有其他多余的感情。

盛凌突然把画都扔到了地上，冲过去抱着北角。

"北角，如果我求你，你可不可以不走？"盛凌开始抽泣，不知不觉地她把"大叔"两个字去掉了。"我舍不得你走，自从你来了后，我才觉得我的生活变得不一样了。你知道吗，跟你独处的时间是我人生中最快乐的。我不想上学，可是爸妈不同意，我也不想回家，因为爸妈感情不好。我在这个家里待不下去了。北角，要不你带我走吧，你去哪儿，我就去哪儿。"盛凌哭得凶猛。

北角想起那天和她去漓江边的情形，盛凌说她讨厌自生自灭的状态，她的父亲，被自己撞到过召妓，她的母亲，很寡情，对女儿看上去没有更多的关怀。这样的家庭，盛凌即使再盛气凌人，也感受不到宠爱。北角又想起了十八岁的简翎，还有十八岁的萧青暮，内心一阵绞痛，胸口和臀部的伤疤跟着发作，虽然他很明白，这些疼痛感，不过是他的幻觉而已。

"我又不是马上就走，走的时候一定跟你告别。"等盛凌没有那么难过的时候，北角安抚她，小姑娘破涕为笑。

这一刻，北角知道盛凌也不是真的爱上他了，只是因为他在过去的这些天里一直陪伴着她，让她产生了错觉，而盛凌需要的不是北角的肉体，更不是爱情，她需要的不过是一个如父亲般的中年男人对她嘘寒问暖。对于此时的北角来说，也许盛凌期待的，是他能够把她当成同龄人一样相待，比如，走的时候有一次正式的告别。

如此想来，北角的心安定了不少。

北角的前半生，最害怕的就是说告别，每一次说再见，都会难受，因为有些再见，就真的成了再也不见。就像十八岁的萧青暮和十八岁的简翎，此生没有再见。

12

北角没走成，李琴操出事了。

当天晚上他在阁楼里喝酒，晚上十一点的时候，手机响了，是一个陌生电话。

在西街知道他电话号码的人很少，又是午夜时分，一定有什么事发生。接通了电话，那头是一个陌生少女的声音，少女显得有点急，告诉他李琴操在一家酒吧被一个女人打了。

来不及细问，赶紧往外面跑，顽强的李琴操怎么会出事？但他马上又醒悟过来，这么顽强的李琴操才容易出事，她的顽强可能就是别人眼中的顽劣。

等他按照电话里告知的地点跑到酒吧的时候，酒吧的地上已经一片狼藉，全是酒瓶摔碎的玻璃碴，一个人老珠黄的中年女人叉着腰在发疯，使劲地摔着酒吧的瓶子。李琴操站在另一个角落里，凌乱的头发遮住了她大半张脸，明显是跟人有过撕扯，这家酒吧的灯光非常昏黄，北角根本看不清她的表情。

听了几句，他就大概明白了中年女人在闹什么。女人的老公经常来西街鬼混，又经常找李琴操点歌，花钱如流水，每天都喝醉，半夜不归家。今天西街有人跑去告诉这个女的，她老公可能跟李琴操搞上了，而她又听说李琴操一直没有固定的男人，极其不爽，不知道受了什么刺激，借着酒疯就跑来教训李琴操，一上来就动手，这女的一边骂着不要脸的婊子，一边非要李琴操说个和她老公厮混的子丑寅卯来，不说就誓不罢休。

北角心里有了数，不过是一个管不住老公的女人发酒疯为难李琴操罢了。他回头看了一眼李琴操，才发现她头发上还有水滴下来，应该是被泼了酒。

"你这个狐狸精，西街的男人都被你睡遍了，嫁不出去的老女人，今天我非撕了你不可，看你还有没有脸到处勾引男人。"疯女人朝着李琴操走过去，抡圆了手，朝着李琴操的脸就要一巴掌下去。

北角以最快的速度抓住了女人的手，又以最快的速度在她脸上扇了一个耳光，疯女人还没反应过来，另一边脸又吃了北角一耳光。这两巴掌的力度控制得很好，不偏不倚，不轻不重，但足够疯女人记一个星期的了。

他很理智，知道在西街这种分不清势力的地方，很容易得罪有钱有势来买疯的人，得有足够的钱才能够平息事端，好在他不缺钱，也不用在西街谋前途，大可以图个痛快先。

"你刚才说什么，说她是嫁不出去的老女人，既然她嫁不出去，那就只能辛苦你多嫁几次，多嫁几个，你看好不好？"北角以前的工作就是谈判，善于找对方语言的漏洞。

这个女人被北角两记耳光扇得莫名其妙，反而被镇住了，她见北角一点声色不动，一时搞不清他是何方神圣，只会大喊大叫，却不敢反击："你谁啊？你是什么人？"

"我不是什么人，我是她的男朋友，你刚才骂了她又打了她，这两个耳光，请你笑纳。"北角语速很慢，慢条斯理，但是一字一顿都有力度，"在这个地盘动手，你可能不知道自己是怎么死的，如果你敢再来动她，我会让你变成哑巴，不信你就试试。"

北角的眼神锋利如芒，不是他的戏好，是他在这一刻为了保护李琴操，动了真情。他不想让李琴操再受同样的骚扰，同时，他心里很清楚，李琴操一直按兵不动不是害怕这个女的，而是她一旦回手，这里一定会腥风血雨，他得把她的火压下去，让她克制。

这种女人很可怕，李琴操身上有太多的神秘，是他北角心甘情愿想要靠近。

北角拿出一张银行卡，对酒吧老板说了句"今晚的损失都算我的"，就拉着李琴操往外走。

"你以为这个女人很干净吗？也不看看她深更半夜都去什么地方，是不是还睡在你的床上，别戴了绿帽子还被蒙在鼓里！"身后传来疯女人如厉鬼般的声音。

北角停了下来，想回去再给疯女人一巴掌，彻底封住她的嘴。但李琴操紧拽着他的手，她的嘴唇动了动，想说什么，最后只说出四个字："我们走吧。"

北角带李琴操上了旅店的阁楼，她的手被啤酒瓶扎伤了，他拿了备用酒精出来给她消毒，又拿备用的纱布给她包扎好，打了一盆热水，示意她洗掉脸上残留的红酒，红酒已经渗入她的浓妆里，流出一道道路子，像泪痕。

不知道李琴操是否有泪沟，她的妆太浓，看不到。泪沟很深的人看上去很疲惫，但其实是很爱笑的，这是简翎告诉他的，简翎就是个爱笑的女孩，有点浅浅的泪沟。不知道为什么，今晚北角身上的两个伤疤异常地作痛，可能是只要一想到简翘，伤痛感就会不期而至如潮水般涌来。

李琴操没理他，她的眼睛扫视了一下北角的房间，最后落在桌上，桌上放着一幅被卷起来的画，是北角白天唯一留下来的。

"你画的？可以打开看看吗？"李琴操轻声地问。

"嗯。"他点点头。

李琴操打开了那幅画，那幅画画的是远处的漓江和近处的实景房，李琴操认出了自己的阳台。

又是一阵沉默。

"你画的是我的阳台，你对我很感兴趣？"李琴操先开口。

北角没想到她这么直接，凭一个阳台就得出这样的结论，一时语塞，也不想辩解："我很喜欢《静止》这首歌，第一次遇到你，你在唱这首歌，我在你眼里看到了一些东西，我觉得你是静止的，很美好。"他说得语无伦次，毫无逻辑，答非所问。

"你说什么我听不懂，不过，你过奖了，你不会因为一首歌就爱上了一个卖唱歌手吧？"李琴操笑了，让北角招架不住，李琴操所有的话都那么直来直往，跟他从前所认知的成年人的游戏语言，非常不一样。

"我只是有种很奇怪的感觉，但绝对不是爱上你了，别多心。"北角这句话也是真的，他从来就没有想过要爱上李琴操。

"你可千万别爱上我，谁爱上我都会失去很多。"李琴操起身就走了，说这句话的时候，北角判断不出她的表情是在开玩笑还是很认真，她所有的情绪被隐藏在她的浓妆之下，滴水不漏。

"那个女人最后说的那句话，是什么意思？"北角还是忍不住问出了他的疑虑，疯女人刚才说，"也不看看她三更半夜都去什么地方"，北角想到了在午夜背着吉他消失在巷子深处的短发少女，这个信息和他猜测、跟踪的事情，在某些细节上是吻合的。李琴操不承认，不代表她没有秘密。

李琴操并不回答北角的问题,但她显然看到了角落里已经打包好的行李。

"你要离开西街?"她问。

北角不想被她岔开:"先回答我的问题。"

"我和你本来就没有任何关系,你只不过是西街的过客,而我,是西街一辈子的老人,我会在这里一生一世,我在西街的生活又怎么能算是秘密呢?"李琴操深呼吸了一口气,一生一世这个词从她口里吐出来,悲凉冷漠,没有一丝烟火气。

"我明天就走了。"北角不知道为什么要说这句话,其实他根本没想好什么时候走。

李琴操沉默了几秒,叹了一口气,转身对北角说:"我最羡慕的就是能离开西街的人。你真的想知道我的秘密吗?我的秘密……"她停顿了一下,若有所思地说,"我的秘密就是,我不爱西街,但永远都不会离开西街。是不是很好笑?"李琴操转过身来,最后对北角说了一句:"谢谢你今天出手相救,希望你一切都好。"

希望你一切都好。一句在陌生人之间出现频率最高的客套话。

李琴操推开门,盛凌站在门口,他们的目光对视,盛凌十八岁的脸庞实在过于青涩,稀释了她眼里那道仇视的光芒,两个女人,短暂的眼神交锋之后,擦身而过。

13

"你怎么在这儿?"北角问盛凌,盛凌刚才看李琴操的眼神,太像在看情敌,让他有点哭笑不得。

"如果我说,今天这场戏是我安排的,你信吗?"盛凌的声音在发抖。

"什么戏，你说什么？"北角以为自己听错了，今天他接到的电话是一个少女不错，但绝对不是盛凌。

要不是盛凌如此活生生地站在他面前告诉他这一切，北角永远都不会想到，今天李琴操平白无故地遭到一个疯女人的攻击，竟然出自一个十八岁的小女生的策划，他想不到，李琴操更是无辜。

"那个电话是你打的？"北角之前没时间想的疑问终于对上号了。

"我让我同学打的。"盛凌说，电话是她闺密张无然打的，当时她们在一起，"我怕我打你会不信，就让同学打了。"

"你说这一切都是你策划的，你是怎么做到的？"北角此刻心里很慌张，他太小看了眼前的小女孩。

"要想找李琴操的麻烦很简单，有人告诉我，那个女的一直不喜欢李琴操，以前也来找过碴。我只是跑去找她，随便说了几句话，她就忍不住了。"盛凌的声音听上去很得意，像在叙说一件和她完全不相干的事，"你们大人的世界也不过如此，三言两语，就把一个女人逼疯了。我原本没想告诉你，可是我明白，你嘴上不说，但其实你已经爱上了李琴操，我说得对不对？"

空气冰冻了三秒，北角有点窒息，又很心痛，盛凌才刚成年，看上去还那么稚嫩，却已学会了成年人世界里最糟糕的行为。

他露出厌恶的眼神："你为什么要这么做？"声音狠而残酷。

"北角。"

"叫我大叔！"

"我只是不想你走，想留住你，我知道你在意李琴操，所以选择用这样的方法伤害她，仅仅是为了留住你。我跟自己打了个赌，愿赌服输，原来你真的这么在意李琴操。"盛凌的这番话已经是一个成熟女性的思维，与北角初次见到的她判若两人。

"我赌她可以把你留下，我赌你会为了她留下，这样，我每天就能看到你了，哪怕你只是在西街，哪怕我知道你可能不会爱上我，我都会觉得今天做的事是值得的。"盛凌满面是泪，"你知道吗？从小到大，没有一个人愿意跟我相处，没有一个人愿意相信我很孤独，只有你，只有你没有拒绝我，我们一起画画，你会认真听我说话，听我说心事，我想，如果没有她，你也会爱上我的。"

北角的世界崩塌了，一个李琴操他还没搞定，措手不及，又等来了一个十八岁少女这么直白的表白。这个世界有多可笑，就有多可悲，悲哀覆盖了他整个身体。

"对不起，我不爱你，你也不懂什么是爱，我明天就走了，希望你一切都好。"北角冷冷地说，这句话是刚刚李琴操给他的，他转身就给了盛凌，他更明白了李琴操说这句话时内心的淡漠。他之于李琴操，就像盛凌之于他一样，想要伤害一个人实在太容易了，有时候越简单的言语，伤人越深。

盛凌赌气地哼了一句："我赌你一定会留下来。"

今天所发生的一切，像电影片段一样迅速地在北角的脑海里再过了一遍。他一直不敢承认，李琴操眼睛和星辰光芒相接散发出的美好瞬间，和简翎那么像。十八岁的萧青暮和简翎，曾经在失心崖旁边肆无忌惮地哼唱，漫山遍野的芦苇就生长在他们的脚边，和十八岁时他们的生命一样，充满了无穷尽的力量。

他更不敢承认的是，停留在西街，就是因为那一瞬间李琴操和简翎的相似，他情不自禁地想要靠近她，靠近她，只是为了再寻求一个类似的信号。想到这些，一股凉意从他的心底冒出来，肆意滋生的痛感毫无理由地来袭。

穷尽一生去遗忘青春，又穷尽一生想寻找曾经在青春里被挥霍、被牺牲甚至是被糟蹋过的时光。他之所以回到青木镇，又来到阳朔，仅仅是想知道，当年故事里的人，过着什么样的生活。

十九年之后，谁能做到一如年少？

如果做不到，又怎能责怪现在的盛凌？所有人都没有资格，北角没有，她的父母更没有。

三十七岁的北角不会爱上十八岁的盛凌，因为他真正爱过的，只有少年时陪他一起笑一起哭一起不畏惧地站在失心崖最深处的简翎。他前面三任女朋友说得很对，北角没有真心爱过她们，是因为他心里没有放下一个人，放不下，所有的真心都会变成假的。

安说，和所有睡过的人互不相欠。今晚北角想通了，他不爱她们，既然不爱，也不亏欠她们。他不爱盛凌，所以也不亏欠她。

北角没有离开西街，不是因为盛凌的那句话，只是内心安宁了，因为他还要等第五封邮件的到来，盛凌只是个小插曲。他又重新买了一块画板，话比以前更少，每天专心画画，好像无师自通，他开始敢画一些人物肖像了。有时候听见老板娘在楼下大声骂女儿，只假装没听到，盛凌的事，他不再过问。

他也没换地方住，不是为了已经给过老板足够的房钱，而是因为心里没有任何杂念，也不用专门去躲避什么而显得心里有鬼。他照常跟老板一家吃饭，老板又慢慢变得爱讲冷笑话，他附和着笑，跟从前没有什么区别，他不刻意躲避盛凌，也不想再多听她说话。

他用手机拍了不少李琴操的画面，有时候是她开门进来拉窗帘，有时候是她朝楼上瞪眼，有时候是喝酒，有时候是发呆，有时候是仰起头看着黑色的天空，眼里流露出来淡泊。他挑了一张，在原来那张空阳台的画上，把李琴操的侧影勾勒了上去。

他不再去跟踪，因为他知道，如果李琴操有心躲他，自己根本不是她的对手。

在西街很快就要过去两个月了，第五封邮件还没来，而李琴操的秘密，也没有揭开。

14

放学后，盛凌去学院的学生会办公室等她的闺密张无然，学生会其他人告诉她，张无然正在学院的网络实验室做一份数据统筹报告，让她在办公室等一会儿。今天是周五，她急着从市区赶回阳朔，但张无然说有东西要给她，所以临走前先来找她。好在没多久，张无然就回到办公室了。

张无然从阳光下走出来，她穿得极为朴素，脸庞洁白干净，留着长发，右边脸的长发用一只蓝色的蝴蝶结卡住，左边脸的长发，则是拨在耳朵后面，露出细小的耳垂，她的耳垂上有一颗小痣，遥远地看，还以为是耳洞。

她笑起来的样子，明媚灿烂。跟盛凌不一样，她没有少女暗恋的烦恼，一心都在学习上，成绩非常好，从初中时起就是学校重点培养的学生典型。她还有一个特长，喜欢摆弄电脑，课闲时间喜欢翻阅计算机书籍，《电脑报》是她看得最多的，很早期的《代码大全》她也看过，那些枯燥无味的编程、代码在她眼里，都是美好的。

她是学院的学生会副主席，负责管理学校的网络实验室。今天下午，张无然在网络实验室帮盛凌完成了一份数据报告，她还帮高中学校的老师整理好了一份母校校庆三十周年的数据。

还有半年，她曾经就读的花岩一中就会和隔壁的花岩二中合并，这一次的校庆要提前通知两所学校的知名校友，学校正在准备找个好日子，正式对外公布消息，作为刚刚从花岩一中毕业的学生，张无然成了校庆工作的志愿者。

盛凌和张无然并不在同一个班，两个人兴趣爱好也不一样，盛凌是艺术生，一直在学画画，张无然则是典型的理科生，她原本的目标是要考北大的计算机专业，可在高三那年，她突然从理科改学文科，现在在这所师范大学念英语专业。

她们原本并不认识，但就在两个月前，两个女生忽然成了无话不说的好闺密。说起来，还多亏了张无然帮盛凌解围，要不然盛凌那次真的会被羞辱得很难看。

大约两个月前的一天，大学新生军训没过多久，系里辅导员提前通知分班后的画室，盛凌兴冲冲地去画室看一眼，没想到走错了班，走到了隔壁一个理科班的专用教室，也不知道是什么专业。盛凌推开门走进去的时候，教室里有几个刚刚打完篮球回来的男生正懒洋洋地晒太阳，突然见到一个女生走错了教室，立刻发出一阵邪恶的笑声。盛凌当时大窘，还没来得及退出教室，坐在后排座位的一个男生从后面突然蹿到了前门，一把将她推进了教室，堵在了门口。

其中一个男生说："这不是美术班的吗？画画的长得就是好看啊。"

又一个男生说："来都来了，就陪哥几个聊聊天吧。"

台下发出一阵哄笑，盛凌的脸被气得一阵红一阵白，但知道跟这拨无赖不能纠缠，转身想走，却被门口的男生死死地堵住，进退不得。正是中午时分，所有学生老师都在休息，教室和宿舍有一段距离，哪怕是喊可能也没人能听到，说不定会惹怒这群人，还坏了自己的名声。

就在她想对策的时候，一个手里抱着几本书的女生出现在门口，堵在门口的男生猝不及防，被狠踢了一脚，好一阵号叫。

这个女生就是张无然。

张无然面不改色，她看了看教室门口的门牌号，说："生物科学系的对吧，只要你们报上名来，你们父母的名字，还有他们的联系方式，信不信我现在就能给背出来。"她瞪大了眼睛，扫射着眼前的这群男生："你们这是吃了豹子胆吗，敢在学校公然调戏女生，是想让学校把你们的父母都叫来训话记一次大过，还是想让学校把你们开除啊？"

台下的男生都低着头，不作声，人人都知道，这个叫张无然的女生不好惹，她以文科第一名的成绩考进来，老师护着她，人家还掌管着学生会，那里有所有学生的资料，她所言一点不假。被踢的男生还在号叫，为首的男生见其他人都不吱声了，也低下了头。

张无然拉着看傻了眼的盛凌赶紧跑出教室，一直跑到女生宿舍旁边，两个女生才敢停下来，气喘吁吁，相互望了对方一眼，笑作一团。之后，两个女生就成了好闺密，盛凌对张无然更是感激不尽，掏心掏肺，视她为最好的知己。

盛凌有一次邀请张无然去家里做客，张无然欣然前往，这个十八岁的女生已经懂得了礼尚往来，那天，她去赴约，拎着一大袋水果去盛凌家，盛凌父母也款待了她，这是她第一次到盛凌家，就多待了一会儿，饭后，两个女生在旅馆的门口荡了会儿秋千。

张无然看着盛凌家旅馆旁边的楼发了好一阵呆，直到盛凌来打断她："无然，你不知道吧，你现在看到的地方，住的全部是我们西街的卖唱歌手，他们白天睡觉晚上才出来上班，所以白天这里很安静。"

张无然若有所思地回答："我知道的，以前来过西街。"说完，她就起身跟盛凌告别，走的时候，她从书包里拿出一根鲜艳的翠蓝色的孔雀羽毛，插在了门口的一块小黑板旁边，小黑板上写着一句话——你之所以停留，这里一定有什么吸引着你。

孔雀羽毛在阳光映射下特别美丽，一下将小黑板点缀得有了生机，有了生命力。

"是不是好看很多？"张无然有点小得意，盛凌很欣喜，她没想到一个平时看上去大大咧咧的女生竟然比她这个艺术生还细心，当时觉得很惭愧，感觉自己对这个家从未用心过，门口确实因为有了那根孔雀羽毛而显得格外不一样。无论从哪个角度来看，在这一带的小旅馆里，她家门口的孔雀羽毛都最为显眼。

"没想到这根孔雀羽毛派上了用场，答应我，不许摘掉，不许弄丢哦，"张无然俏皮地说，"我会定期来检查。"

"遵命，女王，绝对不会。"盛凌做了个敬礼的手势，这么好看，她才舍不得摘掉呢。

两个小女生一路笑着去了码头，从阳朔到桂林市区，坐船非常方便，沿途可以欣赏漓江风光。

盛凌到现在还一直心存感激，难得有个投缘的好闺密。

现在张无然手里拿着两份报告回到办公室，调查报告用文件袋封着，其中一份是要给盛凌的。

听到脚步声，盛凌从办公室里探出头去，看着张无然远远地从走廊那头走过来，冬日的阳光很苍茫，但张无然却笑得灿烂动人，像是从春日里走出来的姑娘，脸上的笑意让她心头一暖。

办公室仅剩的一个播音员，见张无然回来，打了声招呼，也开溜了。

张无然把手里两份文件往桌上一放，顺手把其中一份抽了出来递给盛凌。"这里面有你想要的那家酒吧的数据，什么性质，开了多少年，每年盈利多少，有多少服务员和卖唱歌手，都在里面了。你说得没错，你要找的那个人，就在这家酒吧卖唱。"张无然说话和她的动作一样，惯来麻利，说完去给自己倒了杯水，咕咚着一口气喝完，"渴死我了，这两份报告花费了我两个下午呢。"

"无然，你是怎么查到的？"盛凌瞪大了双眼，"太厉害了吧。"

"别忘了我最擅长的就是做数据调查，你要查的这家酒吧，偷偷告诉你，是跟我们一届的一个男生的爸爸经营的，也算是巧合吧，希望能帮到你。"

盛凌脸上突然挂了一点惆怅，她对张无然说："我也不知道这样做对不对，但那个大叔不知道为什么，就是喜欢这个卖唱的，我一定要让他死了心。"

"盛凌，你要是做小三呢，就趁早收手。"张无然突然冒出这句话，吓了盛凌一大跳。

"什么小三啊，我就是不想让那个大叔继续沉迷下去。"

张无然突然发出一阵低低的痴笑，她压低音量，跟盛凌咬耳朵："对了，你还没告诉我，那晚你们发生了什么？"

盛凌的脸唰地红了，那晚实在太窘，还差点逼走了大叔："讨厌，都是你出的馊主意，大叔是个好人，我们什么都没发生。他……好像……对我不感兴趣。"

"谁让你半夜给我打电话，我也不懂，就随口一说，没想到你还真去献身了，还好你碰到了正人君子。"张无然又接了一杯水，这次她只是慢慢地抿了一小口。

"哎，无然，我得先走了，等我这次回家给你带好吃的。"说完，盛凌就走了。

"你慢点啊。"张无然把盛凌送到楼梯口，目送着她飞奔到一楼，才走回办公室。

张无然走到座位上把桌上的文件拆开，抽出来摆好，是自己的母校校庆要邀请的校友名单，半年之后，花岩一中和花岩二中就要合并，新学校要改名为近海中学。这个消息，她早在毕业之前就听说了。

校庆校友名单，按照姓氏字母排名。

她起身去复印了一份，端详了一会儿，字母B那一排的第一个名字写着：北角。她拿起红色的笔画了一个圈圈，装进了书包。

少女打开窗户，此时还有最后一点夕阳，斜斜地落在她没有表情的脸上。

两个月前，她在生物科学班将盛凌解救出来，为了等一个可以和盛凌做好闺密的时机，那时她已跟踪了盛凌整整十天。她想起第一次去盛凌家做客，盛凌说到卖唱歌手时的那种不屑，脸上又冷了三分，她站在窗口，慢慢地闭上眼睛，漓江的风吹到她的脸上，她将吹散了的头发拨到耳垂后面。

15

北角的梦开始深沉可怕。他时常梦到简翎，都是在不同的梦境里，他经常梦到简翎向他走来，又经常梦到自己死了。有一晚，他梦到简翎，还有张楠楠，他们三个在失心崖唱一首歌，这首歌很难唱，是一首闽南语歌，叫《风吹风吹》，三个人都很喜欢，简翎独唱时闽南语的咬字和韵味都很到位，还改编了一个和声版，简翎是独唱女声，他和张楠楠在后面和声，但他们两个很难领悟到闽南语发音如何精准，所以经常是混乱的。

那时他们还小，站在失心崖旁边唱这首歌，刚刚内心有点懵懂，刚刚懂得去喜欢一个人，刚刚知道这世间有男欢女爱。

他梦到简翎又在唱《风吹风吹》，嗓音很细，很温柔，他听得入迷，突然，他掉下了失心崖，摔得很惨，直接死了，他看着自己的灵魂又飘到了简翎身边，他能看到简翎，简翎却看不到他，很慌张地到处找他。而张楠楠在这个时候不知道去哪儿了，北角很着急，一个劲地骂张楠楠懦弱胆小。

醒来时，北角想不起这个梦是什么结局，应该没有结局吧。

第五封邮件还会来吗？

他开了灯，看了下钟表，午夜一点，自从他决定先不离开西街后，就不喜欢喝酒了，也不用借助酒精入眠，关了灯，正准备继续睡，忽然听到西窗楼下一个石子落地的声音。起初他没太在意，很快第二颗石子的声音又响了起来，紧接着，又响了好几声，他连忙推开西窗，只见李琴操的楼下，站着一个他熟悉的跟踪过的背影，短发少女背对着他，背着一把吉他站在那儿，好像在等谁。

北角的第一反应和前面几次还是一样，没有时间思考要不要下去，就像离弦的箭一样，马上往楼下奔。这一次，他在巷子的尾处看到了那个背影，似乎就是在等他，北角有点不相信，等他靠近了，背影拐进了另一条巷子，但始终保持在北角能跟上她的距离之内。如此兜兜转转了七八条小巷子，他从来不知道西街还有如此纷繁复杂深不见底的巷子。

他和少女的背影一直保持着一百米左右的距离。终于，短发少女在一扇大门前停下了脚步，北角也跟着停了下来，只见那扇大门的上方写着"月亮之下"，光看门面，分不清具体是什么地方。

似乎在做一个很难的抉择，短发少女静默了几分钟。

背影终于转了过来，北角又一次震惊了，短发少女竟然是盛凌！又是盛凌！

怎么可能是她？真的是他误会李琴操了吗？他一直看到的背着吉他的背影，竟然是盛凌？这么晚了，她背着吉他要去哪儿？

冷风吹进盛凌的脖子，她的身子单薄弱小，甚至快要撑不起那把吉他了。转过身来的时候，她已双眼通红，脸上挂着眼泪，张无然给她的那份报告，让她铁了心要做今晚这件事。

北角心里还在狐疑，因为盛凌给他的震撼实在太多，等了很久很久才开口："盛凌，今晚为什么把我带到这里来？"

盛凌并不躲闪，也不卖关子，直接回答："你以前看到的背影不是我，但我知道是谁，现在你只要推开这扇门，可能就知道了你想知道的所有秘密。"

她用手指指了指，那扇门离北角很近，门口有着真真假假淡红色的梅花枝，大门紧闭，没有什么非比寻常的感觉，门后面承载着什么秘密更是一无所知。北角被迷惑了，他为什么要相信盛凌，她设计陷害过李琴操一次，今晚又故意引他来这里，谁知道不是另一场设计？

盛凌看出了他的疑惑，镇定地说："北角大叔，你选择留在西街，我知道，无非就是想知道李琴操的秘密，现在这个秘密离你一步之遥，你只要有勇气打开这扇门，就全部知道了，你敢不敢？"

还有什么是他不敢的？北京的事业不要了，房子不要了，他现在是孤独的流浪汉一个，还有什么不敢。没有迟疑，北角抬腿就要走进去，可盛凌又挡住他："如果我告诉你，推开这扇门，你将可能永远不想再见李琴操，你还敢吗？"

盛凌真的很矛盾。

北角望了她一眼，把她的手甩开："既然你带我来这里，就知道我北角是什么样的人，别说是这里，今晚就是悬崖，我也会跳，这么说不知道你是否满意。"说完，北角走进了用篱笆墙砌就的院子，当他的手要推向那扇门的时候，听到盛凌在身后一声微弱的惨叫，"北角大叔……"，但他再没回头。

悬崖再深，也深不过失心崖。

推开门，里面静悄悄的，一点声音都没有，舞台上有个正在调吉他琴弦的少女，短发，低着头非常认真，连一束追光都没有，北角看不清她的脸，借助从各个包厢里传来的微弱灯光才肯定舞台上的少女，就是他数度跟踪过的背影少女。

她是李琴操吗？

北角慢慢挪动脚步朝舞台走去，但很快出现了一个女侍者，斯文有礼，声音不轻不重地把他拦下了。

"请问先生是第一次来吗？"她问。

北角点点头，眼睛没离开过舞台。

"是谁介绍来的吗？"她又问。

北角摇摇头，眼睛还是没有离开过舞台。

侍者提醒他不能靠近舞台，将他带进了一个小包厢，北角注意到，这里的小包厢设计得极为精致隐秘，包厢之间都是独立的。包厢里的灯光极其暖昧，一进门就能让人产生一种很奇特的欲望，北角瞬间知道了，这里可能不同于其他常规的酒吧。

侍者很快敲门递来一本精致的酒水单："先生第一次来，提醒一下您，我们这里的最低消费是两千九百九十九元，如果您愿意办这里的会员，以后来消费，可以打八折，会员第一次充值五万元，还可以八折之上再享受六折的优惠。另外，需要特意提醒一下先生，我们这里不提供点歌服务。"

这是北角在西街第一次听到最低消费这么高的场所，于是翻开了酒水单，发现两千九百九十九元在这里只能点一瓶不算高档的红酒，还有一些名字花样古怪的小零食。但他今天来的重点不在这里，于是随手点了一个两千九百九十九元的套餐，侍者离开了包厢。

他又环视了一下周围，在他座位的这个角度，除了能看到舞台上的歌手表演之外，再也没有多余的视角空间。这时，门打开了，不是之前的侍者，换了一个面容清秀的长发女子，看上去顶多是个刚进大学门的学生，她手里端着两千九百九十九元的套餐——一瓶红酒和一些小零食。把套餐放下之后，她坐到了北角的身边，紧紧挨着他，令他猝不及防。

"先生，您好，我是这里的三十三号，叫 Sherry（雪莉），今晚我为您服务。"

北角看了她一眼，姑娘是那种长得很俗气的美，眼角的下方有一颗痣，据说那叫泪痣，这样的女生很会哭。她介绍完自己，开了一瓶红酒，给北角斟上。这些女生很会聊天，她们善于捕捉客人的面部表情，以此来判断聊什么话题合适，话说几分才到位。北角明白了，这里是一个很高级的场所，外面异常死寂，内里却是另一番世界。

Sherry 一边和北角说着话，偶尔会装作不经意地用手指尖试探客人的兴致。北角下意识地一把推开她，面带厌恶，但还是很客气地说："小姐，对不起，我想先看一会儿表演。有需要再叫你。"

大颗大颗的眼泪从 Sherry 眼里落下来："先生，您是不喜欢我吗？"她的眼泪纯净无知，可北角不为所动，他残忍地推开她，Sherry 黯然离去。

舞台上终于有一道非常昏黄暗淡的光打在了歌手的身上，趁着表演还没开始，北角想去一下洗手间，他要弄清楚这里到底是怎么样的环境。

洗手间需要侍女带路才能找到，拐了好几道，像一座小迷宫，途中经过几个包厢，细听之下，每个包厢里都传来了男男女女谈笑风生的声音，这些声音如果不仔细听，都会被舞台上的音乐所掩盖。

侍女主动说还可以带他去楼上参观，北角礼貌地拒绝了。在暗淡的灯光下，他和一个扎着满头脏辫的女生擦肩而过，虽然看不清她的脸，但他看到了她眼角的那颗泪痣，就是刚才在他包厢里饱含热泪的 Sherry。她被北角拒绝之后，已经从一个清纯的学生妹变成了一个愤怒的摇滚太妹。客人需要什么，她们就扮演什么角色。

等北角坐好，侍女说了声如果有什么需要可以随时按铃之后，就再也没来打扰过。

台上的少女开始唱歌，她首先唱的是 *Dying in the sun*（在阳光下死去），The Cranberries（小红莓乐队）的歌，声音很细很净，带点天然的沙哑，有点像李琴操说话时的沙哑，但李琴操的歌声似乎没有这么纯净，这种纯净中充满了一个歌者的冷静，与世无争，奄奄一息，充满了悲凉与绝望，如此情绪怎么可能在西街这样的喧嚣之地听到呢？

这首歌唱完之后，舞台上的少女轻轻地吐了一口气，淡得像一朵即将在风中要散开的云，她抱着吉他的样子，让北角想起了一个叫艾敬的民谣女歌手。少女停下来，也没有报歌名，直接弹唱了下一首，前奏北角完全听不出来，但歌手一开口，他惊到了，少女唱的是他会唱的那首闽南语歌，《风吹风吹》。

有人是无行踪 / 有人被风笑憨 / 热恋的风吹飘来过去想未到彼放荡 / 伊亲像一阵风 / 定定无守信用 / 六月的炎天引阮牵挂可爱的薄情郎。

这首歌少女处理得很好，前面的声音纯净柔美，到后半段就如泣如诉，"缘分是相欠债，简单一句话"，让人听了想落泪，这样的歌，跟西街，跟这个叫"月亮之下"的酒吧的气场，完全不搭调。

简翎也会唱！十八岁那年，她就站在失心崖旁边唱这首歌，长发被悬崖边的风吹起来，风无定，心安之，北角无数次梦到这个画面，他站在简翎后面，慢慢地揽住她的腰，他们是一对相爱的少男少女。

如果舞台上这个人就是李琴操，北角知道了自己会被李琴操一个眼神就吸引到的原因，除了眼神里瞬间的吸引，他和李琴操还有一些共同的交集，比如这首《风吹风吹》，已经失传多少年，没有人会想到能在西街商业气息这么浓的地方，听到这首歌。

《风吹风吹》唱完之后，台上的少女依然没说话，又调了两分钟的琴弦，可以这样随心所欲地表演，还可以跟酒吧约定不许客人点歌，在西街肯定找不出第二家。但灯光实在太暗，少女似乎刻意将自己的脸埋在有黑影的地方，直到现在，北角都分不清台上的人到底是不是李琴操。

这次，少女缓缓地报了歌名，北角的身体瞬间就像被电击了一样。

"下面要唱的这首，叫《你说一到秋天就回来》。"

简单的几个和弦之后，歌手开始唱。第一句歌词从她口里唱出来的时候，北角几乎要哭出声来，只好紧紧地咬住嘴唇。

少女唱了：

这个九月，你说你要离去。

你说，即使我爱你，你爱我，

我们也会分开，人生只是一场偶遇。

你说过一到秋天就回来。

你说过一到秋天就回来。

再过一个九月，我就要忘记你。

再过一个九月，我就要失去你。

九月好长，秋天好长，

我等来另一个九月，另一个秋天，

还是没有等到你，只等来一场秋雨。

秋天一来，我们就分开。

秋天一来，我们不再分开。

北角手里的酒杯一直不停地颤抖，红酒从杯里洒了出来，他把酒杯放下，站起身，恣意放纵的泪如雨下，就像一条岁月的河流，终于找到了它最终要去的方向，身体的血液全部冲向他的头部，感觉它们会倒流到眼睛里，让他变成一个厉鬼。

这首歌是十八岁那年简翎写的，虽然现在歌词已经改了一些，但这句话、这样的旋律他还记得。说好秋天就回来，是一句誓言，是北角向简翎承诺过的誓言，那时他们相爱，还没有分散，还没有天各一方。他们说好，如果走散了，不管发生了什么，一到秋天就回青木镇，就能找到彼此。可是，过去的十九年，北角一次也没回过青木镇，他放弃了十九个秋天。

他们在十八岁走散，因为一场无情的浩劫。

台上少女唱的是简翎的歌，她是李琴操还是简翎？两个身影在北角眼前不断地交错重叠。他站在包厢的门口直直地盯着舞台，世界对他来说已经被静音，他只想冲到舞台上，去看看那个人到底是谁，为什么会唱这首歌！

今夜的他，如同他进门之前所想，推开这扇门，就算真的掉进了万丈深渊，也不再回头。

舞台上的歌手简单地说了句谢谢就谢幕了。北角正要冲过去，这时，不知道从哪个黑暗的角落突然冒出来两个高大的黑西装保镖挡住他的去路。

北角没时间和他们解释，立刻甩出了一张银行卡："拿去，我要办会员，直接刷十万元。"两个黑西装保镖无动于衷，北角又喊了句"刷二十万元"，他们仍然没有动。台上的少女眼看要走了，他只能硬闯，他的动静太大，惊动了台上的少女，一直低着头收拾吉他的少女朝他的方向望了过来，可北角还没看清楚，少女已经转身，从舞台侧面的后门消失了。

那是一扇如果不认真看根本不知道是出口的门。少女走得极为洒脱，关门的瞬间没有丝毫的犹豫，仿佛台下只是一个无理取闹的客人，她不需要理会。

北角想尾随过去，但保镖告诉他只能走正门。等他从正门走出去的时候，什么都跟不上了，世界又恢复了死寂，不知道什么时候外面下起了雨，他甚至连回旅馆的路都找不到，更别说找到短发少女。他还不知道少女到底是李琴操还是简翎，他唯一肯定的是，这个少女一定和李琴操、简翎有着千丝万缕的关联。

他要寻找的人就在西街，这一切，终于开始有了眉目，尘封了很多年的少年往事，无情地刺伤着他。

悲从心来，让他呼吸都觉得困难，北角在巷子里没有方向地一阵狂奔，此时的他是一个失心者，根本不知道自己要去哪里，疯狂地跑，泪水清洗了他脸庞的每一个毛孔。这至深的黑夜，仿佛要把他带向十九年前那场黑暗的人生，永远找不到出路。

终于，在黑夜中找到了一条巷子的出口，北角奋力跑到了漓江边，他在江边用尽全身力气放声大喊，大雨淋透了他的全身，他在雨中喊着喊着就跪在了地上，一点力气也没有了。"李琴操，你给我出来，简翎，你给我出来，我知道你就在这里，你们都出来，你们都给我出来。你们在哪儿？你们到底是谁！"

他重复着喊到筋疲力尽，喊到心肺无比疼痛，然后轰的一声，倒在了江边。在他昏过去的最后一秒，他说："如果谁可以让时光倒流十九年，我愿意用余生另外一个十九年来交换。"

有些毒誓会烟消云散，有些，则不会。

16

北角醒来的时候，已经躺在旅店的阁楼里，头痛欲裂。

旅馆的老板给他递了一杯热姜水，等他清醒点，老板才告诉他说今天有人去晨跑，发现他昏睡在江边，身体发硬，有人认出是老板家的房客，赶紧叫人把他抬了回来。"年轻人，现在已经是冬天了，你再年轻再怎么想不开，也不能在江边这么睡一个晚上，会出人命的，何况还下这么大的雨，你差点死了，成了冤魂。"老板把药递给他，是退烧药，北角发现自己正发着高烧，浑身像虚脱了一样。

老板试图想问他些什么，北角什么都不想说，他努力回想昨晚发生的事，却什么也想不起来。

老板起身准备要离开，走到门边又回过头来，欲言又止，看着床上的北角许久，终于开口说："昨天晚上，我女儿在江边守了你一晚上，要不是你发高烧昏迷不醒，我非当场打断你的腿不可。"

北角正在喝水，被呛了一口，什么？盛凌守了他一个晚上，为什么自己完全没有印象？"盛凌怎么样了？她没事吧？"他非常震惊，他能回忆起来的是自己在江边声嘶力竭直到一头栽倒，跟盛凌完全没关系。

"我就她这么一个女儿，我很爱她，只是我老了，越来越不会和她相处。现在她被我遣送回了学校，她还是个孩子，才刚刚读大学，求你放过她。"老板抬脚要走，又停了停，说，"我希望等你病好了就搬走吧。"老板的眼睛红肿着，布满血丝，他的背有点驼，看上去沧桑颓废，一夜之间好像老了十岁，一点都不像北角认识的那个整天嘻嘻哈哈的中年男人。

老板走了好一会儿，北角才终于有力气撑起身体，走到西窗边，李琴操的窗户是关着的，窗帘一动不动。他似乎解开了李琴操的秘密，但却没得到最终的答案，反而掉进了一个更大的秘密里。他几乎可以断定台上的人就是李琴操，只是分不清长发还是短发，哪个才是真实的她。

他把从认识李琴操那一刻开始的所有信息像电影回放一样，重新放了一遍，努力地寻找着李琴操和简翎可能会重叠的地方，不断地否定自己的猜想，又不断地找到新的信息来论证自己的猜想。

但所有的猜想都始终只是猜想，没有事实依据，现在是白天，他和李琴操只有一栋楼的距离，可是却像隔了几十条银河那么遥远。他这边已是波涛汹涌寝食难安，可李琴操那边却浑然不知。

强打起精神，把药一口气灌下去，他要尽快好起来，很多事在等他去做，不能干等第五封邮件了，简翎似乎已经出现，至少是有了苗头。

这一场病，三天后才完全康复，这三天时间里，盛凌没有出现，她回学校了，李琴操也没有出现。他很悲伤地发现，原来又是一个周末，周末李琴操是会消失的。

北角决定要主动去破解这些谜团，不能坐以待毙，也不再寄希望于那迟迟不肯出现的第五封邮件。

他先找了旅店的老板。

两个男人抽上了烟，也就没有了尴尬，老板之后也没再说过让他搬出去的话，他和女儿之间的话虽然还是不多，但女儿已然乖巧了不少。

老板想了许久，断断续续地说："李琴操在旁边的楼里住了很多年，可我们对她知道得少之又少，你问她以前是否有男朋友，肯定有的，我不太记得叫什么了，那个男孩子高高瘦瘦的，话不多，总一副臭脸，像每个人都欠他钱一样。"

这些描述，跟记忆中的张楠楠差很多，不会是他，北角这样想着。

"对了，"老板突然想起什么事来，"那个男孩子以前也在西街卖唱，很早很早之前，唱得不好，没什么生意，后来就不怎么出来唱了，听说沾上了毒品，当时有很多人见过他毒瘾发作的样子，发作起来还会动手打李琴操。她也是怪可怜的，处了很多年，也没有离开那个男的，她赚到的钱应该都花在这个男人身上了。"

"后来他戒毒了吗？"北角追问。

老板实在想不起来，就懒得回答，过了一会儿反过来问北角："北角先生为什么要打听李琴操？"

"无聊而已。"北角并不想认真回答。

"这个女人不要碰，她在这儿生活了十几年，想靠近她的男人很多，能接近她的男人很少，她的命太硬，都这么说她，命硬的女人，谁撞上谁倒霉啊。"老板说。北角想起李琴操跟他说的那句"你可不要爱上我，谁爱上我都会失去很多"，可能她自己都相信自己的命是硬的吧。

冬天很冷，北角不扛冻，老板的话让他心里起了寒意，越发觉得冷。

"当然，她不是水性杨花的女人。"老板补充说。

聊天没有必要继续下去，老板的评判标准没有参考价值，他准备去其他地方再打听一圈。老板从抽屉里拿出两张皱巴巴的卡片给他："你可以去这两个地方打听下，一个是这里的街道办，查查李琴操来自哪儿，还有一个是警局，李琴操的男朋友曾经出过一次大的事故，打群架，应该是留有案底的。"

谢了老板，接过名片就出了门，老板注视着他离开，他的背影看上去单薄又沧桑，内心里有秘密的人，都是瘦子。

街道办里一个中年妇女瞥了他一眼后，眼睛就再没离开过手机，但还在回答他的话，她告诉北角说，李琴操的户籍名字就叫李琴操。

北角不信："能帮我看一眼吗，或者她有曾用名？"

"没有曾用名。"中年女人不耐烦地回复。

"你都没看，怎么知道没有呢？"北角有点来气，勉强强压怒火。

"我说没有就没有，李琴操那么有名，如果有，我能不记得？这条街有多少户，每户有多少人，我都能背出来。"女人的口气十分强硬，极其不耐烦。

"外来人口你也能背出来吗？"北角急了。

中年女人露出了东北口音："我说你谁啊？问那么多干啥？没事就走吧，我这旮旯正忙着呢。"

知道再纠缠也没用，不管有没有曾用名，至少获得了一个信息：李琴操刻意更改过户籍。

北角马上又去了当地的派出所，这次去之前他先买了一条烟，到了派出所，有三个办案人员在，他一人发了一包之后，就把剩下的顺手放了一个看上去像是领导的人桌上。他们态度都不错，其中一个警察回忆说，李琴操的男朋友四年前确实曾经在一起恶意打架事件中被打伤。

北角连忙给他的烟点上火，求他帮忙查一下案底。警察在电脑上敲打了好一会儿，才找到了当时的记录，他把电脑屏幕翻转给北角，让北角自己看。北角在一堆口供里看到了李琴操，签的名字也是李琴操，但前前后后都翻了，就是没有找到李琴操男朋友的笔录，他疑惑地看向警察。

"我想起来了，在那场群殴里，她的男朋友受伤最重，我们去的时候他躺在地上，流了很多血，人是昏迷的，根本没法做口供，直接就被送去了医院，后来又转到了市医院，李琴操也是后来补做的笔录。那个案件后来被移交到了市属公安局，跟我们这个派出所也没关系了。"

北角又认真看了李琴操的口供笔录，只是很简单地交代了打架前后的缘由，竟然从头到尾没说男朋友叫什么名字。

从派出所出来，北角裹紧了衣服，越追寻谜团越大，像是北京黑色的雾霾，压抑得让人喘不过气来。警察还告诉他说，李琴操做笔录的时候，看上去很平静，感觉不出任何情绪，男朋友应该没什么大碍。

北角匆忙回到阁楼，把桌上的东西全部扫到地上，拿了一张画画的图纸，摊平了，把来西街后搜集到的关于李琴操所有的信息和自己的猜想，全部写了出来，做了个对比。

他先在纸上把李琴操和简翎两个名字写上，再依次把两人可以重叠的信息写上。

李琴操和简翎都会唱《风吹风吹》，还有那首《你说一到秋天就回来》，两人重叠度很高，但其中也有很多不确定的因素，李琴操化浓妆，还有她时常变化的嗓音和唱腔；她的男友高高瘦瘦，张楠楠以前是矮胖的，这个重合度几乎为零，但不排除张楠楠日后长高，况且他吸毒，应该是很瘦很瘦的。

对称的和不对称的信息混杂在一起，唯一可以肯定的是，短发少女会唱《你说一到秋天就回来》，即使她不是简翎，那也肯定见过或者认识简翎。

现在解决问题的突破点，是要确定那个短发少女就是李琴操，才会有新的找到简翎的线索。

北角不敢往下想下去，在他最大胆的猜测里，短发少女就是李琴操，李琴操就是简翎。他忽然难过起来，他和李琴操那么近距离地在一起喝过酒，为她包扎过伤口，如果李琴操就是简翎，她一丁点都感受不到当年的萧青暮就在她旁边吗？自己身上真的一丁点萧青暮曾经的味道都没有了吗？

北角在镜子里看了看自己，十九年来，他努力地改变着自己的模样和气质，从前他还是青涩的少年，现在他是一个颓废的中年人，如何还能苛求简翎能感受到已经如易容般的萧青暮呢？何况他们彼此不闻不问这么多年，只求忘记过往。

既然山上不相遇，山下也别再求重逢。想到这里，北角心如刀割，是啊，这世间最奢求的，就是重逢。

有太多的谜团，像打了死结一样困扰着他，现在的他心乱如麻，要想找到突破口，就要直面冷若冰霜的李琴操。

17

第五封邮件终于出现了。和之前四封一样，这封邮件依然只有一句话，上面写着："也许相爱，是我们人生最后的退路。"这句话又是什么意思呢？

这封邮件不用排查 IP 的来源，因为在信的落款处，写了三个字：猫耳朵。

北角开始意识到，从自己看到第一封邮件开始，就有一个影子一直在跟随着他，委婉地告诉他，他曾经爱的人活得不好，他必须回去看看；又引诱着他来到阳朔西街，住进有孔雀羽毛的旅馆，现在又给了他一个明确的地方，盛凌也可能是其中的棋子。

就像是黑夜里一束若隐若现的光，那光芒强如白夜，这种感觉让他万般恐惧，但只能跟着走下去。

他马上网络搜索猫耳朵的关键词，西街跟这个词相匹配的，是一家古老的咖啡馆。信息显示，这家咖啡馆在西街已经有了近二十年的历史，是西街最长寿的咖啡馆。邮件写的是这家猫耳朵咖啡馆吗？那里隐藏着什么秘密呢？

第二天下午，北角走进了这家名叫猫耳朵的咖啡馆，老板是一个年近古稀的老人，神情自若地靠在最里面的墙壁读报。趁着点单的空隙，和老板聊了几句，知道了老板的子女都在国外，留他一个人在国内生活，日子很无趣，好在有这家咖啡馆供他消遣，他在这里听了不少南来北往的故事。

北角无心听故事，他点了一杯卡布奇诺，挑了个靠窗的角落坐下，一个笑起来很明媚的少女给他送来了咖啡，身上穿着印有"猫耳朵"的工作服，是一件绿色的布褂，少女的声音很好听。

"也许相爱，是我们人生最后的退路"，到底是什么意思？

这家猫耳朵咖啡馆看起来也没有什么特殊。北角仔细打量了一下整个店面，有七十多平方米，前台是用灰色木雕堆砌的，三个服务员在忙碌，一个负责制作咖啡，一个负责收银喊客，一个负责包装和现场服务。刚才送来咖啡的少女看上去虽然手脚麻利得很，但手面上还是有点生疏，应该是新来的。可能正因如此，她显得比另外两个要热情，脸上一直带着笑容。

老板貌似什么事都不管，戴着老花镜，不停地翻阅报纸，现在他看的是《参考消息》。要说这家店有什么不一样，好像有一股松脂味，北角对松脂味很敏感，青木镇的冬天，不少孩子都会去山上的枫树上刮松脂，用来助燃。松脂香味是从蜡烛里散发出来的，冬日漓江边的门店里点上松脂蜡烛，确实令整家咖啡馆多了暖意。老板的身后，有一扇小木门，门是关着的，看上去不对外开放，像一扇假门，但老板会时常往那边瞟几眼，北角猜测，可能是老板的卧室之类的。

待了大半天，没有值得怀疑的人或事发现，昨晚的邮件太诡谲。

咖啡喝完了，其间那个少女过来给他续过一次杯，和两次开水。

实在没什么头绪，店里也没什么人了，就在他准备走的时候，少女又过来续了一杯开水。这次，少女对他说："先生，您看上去对我们店好像不是很了解，我们店里的特色除了咖啡很香醇，还有个好玩的地方。"说完，她往那扇门指了指，老板不知道什么时候离开了。"推开那扇小门，里面有一面墙，有很多很多的人在上面写满了纸条，很有趣，先生如果觉得无聊，不妨去看看，如果你也是个有故事的人，那面墙在等你哦。"

一面墙，墙上都是客人留的字？这个手法也很常见，在北京有很多这样的店，上海、苏州、青海，甚至是法国，这样的店都存在，有什么新奇的呢？

但少女异常热情，她的眉目如画，走近了看，少女的耳垂看上去像打了个耳洞。这么小就有耳洞了，现在的孩子啊，北角苦笑了一下。

给他续完这杯水，少女转身就去前台拿了一个盒子，当着他的面打开，里面有各色的小便签，也有折叠成各种形状的信纸、信封、明信片。

"先生，如果你有什么心事，可以写在上面，说不出来的话，憋在心里多难受啊，写出来，也许心里会好受很多呢。"少女俏皮地游说，客人少了，她看起来闲了点。

"我看起来像心事重重的人吗？"北角问。

"我们每个人都会有心事的啊，我有，大叔，你也会有的。看你今天喝了两杯咖啡三杯开水，我每次来给你续杯，你都没说话，如果没有心事，我想一般人应该不会这样续杯。"

少女都这么幼稚吗？北角想。但少女说得不假，他完全没有注意到，脑袋里一直在想昨晚那封邮件的落款，是自己匹配错了，还是有什么自己没发现的。这样想着，他起了身，跟在少女的身后，走到门边，少女停了下来，示意他去推开那扇小木门。

原来推开门，是一座别致的小后院。

后院里有一面非常斑驳的墙，有一棵很高的枫树，地上落满了红黄色的枫叶，一片一片，干净整洁，看得出主人用了心，脚踩在上面，厚厚的，枫叶发出沙沙的响声，从门边走到那面墙，像是要先踏过一座美丽岛，让人内心充满希望。

北角走到那面墙上下扫视着，墙上贴满了各色各样的便签，全部是手写的，内容纷繁，有分手哭泣的，有渴望团圆的，有骂的有笑的，总之，就是人间百态，不知道当初写这些话的人，现在是否都圆满了。

但很快，北角就被一张青色发黄的便签吸引了，就在墙最中间的位置，那张青色又泛黄的便签，像是在枫叶的最底层埋葬了许久又被翻出来，此刻在北角眼里，仿佛是一张生死书。

他伸手把便签撕了下来，上面写着："也许相爱，是我们人生最后的退路。"

原来那封邮件的秘密在这里，现在它如此刺眼。

北角仔细辨认着字迹，字迹有点潦草模糊了，无法辨认是不是简翎写的，只是日期还清晰可见：2012 年。

北角早已忘了这是一家咖啡馆，他也忘了去想为什么一张 2012 年的便签会被贴在最醒目的位置，此时他像一个失心者，疯狂地在墙上寻找着其他青色的便签，青色，青色，萧青暮，萧青暮……这一定是简翎写的，一定是她写的，没错，只有她，才会挑选这样的青色。

他恨不能把墙上所有的便签都撕下来，迫不及待。但很快，他找到了另外几张，按照年份不同，把它们整齐地摆在一起，每一句都如烈日灼心。

他仿佛看见简翎坐在这家猫耳朵咖啡馆，一笔一画地写下了便签上的字。

2011 年。我们永远都没有机会再见了，这黑夜，就如白夜之夜，照着那条永远回不去的路。

2010 年。还会有未来吗？我看不见。

2009 年。如果生活让人一次次麻木，我们还要一次次地选择相信吗？

2008 年。我愿意代你去受你人生所有的痛。

2007 年。等你长大了，我们就说再见。

2006 年。再多的苦楚，也不过是一瞬间。

2005 年。我们还会再见面吗，青暮？

北角一共找到八张，最遥远的一张是 2005 年写的，而这一张清清楚楚地写着萧青暮的名字。写这些话的人，无疑就是简翎！可是，2005 年之前她来写过吗？ 2012 年之后还有吗？是不是再也没来过了？是她没来，还是自己没找到？

每一张便签上，写的全部是痛苦。

北角又疯狂地找了一遍，翻遍了整面墙，一张都没错过，直到他确定可能再也找不到哪怕多一张的便签了，整个人瞬间无力，瘫躺在红黄色的枫叶上，睁着双眼，此刻的心像是被火焚烧着，除了痛，还是痛，有什么东西锁住了他的身体，除了眼角的泪，身体再动弹不得。

不知道过了多久，木门被推开了，是刚才那个少女，看到北角躺在枫叶丛上，不免有点惊讶，这个中年大叔看上去像是刚刚经历了一场人间灾难般痛苦。过了很久，她才提醒躺在枫叶上的北角，咖啡馆要打烊了。

"这里还有没有其他存放便签的墙，或者是被你们收起来的便签？"北角的声音轻得像一片刚落地的枫叶。

"对不起，先生，没有了，如果你在这里没找到，其他地方也没有的，这家店二十年来所有客人留下的故事都在这里呢。"少女的声音也很轻柔。

良久，北角从枫叶堆上爬起来，踉跄着往外走，他手里紧紧握着那八张便签，那是简翎这些年生活过的足迹，他这才知道，这十九年，简翎过得比他辛苦一千倍一万倍。

"先生，您小心台阶。"少女不忍，扶他走到门边。

"先生，老板说，您是我们这家店二十年来最伤心的客人。"少女又自顾自地说，老板不知道什么时候，又坐在了之前的座位上，见他出来了，也没抬眼看他。

道了声谢，北角打开咖啡馆的门，一阵冷风立刻吹到脸上，眼泪流过的地方瞬间被风干。

少女的头发被吹散了，她习惯性地把吹散的头发快速地拨到耳垂后面，对着远去的中年男人的背影，摇了摇头，这个男人连背影都如此悲痛欲绝。

回到房间的北角，手里拿着那几张青色发黄的便签，字字灼心，每一字每一句都是简翎这些年的心声。此时此刻，他确定简翎曾经来过西街，很可能现在还在，他又打开了邮箱，把那五封邮件全部打开，这些邮件刻画出了一个影子，影子就在他的旁边，躲在一个他看不见的角落里，让他一步一步陷入回忆的深渊。

所有线索和疑问堆积在一起，如恶魔缠身，这黑夜，似乎永远等不到天明。

简翎到底在哪儿？张楠楠在哪儿？发邮件的人是他们吗？从邮件和简翎写在便签上的句子来看，似乎是同一个人，但也有可能是在模仿简翎的语气引诱他，如果不是他们，发邮件的跟他们又会是什么关系？

很难相信，还会有其他什么人，知晓了他们曾经的故事。

18

也许是晚上沉思太久，第二天竟然昏睡到中午，起床时发现自己的头痛得很，应该要常备一些头痛药了。他朝西窗望了一眼，窗帘是拉上的，李琴操应该还在睡觉。

他走到楼下去吃早餐，通常老板已经买好，给他备了一份在前台。刚下楼，就发现楼下围了好多人，都是周边旅馆的小老板，一个个都是很惋惜的表情。北角抓起一杯豆浆正要喝，忽然听到一个人说："二十年的店面，说烧没了就没了。"

"什么店面？"他突然有点慌，尖起耳朵认真听。

老板面无表情地告诉他，昨晚在西街开店二十年的猫耳朵咖啡馆着火了，被一场火烧得一点不剩。

昨天还好好的店面怎么就被火烧光了！北角放下手中的早餐就往猫耳朵咖啡馆奔，昨晚后半夜自己睡得如此深沉，竟然连一场大火这么大的事都不知情。

跑到猫耳朵咖啡馆的时候，那里也围了一堆人，都是街坊四邻。七十多岁的老板也在，他倒不激动，也不哀伤，还安慰身边的人说自己没事，幸好这家店夜晚不住人，烧也只是烧了个店面而已。

"老板，这昨天还好好的，为什么会着火？"北角挤到老板身边，他的惊慌感还在。这一切不会这么巧合，昨天他来过，今天就着火了，昨天他因为这家咖啡馆而找到了简翎的亲笔便签，今天这家店就毁于一场大火，不会有这般巧合。如果他迟来一天，会不会这场大火就会晚来一天？所以，大火是冲自己来的吗？

七十多岁的老板眯了眯眼，老花镜掉到了鼻梁上，他低着眼看了看身边这个年轻人，哦，他还有印象，就是昨天那个非常伤心的男人，也不知道为何那么伤心。

"应该是我糊涂了，昨天往蜡烛里多倒了点松脂，不过正常来说，它燃到那个时候就会自己熄灭，可能松脂倒多了，装蜡烛的小竹筒底层很薄，就这么起火了吧。"老板一点都不心痛，仿佛烧掉的只是一件可以随时遗弃的东西，"这下好喽，我可以退休了，儿子女儿都在国外，他们也不用惦记着我的这点财产喽。只是可惜了，可惜了，可惜这里面有西街二十年的所有故事啊。"

老板转身的时候，北角看到了老者眼眶里一直在打转的泪水，他不知道老者感慨的是不在身边还惦记着财产的孩子们，还是他这二十年所见过的西街所有的故事。

老板没报警，只是街道办的来记录了下现场情况，他走了，人群也跟着散去，只有北角还伫立在那堆废墟面前，低着头沉默不语。这家店里有简翎给他的这十九年来唯一的文字，他是不是应该感恩，在这家店寿终正寝的最后一天，找到了简翎的便签。

只是，从收到第五封邮件开始，到发现那些便签，再到一场大火把这里化为灰烬，一切如此紧凑，他根本不相信是巧合或者天意，隐约感觉是一场蓄谋已久的事故，但是眼下找不到任何破绽。

或许，根本就不会存在破绽。

现在最需要去做的，也是唯一可以突破的，就是瓦解李琴操。纵使在他的猜想里，李琴操就是简翎，他也不能贸然去相认，他还需要一点时间，冲动只会让结果更坏。第五封邮件里写的"也许相爱，是我们人生最后的退路"，这句话看上去像是引诱他前往猫耳朵咖啡馆，但会不会还有其他含义呢？为什么简翎会在五年前写下这句话？她要和谁相爱？

这封邮件是在告诉自己，要想突破李琴操，只有让她爱上自己？

不，他打了个冷战，至今为止，他和李琴操还没有更深一步的交往，她冷若冰霜，拒人于千里之外，不可能在短时间内走进她的内心。

一定要沉住气，如果不试，不会有更好的方式走近这个女人。

未来的一个月里，北角只做了一件事，就是跟着李琴操，这次不是跟踪，而是出现在李琴操唱歌的每一个地方，并且坐在最显眼的位置，确保她能看到他。如果短发女孩就是李琴操，不得不说，李琴操的伪装意识非常强，整个西街，没有人知道她在"月亮之下"这样的场所卖唱。

晚上她是长发飘飘浓妆风骚的李琴操，深夜她是短发简朴的李琴操。她从来就不是天使，一开始就是魔鬼。

虽然盛凌已经很明确告诉他，经过她的跟踪，短发女孩就是李琴操，可北角还是想亲自查证。

李琴操的伪装骗了西街所有人，她没有不良嗜好，活得谦卑，用旅店老板的话说，她不是西街人，却成了西街的一部分。西街的人都知道李琴操在这里生存了十几年，虽然对她没有多余的了解，却已习惯了她的存在，她怎么可能在他们的眼皮底下，还有另一张面孔呢？

冬日的西街非常阴冷，对于卖唱歌手来说，已经进入淡季了，纵使再红，李琴操的工作量也比平时少了许多。

这晚，李琴操穿了一身大红色的演出服，上了大红色的口红，妆依旧浓，但也许是被清冷夜色冲淡了些许，今晚浓得刚刚好。不知道为什么，北角觉得今晚是一个很好的机会。

果然，收工的时候，李琴操没有拒绝，和他并肩从酒吧出来，一起往旅店的方向走。

他们一前一后穿过了西街，路灯紫的绿的蓝的黄的照亮着他们的身影，路人以为他们是一对恋人，其实他们保持着一个非常友好的距离。李琴操一如既往没什么表情，但也接受北角的存在。走到她住的楼下时，遇到了几个平时一起卖唱的歌手，见有男人跟在她身后，都过来跟她打招呼，顺便瞅了北角几眼就散开了。北角知道，她们一定就在不远的暗处饶有兴趣地探讨他们的关系，毕竟他曾经在这个是非源源不断的地方，出手救过李琴操，西街人人都知道。

北角不介意，李琴操看上去也不在意。

走到门边，李琴操放慢了脚步，问："还不知道你叫什么名字？"

北角才想起跟她认识了这么长的时间，李琴操连自己叫什么都不知道。

"北角。"

"北角？"李琴操语气里带着点诧异，不过，她没有继续问下去，淡漠的神情再次回到她脸上。

空气中弥漫着慵懒的沉闷，李琴操大红的嘴唇很有烈焰红唇的味道，像一个女王，今晚的她可能陪了不少酒，凑过脸来盯着北角看了一眼，当她的脸挨着北角不到五厘米时，呼吸里的酒味已经浓得散不开了。李琴操保持着那个距离盯了他至少有一分钟，然后，她打开了那栋房的铁门，走了进去。

北角下意识地跟在后面，她也没有阻止。

这栋房子还是楼梯房，虽旧却很干净，扶手栏杆上一点灰尘都没有。他跟着李琴操到了三楼，她打开了住处的门，仍然没有阻拦的意思，他就跟着进去了。

这是一个不大的两居室，客厅里摆着几把吉他和一架钢琴，北角很惊讶，原来在他房间的视角看还有看不到的角落，他从没见过这架钢琴，也从未听到过弹钢琴的声音，吉他也没见过。房子其实一眼就能看到头，一个主客厅，一间主卧，门半开着，旁边应该是一个衣帽间，李琴操打开了门，从里面拿出一双男式脱鞋，让北角换上。

令北角更惊讶的是，李琴操原来有那么多衣服，可平时看到她的演出服，就那几身。

李琴操坐在客厅一张日式竹藤椅上，北角换完鞋子，靠在一张书桌旁边，再次扫视了这房里的一切，他以为从自己的阁楼里看到了全部，但走进来才发现，有些角落他是看不到的。他靠着的那张书桌，其中一张抽屉被打开了一半，里面有烟有零钱，还有一堆船票，这些船票杂乱无章，票上面印有两只鸬鹚。房间虽然有些乱，但看得出李琴操平时是很干净的，乱而不脏。

仔细环绕一圈，他才发现自己有点失礼，李琴操安静地坐着，也不说话，那种感觉好像是他真的进了一个想偷窥的房间，面对一个经常偷窥的女人。

"看来北角先生对我的房间，是真的很感兴趣。"李琴操洞穿了他的心思。

他赶紧摇摇头。

李琴操离开那张竹藤椅，缓慢地走向他，她穿着高跟鞋，大红色嘴唇容易魅惑人。她站在北角的面前，如果他们是一对恋人，他的嘴唇，她的眼睫毛，刚刚好。李琴操盯着他看了几眼，暗色灯光之下，浓妆没有那么突兀了，她的五官很立体，如果卸了妆应该也是好看的吧。

"你今晚喝多了。"北角努力调整好呼吸。

把他当成了透明物，或者是视而不见，李琴操又拿出了一瓶红酒，找出两个红酒杯，也不等酒醒就斟满了，她晃了晃杯里的红酒，递给北角一杯，自己先喝了一大口。她的红唇在酒杯上留下了印记，眼角的光仍然清冷，这样的氛围令北角惶恐不安，不知道会发生点什么，但想到自己选择的这种接近的方式，是最有可能揭开所有秘密的方式，就任由自己胆子大了点。

正想着，李琴操把杯中酒一口干了，迫于压力，北角只好也一口闷了杯中的酒，他在她面前，总显得很被动，她的眼神实在太冷，冷得让人觉得她是没有体温的。北角心里努力地在找所有可以吻合的细节，但眼前的女人跟十九年前温婉如水的简翎实在差得很远。

今晚，他带着期待来，非要问个明白不可，但他还没开口，只听李琴操开门见山了。

"北角先生是想睡我吗？"

此刻的北角像个涉世不深情窦未开的小男孩，李琴操看他的眼神，带着些许挑逗，还有蠢蠢欲动。他还没来得及再摇头，李琴操突然踮起了脚，吻上了他的嘴，她的眼睛里是令他意乱情迷的欲火，北角的身体本能地告诉自己，眼前的女人是一朵带毒的花，好看，却绝不能食用。

李琴操并没有因为他的冷静而停止，她直勾勾地望着他，不给人喘息的机会，又吻了上来，封住他的嘴。北角的外套脱落在地上，他里面只穿了一件纯白色的 T 恤，李琴操的右手在他背上来回上下左右地游离，她就是没有体温的，那双手冰凉柔弱，每绕过肌肤一寸，都有入骨的寒。

这手绕过胳膊来到了他的胸前，想要入侵他的胸口，她像一个情场高手，恣意地撩拨着已经禁欲许久的北角，向他主动发起了进攻。在红酒的作用下，北角差点就要沉沦在突如其来的挑逗里，但是，当李琴操的手隔着衣服触碰到他胸口的伤疤时，他清醒了，必须要终止随时可能无法自拔的撩拨，他不爱李琴操，他接近她，仅仅因为她是唯一和简翎有关联的人，她只是一个突破口。而他身体的伤口，不能让任何人的手在上面停留。

北角把她狠狠地甩开，李琴操摔倒在沙发上，发出一声惨叫。

许久许久，两个人都没有再开口说话。

李琴操点了一根烟，站到了阳台上去。

"北角先生为了我在西街大打出手，不惜得罪人，最近又频繁在阁楼偷窥我，每天都到我唱歌的地方来看我表演……"

说到底，她还是介意偷窥这件事。

"那也不是为了睡你。"北角粗暴地打断她，他恢复了理智，他和李琴操的对话总是不公平，她居高临下，用一种俯视的态度。他不知不觉掉入了她的泥沼之中，那种情感复杂得很，不是爱，不是怜惜，也不完全因为她是这个世界上唯一和简翎有关联的线索，他在乎她的存在，多半是因为此时此刻她是简翎还存活在这个世界的某种依托。他对她的猜想，是超越爱，超越性欲，甚至超越亲情的存在。退一步说，如果李琴操就是简翎，他岂能再辜负她一次？

"不用猜了，北角先生，你那天晚上在'月亮之下'看到的就是我，我在那里唱歌。"

一定是自己的某种表情或情绪，让李琴操主动承认了深夜短发女孩就是她。"你想知道我什么，现在就问吧。"她恢复了镇定，她的淡漠跟前一刻的热情，简直不应该出自同一个人。

"为什么要去'月亮之下'卖唱？你不知道那样的场合很肮脏吗？"北角急于一层层揭开谜团，他根本不知道自己用力过猛了，反而激怒了李琴操。

"肮脏？北角先生，你太自以为是了吧，你以为你是谁。我是个卖唱的不错，但我不卖身。再说，我是不是卖身，又跟你有什么关系呢？那你为什么要三番五次地跟踪我，为什么要频繁地去肮脏的场所？你又是什么居心？"李琴操在说到"肮脏"二字的时候，提高了声音。

"你这样很容易让人觉得你不洁身自爱。"北角知道自己现在所说的每一句话都很蠢，但他控制不了。

"怎么，北角先生认为我们每一个人都和你一样，可以坐在家里画画，不用担心钱，不用担心生存？没错，我就是你想的那么肤浅，因为我需要钱，我唱歌从来不分是什么场合，只看钱多钱少。这就是我的生活，无须谁来过问。"

冬天的西街冷得残酷，今晚一点星光都没有，西街晚上它是不夜城，现在它曲终人散，狼藉一片，寂静一片。

忽然，她缓慢地把手伸向了头，把长发上的发夹摘了下来，只轻轻地用力，飘逸的一顶假发就被摘了下来，露出一头短发，北角曾经跟踪过的短发女生出现在眼前，没有一丝违和感。

"你满意了吗？"李琴操眼噙泪水，但很快她就收回了这样哀伤的情绪。"还有什么想问的吗？没有的话，请回吧，你已经知道我在那样肮脏的场所卖唱，应该跟我划清界限，更何况我们一开始连朋友都不是。"李琴操说。

"你为什么会唱那首歌？"没有得到答案，北角根本不想离开，他胸中有一团火焰，必须现在燃尽。

"不知道北角先生说的是哪首。"

"那天晚上你唱的《你说一到秋天就回来》。"他紧盯着李琴操，不想错过她的任何一个面部表情。

可惜的是，李琴操的表情没有任何变化，只是口吐幽兰般地轻声说："是一个朋友的朋友的朋友写的吧，我也不知道是谁，觉得好听就拿过来唱了。"

"这个朋友是谁，朋友的朋友是谁？朋友的朋友的朋友又是谁？"

"北角先生，"李琴操语气低柔了一些，她似乎在寻找一种不用针锋相对的说话方式，"别再问了好吗？我的那个朋友这辈子都不会再开口说话了，他已经死了，所以我也不会知道朋友的朋友的朋友是谁。"

北角脸上的肌肉抽搐着，心跳加速，他原以为可以得知简翎的一些讯息，但现在李琴操的答案又将唯一的线索给掐断了。

"他死了？他是谁？"他不甘心。

"北角先生，你相信这个世界上有一部分人会选择性失忆吗？"李琴操继续说，"有些事情如果你选择彻底遗忘，你还有可能活得下去，我不知道你的故事，也请你不要打扰我的生活，感谢那天你出手相救。我是个无情无义的人，人其实不怕欠人情，最怕的是欠着人情却无以为报。过了今晚，我们俩互不亏欠。"

李琴操一直站在阳台上，他总以为她很强大，现在才发现她的背影是如此弱小，弱不禁风。

"你认识一个叫简翎的女生吗？"北角终于问出了他最想问的问题。

漓江的风此刻阴冷无比，冷冰冰地汹涌而来。

19

一千米、三千米、八千米……

张无然在学校的操场上奔跑着，速度越来越快，终于在跑到一万米的时候，瘫倒在操场上，速度实在太快了，达到了她的承受极限，一下没稳住，被惯性推倒，双膝先着地。

那干脆就瘫倒吧，躺一会儿。

此时的操场空无一人，她可以大声喊大声叫，她专门请了假出来跑一万米，因为今天的课很枯燥，对考试完全没有帮助，不如出来跑几圈。十二月的艳阳当空照着，她却感受不到一点温度。她心里很踏实。刚刚经历了一场高考，她曾发誓一定要考到北方去，在那里，没有人认识她，没有人知道她的过往，她需要一个崭新的环境重新开始，可是最终她选择了本地的这所大学。在她即将填写高考志愿的时候，她忽然掉进了一个恐惧的泥潭里，她不能离开桂林，因为有太多的事需要她去做，她毫不犹豫地在志愿栏上填了本地的师范大学。

血渗过裤子流了出来，这么多血，她竟然一点都没有觉得痛，一点都没有。卷起了裤脚，刚才被磨破的伤口正灼烫着，鲜血直流。

张无然紧咬着牙关，忍着痛，只有她自己知道，在这个新伤口的下面，是一条深深的旧伤疤。十岁那年，她被父亲责罚跪在地上，跪了半个小时，十岁的她承受不住哭出声来，她的父亲却对她大吼一声"给我出去哭"，残忍地把她拎起来，一脚把她踢了出去。双腿还来不及伸直，就被丢出了家门，落地的那一刻，她的头撞在墙上，腿重重地摔在地面上，她听到了骨头断裂的声音，楼道地面是那样粗糙，膝盖被划出一条长长的血痕。

那条血痕后来好了，伤口慢慢地愈合，最后演变成一条细小的伤疤，不认真看，还以为是腿脚上的一条纹路。从那之后，张无然再没穿过短裙，除非学校指定要穿夏日校裙，那她也会套上一双薄薄的白丝袜。别人看不见，可是，她不能假装看不见，不能假装摸不到那条清晰如洗的伤痕。

可是，十岁的她有什么办法？她恨母亲的懦弱，那天之所以被责罚，就是因为父亲又动手打了母亲，她拿着一把水果刀挡在母亲面前仇恨地看着自己的父亲，眼前的男人和她仇恨的眼神对视了一番，才停手。可母亲责怪她不该如此对待父亲，命她去罚跪。

她被扔出去后，母亲从卧室里冲了出来尖叫着，抱着她，摸到了血，怎么喊她都喊不醒。母亲抱着她疯狂地就往楼下跑，她们住在七楼，没有电梯，母亲只能用双手横着抱起她，不顾一切地往楼下冲，冲到一楼的时候，母亲摔倒了，倒在地上拖着双腿喊："谁来救救我的孩子，谁来救救我的孩子。"可是，半夜根本没有人能听到母亲弱小的声音，张无然在昏迷中能感受到母亲的眼泪大颗大颗地滴在自己脸上，她想让自己快点醒过来，但怎么都控制不了自己。

张无然不记得最后是怎么到的医院，她的头在被扔出去的一刹撞到了墙壁上，额头上流了不少血，神情恍惚。只记得母亲抱着她一路奔跑不断摔倒，只记得母亲的眼泪就像一条河流一样，只记得母亲的头发凌乱地在风中甩动。

从此，世界上这个叫张无然的小女孩再没哭过。不管以后父亲怎么打她，她都没再哭过。因为她知道母亲爱她，母亲不跟父亲离婚，也是因为不想让她从小没有父亲，她甚至想过，他们还是有感情的。至少，母亲对父亲是有感情的。每次当她仰起头问母亲为什么不离婚的时候，母亲什么话都不说，摸摸她的脸，告诉她让她快点长大，只有长大了，才能独立，才能对生活有选择权。

只有长大，才能独立，才能有选择权。可是，在长大之前，她也必须要保护好母亲。

血被冷风吹着，很快就结了痂，张无然才把裤脚放下去。铃声响了，下课她得去学生会的办公室，盛凌发微信给她，说要去办公室找她。

大一学业还不算繁忙，盛凌有机会外出写生，虽然写生的地方就在学校周边，但时常几天见不着。张无然在学生会帮学院做事，时间更是安排紧凑，她很享受这种投入的感觉，大学里要学的东西很多。

自从上次盛凌返校，她就像变了个人，还是她父亲亲自送过来的，不知道具体发生了什么。

到办公室时，盛凌已经坐在她的位置上等她了，办公室人多，不方便说话，两个女生就下了楼，现在校门还没开，两人走到校门，停住了脚步。

"无然，我决定退出，不好玩。"盛凌突然就红了眼眶，她的心里还在想着和北角差点被冻死的深夜，大叔哭得很无助，他嘴里喊着一个叫简翎的女人的名字，如此悲痛，一个中年男人心里竟然有这么悲的过往，她一个才十八岁的女生，怎么可能走得进去。

"发生了什么？盛凌，可不可以告诉我，我可以帮你分析下。"张无然抓着盛凌的肩膀，她早就想知道那份报告到底起到了什么作用。

盛凌转过头来看着她，拉着她的手说："你知道吗？无然，我曾经以为那个大叔一定跟那些臭男生一样，勾手就来，可他不是，一开始你说我可能喜欢他了，我还以为是开玩笑，但后来我是真的喜欢他，费尽心思去调查李琴操，其实是想拆散他们，我以为他知道李琴操在那种地方卖唱之后一定会死心，可是他没有。"

"告诉我，那晚到底发生了什么？"张无然有点心急。

盛凌复述了那天晚上发生的所有事情，张无然的心渐渐变得冷漠起来。

"你知道吗？有一天晚上，我看到他走进了李琴操的房间，我彻底死心了。"盛凌忍不住哭了出来，那一刻她真切地知道了，大叔不爱她，哪怕自己差点跟他一起被冻死。

张无然抱着伤心的盛凌，抱了很久很久，很用力很用力。

"那你还爱他吗？"她问盛凌，她哭不出来，十岁那年，她就已经没有了眼泪，当她听盛凌说北角走进了李琴操的房间后，心里百感交集，百般滋味。

"我想我之所以会爱上他，可能只是有点恋父情结吧，现在这点念头已经完全没有了。我想好好读书，跟你一样。"

女生果然是易笑又易哭的生物。

张无然也笑不出来，扁了扁嘴，努力挤出一个笑容。她擦干盛凌脸上的眼泪，盛凌紧紧地抱着她，带着哽咽之声："谢谢你，无然，要不是你的鼓励，我可能不会爱上那个男人，就不会知道爱一个人原来要付出那么多，也就体会不到跟一个自己爱的男人差点一起死去是什么感受。谢谢你，虽然我现在不爱了，但我很知足。"

说完，盛凌在校门口转了好几个圈，她的头发在空中肆无忌惮地甩出了一个圆弧形，非常好看。

张无然终于露出了笑容。

这时，班上的一个同学走过来喊她："张无然，原来你在这里啊，系主任到处找你，叫你去一趟她的办公室。"

"啊，老师找我什么事？"

"不知道哎，可能是跟成绩有关吧。我走啦，去打开水。"同学手里拎着开水壶，此时校门已经打开，学校门口有一个公共的供水间，挨得近的学生常去这里打开水。

盛凌见张无然有事，也跟她分别："既然这样，那我先去打开水，你去吧，我很好，我会好好的，不用担心我。"

张无然跟着盛凌走到了宿舍门口，看着盛凌提着开水壶，脚步轻盈地朝校门口走去，直到背影消失，她的脸阴沉得如同漓江上即将要来的暴风雨。

失去了盛凌这么好的一颗棋子，接下来的路只会更难走。

只有这个同学才能帮到她，她的计划，得借助这个同学，才可能做到，因为盛凌家是开旅馆的，更因为盛凌家的旅馆，就挨着西街卖唱歌手的集中地，离李琴操的住处最近，孔雀羽毛必须插在盛凌家旅馆门口，那个叫北角的男人才会住进去。

后来一切的发生，都在她的计划之内。当盛凌告诉她，自己可能喜欢上了自己家的一个房客时，张无然欣喜若狂，原来老天爷都在帮她啊。于是，她鼓励盛凌勇敢去爱，勇敢地走向这个中年大叔，他单身，爱画画，斯文有礼，有魄力，还不缺钱，为什么不去爱呢？

有了盛凌，计划的进展比她想象的更快，她成了盛凌的幕后军师，她告诉盛凌如何一步步去攻占那个大叔的心，而要想把大叔留在西街，只有让他受到刺激。第一次听说北角要离开的时候，她比盛凌还急，这个男人现在还不是时候离开西街，他的痛苦还没开始，怎么能让他这样轻易地结束？紧急之下，她想到了一个女人，她曾看到那个女人在母亲唱歌的地方闹过事。

之后发生的一切都在她的掌控之中，北角留了下来。第二次知道北角又想走的时候，她知道是时候该让北角知道李琴操在肮脏的、下贱的、让人一辈子抬不起头的地方卖唱了。于是，她把做好的酒吧调查报告给了盛凌，引北角入瓮，让他认清李琴操的真实面目，这个傻男人，那么痴情，在漓江边哭了一整晚，还差点冻死。还好，他没有冻死，要不真是可惜了。可惜，他的痴情已经晚了，晚了十九年，母亲过着生不如死的生活。所以，这个男人不值得可怜，不应该在这个时候心软。

张无然的脸上又燃起了灿烂的笑容，她经过每一个人都很有礼貌地打招呼，并能清晰地叫出他们的名字，一点错都没犯。

此刻她心里是开心的，虽然盛凌这颗棋子用不上了，但刚才盛凌说，她看到北角深夜走进了李琴操的房间，这已经足够。她的第五封邮件写着"也许相爱，是我们人生最后的退路"，她想让这个大叔爱上李琴操，走进李琴操的生活，只有爱上了，他才会在知道真相时痛不欲生。

她的笑容越发深了，像水面上化开了的涟漪。计划很完美，她看到了新的方向，失去盛凌，她也没有失去计划，相反，一切都在加速按照她的计划发展。现在她浑身轻松，大步大步往前走，在这所学校，她是所有人的楷模，成绩好，有志向，正在勇往直前奔赴美好前程。

20

北角成了"月亮之下"的常客，他办了会员卡，每次去都坐在同一个包厢，只为静静地听李琴操唱歌。不过，之后她再没唱过那首关于秋天的歌，偶尔唱《风吹风吹》，李琴操知道他来了，两人也没多余的交集。

她唱完就走，他听完就走。

很奇怪的是，李琴操平时在西街唱歌时有点烟酒嗓，在这个酒吧里唱歌时的声音却干净如水，这是她的厉害之处，隐藏了她的另一面，连嗓音都可以转化自如，这是一种生存本领。

因为办了会员，北角有机会逐渐接触到这家酒吧的老板。他问老板为什么会请李琴操来唱歌，还答应她可以不许点歌，太不符合西街卖唱歌手的套路了。老板言简意赅地回答了他：第一，李琴操是他花了高价请来的；第二，在这里没人知道她是李琴操；第三，不能点歌、想唱什么就唱什么是李琴操提出来的一个条件，得先接受她才来。至于其他的，老板也知之不多，但他确定，李琴操一直缺钱，尽管她很能赚钱。

"李琴操现在有男朋友吗？"北角问。

"据我所知是没有，当然，很多年前也是有的，后来她男朋友离开西街，可能分手了。"老板给的信息和他去街道办、派出所问到的信息基本一致，只是有的人说他们还没分开，有的人说他们早就分开了。

老板还告诉北角，在这样的场所里难免会有诱惑，曾经有客人出高价让李琴操作陪，李琴操非但没答应，还连续一周没去唱歌，竟然流失了不少寻欢客。老板不得不再去找她回来，此后再也不向她传递客人的无理要求了。

"这是个奇女子，看模样卑微得很，性子却极其刚烈，不好搞，你不要碰啦。"老板的看法跟整个西街的人一样，李琴操能在西街生存，她已经有了自己的一套生存手法，不需要向人低头，活得不卑不亢。

李琴操对北角的防备心不再强烈，但从不问他的故事，也不说关于她自己的事。不知道从何时开始，北角总觉得简翎就在身边看着他，可是他不知道她在哪里，更奇怪的是，每当他想简翎的时候，就有想见李琴操的冲动。

每个人生来都是孤独的，现在的北角就很孤独，身在灯红酒绿场所的李琴操，也孤独。被北角残忍拒绝过的盛凌，更孤独。似乎每个人都逃不开孤独，孤独地来到这个世界，又孤独地离开。

很少能有人把日子活得像每天六七点的晨曦。

但再次见到盛凌，北角有了这个感觉，这个十八岁的姑娘像晨曦一样来到他的阁楼。齐肩的头发剪成了短发，整个人看上去明媚率真了不少，完全没了之前的忧郁，头上戴着一个浅蓝色的蝴蝶结，是十八岁少女应有的模样。说起学校的事情，她有时会害羞地扭过头偷笑。

对于盛凌的造访，他很早之前就已经有了心理准备，这段时间，自己又经历了另一种人生，但他没打算和盛凌细说。

北角给她倒了一杯水，盛凌努力让自己显得不那么局促，这就是成年人和孩子的区别，北角可以假装什么都没有发生过，假装没见过她的傻气，可是孩子做不到。盛凌始终是个小女孩，花样年华，不是那个千方百计设计陷害李琴操，又引他去撕开李琴操秘密的盛凌。

北角给她看了他最近画的画，她看得很认真，一点都不敷衍。

"读寄宿的感觉怎么样？"北角问。

"挺好的。我爸每周五都来接我回家。"盛凌看着北角，"他以前都不知道我什么时候读初中，也不知道我什么时候又升了高中，什么时候高考。可是现在他经常给我发微信，还明令我大一不许谈恋爱。"

即使是盛凌这样努力装成熟的孩子，十八岁的年纪，担心的也无非是父母的爱给得多不多。北角鼻子一酸，十八岁的他和简翎，从未担心过这个问题，因为一开始就没有机会，北角是孤儿，而简翎的母亲在她很小的时候就跟其他男人跑了，常年在外面跑长途货运的父亲根本不管她，他们从来没有渴求过来自父母的爱，他们担心的是未来漫漫前路要如何走下去，是走出小镇和生存的问题。

他走到西窗，白天李琴操的窗户很少打开，今天又是周六，李琴操不会出现。

"北角大叔，对不起。"盛凌说。

"为什么跟我说对不起？我应该多谢你才对，要不我可能就冻死在漓江边了。"北角说得非常诚恳，虽然是盛凌让他知道了真相，他却是心甘情愿迈出这一步，但他也很想知道她是什么时候发现李琴操的秘密的。

盛凌知道他想问什么，走到窗边，慢慢地说起来。

"我在西街长大，对这里的一切都熟悉得很，要想查一个人，根本不需要自己动手。我找了班上一个同学去调查，很容易就查出李琴操在那个地方唱歌，说来你都不会相信，那个酒吧就是我们学校一个同学的爸爸开的。"盛凌继续说，"我犹豫过要不要把这个真相告诉你，怕告诉你会失望，更怕不告诉你，你会永远被动地去追逐李琴操，也害怕你会在某一天突然离开。"

盛凌若有所思，但情绪不再激动，北角原来从来都没有懂这个少女的内心。

"可是，我很感谢你。你让我在一天之内，看到了两个男人撕心裂肺的痛，一个是你，一个是我爸。"盛凌已经没有了拘谨，"那天晚上你在江边像个失心疯的人，我不知道你在喊什么，那应该是你心里最痛苦的秘密，我第一次看到有人这样用尽全力……毁灭自己。我才知道，自己根本不懂你，也走不进你的世界。我害怕等我到了你这个年纪，也活得如此沉重，如此悲悯。你倒在江边，嘴里喊着一个叫作简翎的名字，我猜她应该是你爱的人，如此刻骨铭心，是没有人可以取代的。所以我觉得我特别傻，我以为只要全心全意去爱你，你一定也会爱上我。但那一晚之后，我知道不可能，我应该回到学校去念书，不再纠缠你。"

盛凌转过身，对着这个她一度迷恋过的男人笑了，现在她依然迷他，是迷而不恋。

北角胸口似有一口鲜血要喷出来，他对自己倒下之后的事完全不知，原来他在昏迷的时候，还在喊着简翎，他刻意遗忘了十九年的往事，在一个少女面前毫无保留地暴露了。和简翎一起长大的十八年时光，已经在心里刻成了墓志铭，墓志铭可以褪色，可以淡去，却永远都不会消失。

身体上的伤疤又开始隐隐作痛，这是简翎留给他的永远的记忆，哪怕逃离到海角天涯此生再不相见，也不可能将她忘了。

"你爸又是什么情况？"他不能再继续想下去，不想自己的人生就这样被击毁得体无完肤。

"那天晚上你昏迷了之后，我很怕，想抱你回去又抱不动，当时下很大的雨，我怕离开的话你会出什么事，只好一直抱着你，一直听你说胡话，那天晚上我流了人生中最多的眼泪，我不知道你的世界里发生过什么。我很庆幸曾经来到过你的世界，很羡慕简翎，如果……我是她就好了。我跟你一样，第二天也是被人抬回来的。我醒来时，我爸紧紧抓着我的手，他哭了，他当着我的面哭，他不是不爱我，而是我们都不太会表达。北角大叔，感谢你，让我在十八岁的时候懵懵懂懂地爱过，又让我如此清晰地知道了被爱的感觉。"

北角走上前，轻轻地擦干她的眼泪。对于盛凌，他现在是一个兄长。

"盛凌，这些原本就属于你，你爸会永远爱你。我和你本就不是同一个世界，我有我所追逐的路，你有你的未来。我经历了太多悲欢离合，不过三十几岁却如此沉闷，而你，人生才刚开始，是五彩斑斓的，还有很多很多美好会和你不期而遇。答应我，把书念好，大学生活才是你自由的时候。"

少女笑了，坦诚而没有一丝介怀的笑最让人舒服。"谢谢你，北角大叔，我没有觉得你暮气沉沉。他们说，人生来肯定是孤独的，我原以为你的孤独和我的一样，所以才会爱上你，现在想想挺可笑。"

北角在西街寻找失去的青春年少，却在这里遇到了一个十八岁开始寻梦的盛凌。这一切，也许都是冥冥中注定的。

如果现在的北角和十八岁的简翎相遇，如果十八岁的北角能和十八岁的简翎相遇，如果三十七岁的北角能和三十七岁的简翎再相遇，他一定会永远爱她，再不放手。

可是，哪有岁月可回头？

盛凌告别的时候，北角拥抱了她一下，他特别想跟她说的一句话，也没来得及说。

——青春真好。

21

张无然一阵小跑跑到了系主任陈老师的办公室，陈老师等候她许久了，她跟老师打了声招呼，虽然老师的表情显得很严肃，但少女也没有因此生怯。

陈老师果然把入学以来第一次考试的成绩排名单甩在了桌上，头也没抬，继续看着教案："张无然，你自己看看吧，看看自己的名次，还满意吗？"

她伸手把成绩单拿了过来，脸色瞬间发青，紧紧地咬着下嘴唇。她由全系高考入学第一跌落到班级第十六，这是自从初二以来，她考过的最差的成绩。

陈老师又把一张表甩了出来，那是张无然所在的班级这个月的出勤表，上面用红色笔勾了许多圈圈，不用问，一定是她这个月缺课的记录。

"你说说，为什么这个月请假次数如此频繁，还全部是在上课日，小小年纪，有什么重要的事情非得在上课时间去做？"陈老师没给好脸色，但尽量控制着言辞，换了其他学生她早就暴怒了，但张无然向来知轻重，成绩忽然跌得这么严重一定有原因，不能骂。几个月前，这个叫张无然的考生以超过本校分数线近一百五十分的成绩报考时，一度引起媒体的关注，以她的高考成绩，考北大完全没有问题。

张无然也有点痛心，可是她知道只能服软，她跟老师解释说最近身体不舒服，考试状态不佳，还处在适应大学生活的阶段，她笑着跟系主任保证再不缺勤。

原本一直低着头的陈老师，这才抬起头，这个叫张无然的学生，在她的档案记录里，在花岩一中初中部的时候一开始非常不起眼，原本她根本不在升本部高中的名单之内，谁料后来她像是突然开了窍，成绩突飞猛进，最后毫无悬念地升到了花岩一中的高中部，简直是开了挂，就当所有老师都以为她会填报北京一流学府的时候，她又很意外地选择了本校，除了离家近这个原因外，看上去没有更合情合理的解释。

"学生会的工作呢，如果做不过来，就先辞去，不能因小失大，学习才是第一位。记住我今天说的话，你是很有前途的学生，我知道你有更远大的抱负，要自己把握好，要分得清孰轻孰重，去吧。"陈老师逐渐变得温和，她很信任张无然，虽然她猜不透这个女生的心思，但她知道这个女生比其他学生都能把握分寸。

张无然点了点头就退出了办公室，她特意绕道回到了学生会的网络实验室，坐在电脑前，耳朵边响起陈老师说的话，"学生会的工作呢，如果做不过来，就先辞去。"

她迅速打开了电脑，屏幕很快亮了，麻利地输入登录密码。整个实验室只有她这台电脑设了密码，她跟领导解释说，要用这台电脑来保存一些机密的数据和文件，领导想都没想就答应了，张无然是如此优秀，成绩好，还难得地拥有一些其他学生没有的天赋，她优秀得所有的老师百分百对她信任。如果不是她的计划还没完成，按照她的性子，今天听了陈老师的话，明天就会把这份兼职辞去，老师说得对，没有什么比学习更重要。

可是，又有谁会知道，她在大学刚入学时就申请成了学生会的一员，又有意无意地展示了自己在计算机方面的能力，其实她懂的并不多，只是比其他孩子更早地熟练掌握了各种表格各种公式的处理手法，因此让所有人都对她刮目相看。

在她的计划里，她需要一台可以独立使用的且必须拥有独立服务器的电脑，思来想去，只有学校的网络实验室能满足这个条件。她需要给一个人发邮件，不定时地发邮件，所以她必须加入学生会，并且不会因此而影响到成绩，她的人生，必须永远做一个优秀得闪闪发光的人。

果然她的良苦用心派上了用场，她加入了学生会，并且拥有独立使用网络实验室的资格。

她用眼前这台电脑给那个男人发了四封邮件。一开始，她还在犹豫自己的行为是否正确，但发出去的邮件如石沉大海，没有任何回应，按照她的猜想，那个叫"北角"的男人在企业做高管，他们的邮箱一般都会设置"邮件已读"的回执，但不知为何，她前面发的邮件一点音讯都没有。

冥思苦想，她决定在第三封邮件给这个男人明示，于是她在邮件里配了一张孔雀的图，孔雀的尾部被她调成了黑白色，一只忧郁含泪的孔雀，尾部受伤，惹人生怜。如果对方看了这封邮件依然无动于衷，那么，就要对这个男人死心，这个人不能为她所用。

她还将邮件的 IP 改了，如果对方查不到信息来源，可能会放弃行动，可她又不想让对方轻易查到自己的 IP 定位，因此，她特意将 IP 设置手动改成了近海中学。依照她的推算，北角虽然不能马上查到近海中学就是花岩一中和花岩二中合并之后的新校名，但他作为花岩二中混得最好的校友之一，很快就会收到母校发给他的邀请，迟早会知道。

要的就是这种效果！他迟早会知道，所有人迟早都要为自己曾经的懦弱付出代价。

在给北角发第三封邮件之前，她先尝试给自己发了一下，又在邮件下端的"已读回执"打了一个钩，确定收件人可以看到孔雀插图才把邮件发出去。然后，她就在数着时间，果然，不到五分钟，就收到了一封已读回执。她又掰着手指数，还会有新的已读回执过来，果然，不到十分钟，她前面发的两封邮件和父亲发到这个邮箱的第一封邮件，相继给她发了邮件已读的回执。

这就对了。

张无然露出了笑容，她虽然不确定这个男人读懂了这些信息之后会做出什么举动，以及能做出多大程度的行动，但她赌，赌这个当年深爱母亲又抛弃母亲的男人，一定会有一点触动，只要有触动，只要他还有良知，就一定能走进她一步一步布下的局。

对不起，北角先生，你是这个计划里最需要的人物，不可或缺，你可能很无辜，但你要为你曾经的行为付出代价。

温婉的少女在实验室里绽放了最完美的笑容，令人心醉的甜美，挂在一张与世无争的脸上，是一个十八岁女生本真的样子。

张无然打开了空白邮件，最后又决定把邮件关掉。她想了很久，留给她的时间不多，现在不需要写第六封邮件，最好永远都不需要写这第六封邮件。

关了电脑，她走到实验室里的保险柜前，挨个检查一遍，从下往上数的第五格铁柜是被锁住的，里面放有学生会的活动基金款，不算多，一万两千块。这笔活动基金学校也交给了她保管，张无然一度想让基金保管全权放在自己手里，但有人提出了异议，学校为了公平起见，学生会的主席也有权支配这笔基金。

她在铁格面前停留了一下，迅速地从里面抽出三千块钱，她现在需要动用这笔钱。

很快她检查完了所有的文档，确保它们十分整洁，老师可以随时根据提示找到相应的档案，她就离开了实验室，收拾好书包回家了。

张无然的家离学校很近，当年母亲毅然决然为了她买下这套房，因为这是一套学区房，不管是重点的花岩一中，还是上不了重点要读普通的花岩二中，都能保证她上学方便。现在她读的这所大学离家依然很近，她的事还没做完，还不能去远方。

今天是周五，她必须要回家，母亲只在周六周日才在家，还要和她一起去趟医院，这五年都是这样的生活节奏，从来没有变过。

从学校出来，没走多远，就到了花岩一中的门口。她往左边的路望了望，若有所思，路灯将她的影子拉得很长，这个时间点，桂林仍然有许多外来游客来游夜景，两江四湖的夜景线很长，像一望无际彩色的海岸线，漫长得无边无际，带动着这座城市的繁华。张无然走到学校的马路对面，回头静静地看着花岩一中，花岩一中和花岩二中之间的那条小马路正在施工，再过一段时间，这两所学校之间的两面墙即将被拆掉合并成一所学校。在名义上，她和那份校友名单上的北角先生，将成为校友。

张无然露出了天真无邪的笑容，寒冷的星辰照耀着她，在毫无阻碍的白夜之下，谁能区分谁正在失心，谁又能知道谁的暗影里，藏了多少绝不回头的决心？

这世间难道不是所有的影子都是失心的吗？

22

周六，精力充沛的张无然依然很早就去晨跑，今天她跑得有点慢，昨天膝盖受伤了。

等她晨跑回来，已经是九点半，打开门，母亲果然在家，正在厨房给她做早餐。

"妈，你回来了。"一边进门一边跟母亲打招呼，但母亲没有回头。

张无然看着在厨房忙碌的背影，鼻子突然一酸，她想挤出一点笑容，可怎么也挤不出来，母亲知道她进来了却不理她，她知道母亲正在生气。

多半和自己的成绩有关，想必学校已经通知了母亲，她的成绩滑坡太过明显，真是失误。

她走到阳台去给花浇水，阳台养了几盆君子兰，还有绿萝，家里需要一点生物，且君子兰和绿萝很好养，即使几天不在家，它们也生命力旺盛。她刚拿起浇花壶，就发现母亲已给花淋过水了，但她还是假装给花继续浇水，心里想着怎么跟母亲交代。

头发被滴下来的水滴打湿，晾衣架上是新洗的衣服，母亲今天一定是赶最早的船回来的，要不不可能连衣服都洗了。她抬起头来，发现了那件印有猫耳朵咖啡馆的绿色工作褂，挂在最显眼的位置。

又是一个失误，怎么会将如此重要的东西随手放在房间呢？张无然此刻有点懊恼，早就应该扔了。

对呀，为什么不扔掉呢？在这样的细节上失手只能怪自己。

这时候，母亲端了早餐放在桌上，也去了阳台。她的肩膀一颤一颤，张无然知道母亲哭了，赶紧走过去，跟母亲道歉。

"妈，我知道这次没考好，我会调整好状态的。"她低声说。

"为什么请这么多假？"母亲慢慢停止了抽泣，指着衣架上的咖啡褂说，"什么时候去的这家店？"

张无然很紧张，这个世界上，她最害怕的人从来都不是她那个变态的父亲，而是哭泣的母亲，只要母亲一哭，她就如噩梦般不知所措，紧张让她语无伦次。

"妈……我知道错了，最近压力大，有点不想念书，所以就去咖啡馆打了几天工，想体验一下不同的生活。"知道这个理由有点牵强，但不得不说一个。

母亲扭过头来看着她，脸因为生气而紧绷，良久，母亲忽然温和下来："傻孩子，是不是担心家里的钱不够用？妈妈告诉你，你只需要安心读书，其他的都不用管。你爸爸的医药费妈妈可以支撑，你的学费也不用担心，没有什么是熬不过去的，知道吗？"

母女俩对望了一眼，张无然十岁那年就不会哭了，但还是不能看到母亲落泪，母亲不哭的时候她的心才稍微安定。母亲脸上的雀斑似乎又多了一点，她知道是因为母亲常年化妆登台表演的缘故。母亲才四十岁不到，已经显得那么苍老，憔悴，没有一丝血色，她被生活折磨得不成样子了。

这个周六，母女俩相安无事，下午去医院看望了住院的父亲，有时候她不去，有时候她去了也只待一会儿，功课越来越忙，母亲也不愿意多耽误她。今天她也没待多久，母亲照常叫来护士问一些情况，为了让父亲住院能舒坦安静，母亲特意花钱安排了一间单独的特护病房，白天除了护士，还有专职的特护。张无然每次来，只帮忙清扫父亲病房的衣柜，把干净的衣服放进去，偶尔她也会帮父亲擦擦手擦擦脸。

今天母亲去医护室了，她把新洗好的衣服放进去，又从书包里把装有三千块钱的小钱包放进了衣柜，这些钱看上去很零散，一点都不整洁，像是没有人在意的一些钱。

母亲回来之前，她又坐在父亲的病床前，跟父亲说了几句话，她说话的样子让人如沐春风。

晚上她在自己房间的写字台温习功课，母亲在安排下周的日常，除了将卫生打扫干净之外，还要把女儿的衣服都安排好，以及每个月的零花钱，如果需要额外的钱，母亲都会问一句，通常张无然是不需要的。

这个晚上她也很自然地回答了一句不需要，但她迟疑了一下，停下手中转动的笔，回过头跟母亲说："妈，要不你给我多留点吧，这个月我可能需要多买点书，咖啡也已经喝完了，需要再买点。"

从高三开始，她就有了喝咖啡的习惯，纯粹只是为了母亲能心安，事实上，她一喝咖啡就犯困，她的体质对咖啡没有任何依赖，甚至是抵触的。但她还是要喝，母亲见他们班很多孩子都喝，以为她也需要。

母亲嗯了一声，也没具体问她需要多少，往放钱的盒子里比平时多放了五百块，女儿不会乱花钱，她知道，再说，五百块也不算多。

这一晚，母亲陪着她，等到她睡着了之后才离开。母女俩要见面，又要等到下一周的这个时候，好在这几年，女儿已经习惯，也很独立，在学校寄宿的生活让她很早就对母亲不依赖了。

第二天母女俩又一起吃了午饭，母亲要先走，她要赶回西街。张无然下楼去送母亲，先过了马路，再右转，那条路通往码头，两个人在路上走着，走到一半，张无然临时决定不送到码头了。

母亲今天又化了很浓的妆，她看着心里有许多不忍，可是她不能让母亲看见她的不忍，她在任何人眼里是什么样子的，她都不在乎，只有母亲怎么看她，才最重要。所以，她现在装出很俏皮的样子，心里却是难过的。

"妈，其实你不化妆的样子更好看。"

母亲也停下来，帮女儿把衣服整理好，女儿的衣领有点乱，女儿什么都好，成绩好，对人也很好，就是是个粗大条，十八岁的年纪了也不懂得要打理一下自己。她伸手把女儿的衣领弄平整了，又假装把半只手伸进女儿的脖子里，自己的手很冰，冰得女儿左右摇摆求饶，母女俩在冬日的漓江边笑作一团。

"妈，我等你回来。"

还是要告别的，张无然朝母亲挥了挥手，母亲也朝她挥了挥手，然后两人背对背走开了。张无然突然又跑了回去，用力地从后面拥抱着母亲，声音哽咽，但眼泪就是流不出来。

"妈，我爱你。"

母亲被女儿突如其来的深情吓到，她知道女儿是舍不得自己，对于女儿，她怀有深深的愧疚："无然，妈妈也爱你。"

"妈，不管我做了什么，你都会原谅我的，对不对？"张无然看着母亲的眼睛，也许是带了浓妆的缘故，母亲今天的眼睛很大很有神。此刻，母亲慈祥地望着她，仿佛她从来没有经历过这人世间的苦楚，仿佛她从来不用理会生活的艰难。

"这当然，可是，无然，你做了什么事会让妈不原谅你呢？"

母亲又开始严肃了，张无然知道自己做得不好，俏皮地说："妈，我知道，下次的成绩单保你满意，再不掉以轻心。你快走吧。"

母女俩终于告别，再次背对背离去。

回到家收拾收拾，准备回学校，这时又想起了陈老师说的那句让她辞去学生会兼职的话。她走进书房，这间书房已经变成了储物间，里面堆满了一堆堆衣架和一堆堆母亲的演出服。走到书柜前面，她从里面取出了一台很笨重的电脑，上面被母亲贴了"已坏"的封条。

抱着这台电脑，张无然进了自己的房间，把电脑放在书桌上，又反身把房门关上。她小心翼翼地把那张"已坏"的封条撕开。以前的母亲是多么细心，把家里归置得很整洁，可如今母亲忙于挣钱，忙着赚钱支撑父亲高额的医药费，无暇顾及这个家。母亲甚至都不知道，这台封条被她撕开过无数次的电脑，早已经修好。

她无意中修好了父亲这台电脑后，发现了母亲的一个秘密，这之后她就走进了噩梦，再也出不来。

如果不亲手将故事里的人都送去他们该去的结局，她十八岁之后的人生，都会活在无边的恐惧和仇恨的深渊里。

此时，她抬头看了眼日历，现在是公元 2017 年 12 月 10 日，留给她的时间真的不多了。

过了这个圣诞节，最讨厌的人，最怕的梦，最怕的故事，都将烟消云散。她和她的母亲才能真正快乐起来，母亲的生活将彻底卸掉重压，重新开始她的人生。为了母亲的重生，她不能有任何动摇的念头，何况现在，一切已覆水难收，只有大胆地朝前走。

她迅速地打开了电脑，打开了父亲的邮箱，五年前父亲给这个叫stevenbei 的邮箱发了第一封邮件，那封邮件写着："万水千山不可见，你的爱人呢？"

至今她也才猜不到父亲给北角写这封邮件的动机和意图。但她从发邮件的日期来推算，当时她的母亲正经历每日来自父亲的家暴，吸毒的父亲很残忍，只知道跟母亲要钱，不给就动手，而父亲似乎从来就不曾爱过自己，从她记事起就开始嫌弃她，轻则辱骂，重则动手，丝毫不留情。在她眼里，父亲就是恶魔，是失了心的恶魔，是他，摧毁了母亲的青春，又摧毁了她的童年。

可她不懂，为什么母亲对父亲不离不弃，父亲吸毒，母亲会拼尽全力把他送到戒毒所，过段时间接出来，又复吸，又送进去，如此反反复复，母亲从二十多岁熬到了三十多岁，所有的年华都耗在了父亲身上，却换不来哪怕是一句温暖的话。

十岁时她受了重伤劝母亲离婚，现在十八岁了，初成年的她还是不懂，为什么母亲要守着一个不爱她的男人过一辈子。

母亲不幸的婚姻严重影响到了她，在学校里她对所有男生都没好脸色，在她的眼里，这些人未来都会成为像父亲那样的渣男，必须要逃离得远远的。哪怕是成绩好家世也好的男生，一旦对她示好，她也总能让对方敬而远之。

她在父亲的邮箱里，看到了十九年前的完整故事，少女在心里开始布局，拯救母亲。

故事里的人除了母亲，都该死！

"啪"，她用力地关了电脑，屏幕立刻就黑了，她把电脑翻到背面，迅速拆下电池，又迅速用螺丝刀把背后的一块小板打开，将电脑的主板取出。从此之后，这台电脑真的报废了，她不再需要它，也不想再看到它，既然它早就被母亲贴上了"已坏"的封条，就让它彻底报废吧。

张无然把主板丢进了客厅的垃圾桶，从桌上端起一杯开水咕咚咕咚一口气喝光，放下杯子的一瞬间，她看到了桌上放着母亲从西街回市区的船票，她把它们揉成一团扔进了垃圾桶。

但在走进房门的时候又返了回来，快速地从垃圾桶里翻出被揉碎的船票，想着盛凌前天告诉她的，她亲眼看到了那个叫北角的男人，走进了李琴操的房间。

张无然盯着那张船票，自言自语："很好，老天又在帮我，是时候了。"

少女在深夜，露出了甜美坚强的笑容。

23

十二月的天气多半是阴冷的，西街的店面生意寥寥，在北方待了十几年，南方人北角竟然害怕南方的冬天。

从派出所回来之后，他还没有放弃跟查当年的案子，从阳朔到桂林市区的警局他跑了不下十趟，但没有任何新进展，这几个月的寝食难安，让他感觉身体的免疫力在急速下降，从阳朔到桂林市区不过是一个多小时的汽车车程，每次都坐得浑身难受。

他得到的回应大同小异，没有案底或者是查无此案，在互联网如此发达的今天，为什么五年前的一个案子毫无蛛丝马迹可寻呢？

李琴操的这个男朋友不可能凭空消失，如果找到他，他也许知道简翎的存在，哪怕是零碎的信息，也不能放弃，但因为查不到案底，这条路似乎被堵死了。

北角有一种被强行推入海里的感觉，海藻缠绕着他的身子，柔软如丝却刚劲有力，他的挣扎无效。

他在毫无思绪的时候酒量大增，一箱一箱的酒往阁楼里搬，他要把房子填满，因为空荡让他觉得难过，哪怕是空荡的天空，他也会因景触情。在猫耳朵咖啡馆找到的那几张便签几乎摧毁了他，知道简翎过得不好，他心里的痛不能言表，简翎所有的痛苦，根源都来自他。

而李琴操就在他的眼前，他知道她有很多秘密，找到简翎的唯一出口就是她，甚至他已经向她摊牌。

那晚，他终于问出那个问题："你认识一个叫简翎的女生吗？"

李琴操背对着她摇摇头："她是谁？"

"我就问你认不认识她。"

"对不起，我不认识，也不想知道你找她要做什么。北角先生，我们在有些事情上是无能为力的。你走吧。"她下了逐客令。

北角很不甘心，可他知道纠缠也不会有什么结果，李琴操是那么清冷，像块冰一样，自己现在的耐心和能力，完全不够去融化她。自从知道简翎曾经在西街待过之后，他在西街的每一日都过得撕裂，不知道什么时候就会崩溃。

他岂会知道，那一晚当他说出简翎这个名字的时候，带给李琴操的震撼也是巨大的。李琴操和他一样，也在做着同样的猜想，这个叫北角的男人到底是谁？

他们相互猜疑，相互退缩。

这一晚，北角去了李琴操即将要演出的酒吧。酒吧很热闹，李琴操是最受欢迎的卖唱歌手。

在酒吧的最中间，有一条回形走廊，一些男男女女喝醉了，就会跑到这条走廊上疯狂地呐喊。走廊并不长，中间有面镜子，大部分人不知道的是，这面镜子是老板花高价从韩国买来的一面双面镜，站在镜子这边的人，不知道镜子背后的人可以看到他，也不知道镜子背后会有人。

今晚北角喝得有点多，跟着人群上了走廊，他站在镜子前看着自己无神的双眼凹陷着，像是一个失去了战场的战士，又像是一个久不能归家的俘虏，只会买醉。

他不知道，正在候场的李琴操就站在镜子的背面。

李琴操站在镜子的另一面，看着镜子里的北角喃喃自语："你是萧青暮吗？"但眼前这个男人，眼神和脸庞都很陌生，怎么可能是十九年前的少年呢？找不到一点相似的感觉，可是自从他那晚走进"月亮之下"，大胆的猜想早就有了。她从后门离开时就听到一声惨叫，早已开始动摇。只是，不可能，十九年前的萧青暮走得非常决绝，怎么可能在十九年后又毫无征兆地出现呢？他追求的是人上人的生活，不可能再回头。

即使他就是萧青暮，也不能相认，她不想让任何人知道她在声色场所卖唱，任何人都不可以，包括自己的女儿。

那样的猜想折磨着她，为了验证自己的猜想，她不惜主动诱惑这个男人。十八岁那年，她在萧青暮的胸口上咬了血淋淋的一口，一定会留下疤痕，还有臀部，也留下过印记。

那晚，她准备好了一把匕首，如果这个男人不是萧青暮，只是想睡她，她会毫不犹豫地给他一刀，但如果这个男人是萧青暮，又该怎么办呢？她已经不能再爱他了，虽然她又等了他十几年，对他又爱又恨，可是在五年前，她决定不等了，她只能去试着爱另外一个男人，因为那个男人为她付出了太多太多。

手还没碰到他的胸口就被甩开，她的猜想也被中断。

当她把锋利的匕首扔在地上时，哐当一声，男人眉心一惊。她只想快点结束尴尬的场面，于是她说："北角先生，你知道吗，你是一个很让人害怕的存在，你救我，帮我，跟踪我，我实在想不出，你除了想跟我一夜情之外还能有什么。"

她在现实面前是懦弱的，在西街，只能用各种极端的方式来求生存，来保护自己，她没有更多的选择。

那一晚很尴尬，登场匆忙，离场更匆忙。

镜子后面的李琴操，一声叹息，一切都不过是猜想。这个男人曾经问她认不认识简翎，那一刹那她差点站不稳，她不能说认识，怎么可以轻易被一个陌生男人进入她的过往呢？如果眼前的人是萧青暮，更不能说，结局只会很坏，甚至比眼前更坏。

站在这灯红酒绿之地，却犹如站在浩渺苍穹之下，一片荒芜，三十多岁的人生，已经看不到一点生机，唯一的希望就是女儿。

迷雾越来越深，李琴操唱的歌，消失的男朋友，几封邮件，还有一堆简

115

翎留下的便签,这些线索,看似有着千丝万缕的关联,但却找不到任何突破口。

会不会有第六封邮件呢?越是无规则的游戏,越让人不可自拔。北角知道自己正在跟一个影子斗争,一个失了心的影子,他不能中途逃脱,不能再做逃兵,还未上战场就选择自己阵亡比十九年前的逃离更无耻。

这伤人的时光。

十二月的漓江真的很冷,大部分时间北角都在阁楼里看书画画,阁楼的空调不能制热,旅店老板特意给他加了两台烤火炉,一台在床边,一台靠着西窗,挨着他的画板。

阴冷了几天之后,终于有了久违的太阳,北角点了根烟,决定出去走走。漓江的风把他的头发吹得七零八落,有两个月没理发了吧。从九月到十二月四个月的时间里,他成了一个居无定所终日流离的流浪汉,现在想来,流浪对于有些人来说,就是天赋。

北角在漓江边努力地回想从青木镇到西街所发生的一切,破绽万千,却没有任何实质性可以推动进展的入口。

天气突然变晴,漓江边原本消失的小摊小贩又重新出来营业了,冬日里的游客不算多,生意相对少,小贩们干脆在江边支起了一些临时帐篷,四五个人在里面打起了牌,乐在其中。

北角无心闲逛,一边走一边想事情想得入神,在江边上岸的地方,被两只鸬鹚所吸引。

鸬鹚的旁边站着一个少女,她正热心地招揽游客,两只鸬鹚在一根木枪上来回翻腾。少女很瘦,鸬鹚却肥美得很,一见有游客靠近,便频频叫唤。

少女眉目如画,时不时用手把飘散的长发拨到耳朵后面去,清纯甜美,耳朵上有一个耳洞。

正想着好像在哪儿见过,少女走过来向他打招呼。

"先生拍张照吧,我家喂养的鸬鹚非常通人性呢,保证你觉得可爱!你可以和它们先玩一会儿，它会飞到你肩膀上哦，它们能听懂人话的，不信你试试跟它们说说话。"少女使劲地推销着。

她的话极为俏皮，又很真诚，让人无法抗拒，哪怕是北角这样正失意的人，也觉得能在寒冷天气里听到这样有趣又充满活力的声音，是一种恩赐。

两只鸬鹚确实很特别，嘴尖尖的，但也不让人觉得有攻击感。"照片怎么拍呢？你又没有相机。"少女两手空空，连相机都没有，怎么赚游客这个钱？

"大叔，可以用你的手机拍啊，你打开手机，我来帮你拍，一次二十，随意拍，任性拍。"少女的声音真是自带一股子开朗的天性。

"好吧。"北角无奈地笑了笑，他起了怜悯之心，如此寒冷，少女可能一天都招不到一个游客，鸬鹚尚且可以去江里叼鱼觅食，少女却可能连生活费都赚不到。他掏出手机，先把镜头调反，和鸬鹚自拍了一张，然后又调正镜头，把手机递给了少女。

他张开双手，两只鸬鹚非常通人性地一边站一只，他勉强露了笑容，确实是被少女感染的。他情不自禁地闭上了眼睛，那一瞬间，他假想自己正站在漓江的江中央，水没过了腰，一种岌岌可危的感觉围绕着他，多么奇怪的幻觉。

少女咔嚓咔嚓地给他胡乱拍了一通，就把手机归还给他，他给了她二十块钱，准备回旅店，江边委实太冷。

"大叔，要是想鸬鹚了，就来找我拍照哦。"接了钱，少女开心地笑了，她很认真地把钱放进小钱包里，又仰起头望着北角，带着一点伤感，"不过，鸬鹚在这里真的挺常见的，也不知道下次还能不能碰上。"果然是很幼稚的年纪，她又把头发往耳根后面拨，这样的动作只有十七八岁的少女做出来才好看，她又接着说："大叔，你要是去坐船，船票上也有鸬鹚哦，下次记得再来拍照。"

北角点了点头，正要走，少女又追上来了几步，北角想，她的生意真是够惨淡的。

"大叔啊，鸬鹚通人性，很多船票上都印有它。阳朔去市区的码头离这里不远，你要是有时间呢，就可以去桂林市区写写生，那里的环境比这里更纯粹，视野更开阔，山是山，水是水。"少女不停地说，她似乎总充满着激情。

"哦，写生？你怎么知道我画画？"虽然有点诧异，北角也没往心里去，他往兜里摸了摸，没带烟。

少女突然变得结巴："哦，我是说……大叔……看上去像是搞艺术的，有点艺术家的气质，不知道我是否猜对。"

北角尴尬又不失礼貌地笑了笑，就跟少女告别，他要回旅馆了。

少女还站在原地，看着北角远去的背影，她的手伸到口袋里，摸了摸那二十块，还是大叔的钱好赚，她把钱从口袋里拿了出来，拍了拍那两只鸬鹚，真是长得结实。她走到不远处的江边去，把二十块拿出来，递给一个戴着斗笠的老人，老人正抽着手卷的旱烟，伸出来接钱的手布满了老茧。少女又单独给了他一百块，她刚才承诺老人，租他的鸬鹚一个小时，给他一百块。

24

跟少女告别后，北角边走边翻看了下鸬鹚，少女的拍照水准还不错，角度都选得很好，只是构图看上去很遥远，两只鸬鹚和一个瘦弱的中年男人，莫名其妙多了一点悲凉的意境。才几个月的时间，他好像进入了另一种人生。

很快，北角就走到了西街，来到了李琴操的楼下，此刻她应该在房间里休息。

在楼下站了一会儿，他有种冲动，如果现在破门而入，会是什么情形。他的脑海里重新浮现了那天跟着她进入房间的一幕，一定哪里有破绽，他闭上眼睛，强迫自己进入幻境重演。

那天晚上，他跟着李琴操走进了楼房的铁门，楼房很旧但很干净，他的手摸到了楼梯的栏杆，一点灰尘都没有。到了三楼，李琴操把房门打开了，其中一间房是衣帽间，自己很惊讶，她居然有那么多的衣服，平时不见她穿。这时，李琴操拿出了一双男式拖鞋给他换，就走到了一张日式竹藤椅上坐着，他换好了鞋，在房间走了几步，有一张书桌，书桌很乱，其中一个抽屉是半打开的，里面有烟有零钱，还有一堆船票，船票上印有两只鸬鹚……

等等，停！鸬鹚……男式拖鞋？竟然这么粗心，遗漏了如此多重要的信息。

刚刚在漓江边和鸬鹚拍过照片。

北角连忙打开手机里的相册翻出和鸬鹚的合影，鸬鹚有什么特别的吗？在西街在阳朔在桂林非常常见，可船票上有鸬鹚……船票上有鸬鹚！刚才那个少女说的。

北角意识到自己可能连续性地犯了什么错误，他沿着原路飞奔，回到江边，鸬鹚还在，却不见了热情少女的踪影，只有一个老者坐在旁边，无精打采，他原本想上去询问几句，还是忍住了。阳光和少女一样，突然消失，只剩下阴冷的光线照着江面，风平浪静，似乎从没有人来过。

原来自己这么糊涂，每次去市区都坐汽车，难怪会错过这么重要的信息。

事不宜迟，他马上迈开步子跑起来，心里有点虚，怕惊到了李琴操，转了好几个西街的路口，才进了一家有旅行社咨询的酒店，在西街这样的酒店多如牛毛。

他打开手机上鸬鹚的照片问旅行社的前台小姐，哪里的船票上印有鸬鹚，前台小姐一时也答不上来，从来没有人问过这个问题，手边又没有现成的船票，她需要核实一下。

"大部分船票都是桂林山水，要么是象鼻山要么是骆驼峰，有鸬鹚的船票，好像不多的。"她打开电脑噼里啪啦敲键盘，有点心急，北角把查询范围又缩小了一点，是从西街出发去向各个旅游景点的船票。不一会儿，小姐抬起头来说："找到了，但是有两个码头的船票都印有鸬鹚，一个是竹峰码头，一个是丹桂码头，它们的船票上都有两只鸬鹚。"

熊梓洪╳北角

一 如 年 少〜
As Young As Ever

那场十八岁浩劫带来的疼痛感，毫无征兆地在北角身体内重新发芽，

破土而出，野蛮生长。

一如年少

As Young As Ever

一如年少

一　如　年　少～

As Young As Ever

十九年的时光，潋滟了他们一生的沧桑。

世事如此沉重至不可说，原来是不必都说。

一 如 年 少

刘雅瑟╳简翎

As Young As Ever

张无然的少女时光，一边灿烂，一边早已腐烂。

刘雅瑟✕张无然

一 如 年 少 〜

As Young As Ever

一看图片，北角确定在李琴操房间里看到的，就是这两张船票的其中一张。

"还有其他可能印有鸬鹚的船票吗？"他问。

"从西街出发的应该就这两个码头的船票有，我也不太确定，你可以去问问其他人。"前台小姐说。

"多谢。"北角放了一百块在桌上就走了，又跑去另外两家旅行社，得到的答案和第一家相同。

他拿出手机打开日历，上面显示今天是 2017 年 12 月 14 日，星期四，离李琴操周末消失还有一天时间。

一定能找出李琴操的秘密！

胸口和臀部的两个伤疤又开始隐隐作痛，在这寻找真相的时空里，西街的人声鼎沸对他而言却如暗无天日，他站在暗涌的街道最中央，人来人往，被人群和黑暗所吞噬。从发现那封孔雀翎的邮件开始，他已经疯狂地自己踏进了陷阱，他现在不仅仅是一个无家可归的人，在精神上也无家可归，无时无刻不在流浪，谜底不揭晓，他将永远是一个失心者。如果现在有人问他，这一生还有什么可后悔的吗，他觉得没有，他所追逐的十八岁，以及十九年之后再没得到救赎的人生，已经没有任何可值得祭奠的了。

回到旅店，北角把原本堆在角落里的日历翻了出来，挂在床头，过一天，撕一张。

这两个晚上，他都去看了李琴操的表演，推杯换盏的时候，他一直用眼角的余光盯着李琴操看，她和简翎的身影相互交叉着，叠影在迷惑着他，明明知道不太可能，却抑制不住自己的猜想，就这样看着，想着，他也能热泪盈眶。他的预感是魔鬼，而他的理智却在克制着他，如果眼前的李琴操告诉他，她就是简翎，他反而会望而却步，十九年残酷的人生，谁有勇气在光天化日之下，将它们的面具全部撕开？自己的面具都摘不下来，还妄想去摘下他人的面具,不是很可笑吗?

他不停地喝酒,怎么都喝不醉,最多就是有点迷糊,这个时候,他就把手插在口袋里,把长长的围巾随意地挂在脖子上,一路摇摇晃晃地回旅店。在阳台上等李琴操回来,等着深夜的她一如往常摘掉假发,换装又出门。

心疼,不知道什么原因她要这么卖力地表演,他宁愿相信她只是因为要赚钱,没有别的原因。

2017 年 12 月 16 日,周六。

因为无法确定李琴操什么时候出门,她的行踪根本不在掌控之内,所以,竹峰码头和丹桂码头这两个码头,他只能一个码头守一天。只要她来坐船,就一定能守到她。

他先去了竹峰码头,是当天第一个乘客,买了印有鸬鹚的船票,坐在候船室最靠边的一个角落,他戴着一顶鸭舌帽,像个平常旅客一样,不会引起任何人注意。这里人来人往南来北去,没有重复的乘客,也没有重复的导游,没有人会留意到有一个人在这里傻坐了一天。

原本想两个码头各等一天,但现在北角改变了主意,周六周日两天必须都在竹峰码头守着,万一李琴操从丹桂码头出发竹峰码头返回呢,岂不是两边都等不到?像李琴操这样坚持原则的人,一定也会遵守自己的规律,如果在竹峰码头连着蹲守两天,就可以完全确定她会走哪条路线。

他给自己祈祷,希望能在今天就等到李琴操的出现,他太渴望知道李琴操的秘密,因为太渴望简翎能够早日出现。"渴望"二字,构成了这红尘里所有的故事,内心没有了渴望,红尘,也就不是红尘了吧。

第五封邮件像是终结者一样,可能不会有第六封了。他已经很清醒了,那个幕后的影子就是要他一步步像一个失心者一样,自我沦陷,他已经做好了一切准备,哪怕黑夜再黑,只要有光照着,就得走进去,粉身碎骨,也不能再转身,不能再做逃兵。

可此刻他的预感可能出了错，从周六早上等到周日晚上最后一班船，李琴操都没有在竹峰码头出现。如果她来了，他肯定不会错过，除了上洗手间之外，他一直在座位上就没动过。他很失望，原来竹峰码头不是李琴操出入的码头，懊恼为什么不一开始就选丹桂码头，但这种失落的情绪只出现了短暂一会儿，他告诉自己，要沉住气。

25

在竹峰码头没有等到李琴操，北角就得再等一周。

他开着火炉，在阁楼里强迫自己静下心来画画，这段时间没有任何人来打扰，旅店老板除了叫吃饭基本不出现。盛凌后来很少回家，回来了也没来见他。他又画了很多画，上一次决定要走的时候，把之前画的都送给了盛凌，到现在又堆了许多，他的笔墨有长进，在这黑夜即将被冲破的时刻，越需要让自己安静。

他的画以后可能没机会再和盛凌交流了，在这两个月内，她经历了十八岁以来最大的起伏。想到这里不免难过，青春真是一只易碎的玻璃杯，十八岁的盛凌在一场完全不势均力敌的暗恋里学会长大。可她的十八岁还有机会得到弥补，而他和简翎的十八岁，没有受过伤害的岁月，再也回不去了。

如果不回来一趟，这一辈子都可能永远在逃离、遗忘，永远都找不到救赎了吧。

可结果呢？故事里的每一个人都有家不能归，从此再无故乡。萧青暮改名叫北角，像逃荒一样，从南方逃到了陌生的北方，一躲就是十九年，可终究还是没能放过自己，他都不能放过，弱小的简翎岂能轻易放过？还有用命去换简翎命的张楠楠，又岂能放过自己？

人生只有一次十八岁，萧青暮、简翎、张楠楠却要背负一生都抛弃不掉的枷锁。韶光错减,岁月艰难。

唉。北角叹了口气。不知怎的,他忽然想去盛凌的学校看看,不知道她是否活得开心。

想到就去做吧。

北角到了师范大学,校园青葱的气息扑面而来,他在学校的一个公告栏前停了下来,上面贴满了各种社团招新的传单。他的双眼无神,透过层层的传单,他在玻璃里隐约看到憔悴的自己,少年模样已不再,现在的他只剩下一副躯壳,像失了心,行走在这与他格格不入的红尘之中。

他在学校里漫无目的地走了一圈,没有刻意地去找美术学院在哪儿,遇到了就遇到了,没遇到就是遇不到。

果然没有遇到。他在校门口站了一会儿,风把他单薄的长衣吹了起来,他眯着眼,苍老的面容写满了岁月残忍的内容,他才三十七岁,又何至于此。

学校斜对面不远处就是花岩一中。

花岩一中是桂林市区的重点高中,以前只接受市区的学生报考,这些年才慢慢开放,接受各区考生,能考上这所高中的,肯定都是各考区的尖子生,要么就是高干子弟或富人家的孩子。

这所学校风水非常好,学校背靠着一座山,山顶的岩石远远望去,像是一弯月亮,如果是繁星满天的时候,这弯月亮更显逼真,于是,这山被叫作了星月山,成了学生们和游客最爱停留拍照留念的地方。

北角所在的位置,就在星月山脚下,抬头望着头顶的岩石之月,虽然是假的,但也假得很美好。

他原本就没打算联系盛凌,只希望能在这个时间点,能看到盛凌和同学一起,叽叽喳喳三三两两成群走出校门,或者她抱着书,刚好从校门口经过。他也不打算和她打招呼,只想看到她纯真的样子,那是少年该有的样子,意气风发,饱含热情。

一直等到日落，门口的学生也越来越少，盛凌也没出现。北角点了一根烟，慢慢抽起来，抽完这支烟就走。他从来不知道自己在十二月的风口里等这么长时间，也可以不觉得寒冷。

他更不知道的是，在他转身的一瞬间，盛凌从学校大门走了出来，她提着热水壶，要去学校对面的小铺新打一壶开水。在阴冷的天气里，盛凌和同学们一边笑着一边讲着学校里的八卦，她的短发左右甩动，元气满满，她现在一心都扑在画画技巧的提高上，她正准备去参加一次美术大赛，这是她读大学后的第一次，心里很是期待，心里有期待的人，每天都会像是晨曦，如七八点钟的太阳。

他们背道而驰。盛凌也没看到他。

如果北角当时看到了她，绝对不会告诉她，自己是来告别的，也绝对不会告诉她十八岁应该只缺烦恼。他大概只会说，盛凌，认真学习，远大前程在前面。

是啊，他在少年时，心里曾经也有个远大前程，可是却被摧毁了，等他真的走上远大前程的时候，心里已经没有了那些渴望。过去的十九年，他渴望的，不过是在内心里彻底把萧青暮洗礼成北角，企图变成另外一个人。

上一次和盛凌大概就算告别了吧，而所有人，都不会也不应该拥有认真告别的第二次机会。他和安是，和盛凌是，和简翎是，他和李琴操，未来也可能是。

一口烟把他呛得老泪横流。三十七岁而已，出走半生，半头白发，人已沉暮如斯。

另一个少女站在他的身后，冷冷地看着他，此刻她的内心更是无比复杂。北角先生居然出现在这里，从这个角度看他，这个男人虽然一脸沧桑颓废，看上去一点生命力都没有，可他棱角分明，眼神清澈，一字宽眉，带着书生气，似曾相识。她心里有一点不忍，这个男人很无辜，但却是很必要的一颗棋子。他现在看上去内心焦灼，只有让他一步步看到母亲这些年所经历的惨痛，他才会痛，才会举起手中仇恨的匕首。

他是所有故事的源头，如果没有他，今天这一切可能都不存在。每个人在这个世界上都在付出着代价，而每个代价，都早就标好了价格、轻重、深浅、大小。

张无然这样想着，就走上前去，拍了拍北角的肩膀。

北角正低着头，烟还没抽完，忽然身后有人拍了拍他的肩膀，他回头看了一眼，一个亭亭玉立的少女站在眼前，少女非常眼熟，一定在哪里见过。这时，少女将头发往耳根后拨了拨，露出耳朵上的耳洞，这个动作太熟悉了，他立刻反应过来，这就是那个咖啡馆少女，也是那个有两只鸬鹚的少女。咦，原来她也是这所大学的学生？

"大叔，这么巧，你怎么会在这里？"明朗的少女，说话声音还是那么甜美。

"哦，我正好经过，过来看看。"北角指了指星月山，又看了一眼少女，问，"你是这个学校的学生？"

"对啊，我是今年的新生，大学一年级，那……大叔是要去星月山下面拍照吗？星月山确实很漂亮。"

"不是。"北角摇摇头，和这个少女也真是有缘，三次见面，竟然是在三个不同的场景。

"那……需要拍吗？"

北角窘笑，自然是不用，哪有心思拍照，不过是来散散心："我不喜欢拍照。"

"哦，原来大叔不喜欢拍照，那为什么那天还和鸬鹚拍照？"

"鸬鹚确实长得很可爱。"

"谢谢大叔照顾生意。"

"后来没再去其他的咖啡馆打工吗？"北角想起那家被大火烧了的猫耳朵咖啡馆，若不是这个少女，他可能永远都不会知道简翎在那里留下过便签，说起来还得感谢她。

"猫耳朵咖啡馆？啊，我想起来了，你就是那个伤心的大叔，大叔可是我见过的最伤心的人呢，后来我还一直在想，不知道大叔为什么那么伤心？你跟那家店很有缘，咖啡馆第二天就发生了一场火灾，全部被烧光了。"少女很快伤感起来。

"你没受伤吧？"北角眼神里满是真切的关心，他和这个少女也是有缘。

少女摇摇头，她的笑容真的可以融化人。

"也不知道老板怎么样了。"北角又想起了那个看上去满不在乎但是却很失落的老板。他来西街才不过几个月时间，就已经开始有回忆了。

少女突然有点慌张："据说老板跟他儿子去了美国，他的儿子终于回来接他了。"

"你怎么知道的？我就住在西街我都不知道。"北角不过随口一问。

"哦……我也是听说的，他也是我老板嘛。"少女的慌张并没减少，她准备岔开话题，"大叔，既然这么巧，我就陪大叔走走吧。"

"不会耽误你上课吗？"不知道为什么，北角没有拒绝，他最大的弱点就是不知道怎么拒绝别人，尤其是眼前这个惹人怜爱的少女，她见过自己的狼狈，他也看见过她的窘迫。

"不会不会，就当放风了啊，这都是我们第三次碰上了，也是缘分。"

两人说着，就穿过了马路，走到了对面的花岩一中，星月山抬头就能仰望到，不知道为什么，走得近了反而还不如在远处看有美感。

北角忽然想，没准这个女生和盛凌还是同班同学呢，可她看上去不像艺术生，应该不是。

"大叔，你想什么呢？"张无然蹲到路边的草丛里，摘下一朵冬日的小花，叫不上名来，她把花往北角的手掌心里放，那朵花安静轻盈地躺在北角的手里。北角看了一眼张无然，小女孩天真，温暖，无害，脆弱，和手心里的小花一样。

北角把手掌心打开，那朵花虽然单薄却是坚韧无比，此刻它散发着遗世独立的味道，让它看上去更加清冷与孤独。北角拿起它，轻轻地戴在张无然的耳边，她的头发一丝不乱。也许是因为对这朵花有了怜惜之情，他觉得眼前的张无然也如这朵花一般惹人怜爱，认真看她的眉目，她的笑容，都像个熟悉了很久的人。

可张无然此刻的心却很冷漠，留给这个男人的时间不多了，他却还不知道自己正走向悬崖，浑然不知。

两人走到一条马路前，往左边走就是花岩二中，北角参加高考的学校，也算是母校了。

"走那边吧。"北角主动往左边走。

张无然跟在他后面，一深一浅，一起一落，两个人的步伐错落有致，这个男人高大的身影正好笼罩着她整个身子，如果不是要完成拯救自己和母亲的计划，这个男人让她觉得可以成为朋友，无话不谈的朋友。在咖啡馆见他第一眼，端着第一杯咖啡走向他时，望着他真诚深陷的双眼，她就有过退缩，有过一刻的心软，可是惨痛的现实让她不能退缩，她和母亲不能再过五年前的生活了。而这个男人，可以帮到自己。

很快就到了花岩二中门口，北角在这里度过高三，参加高考，他是那一届考得最好的学生，分数只比花岩一中的状元少三分，是花岩二中的状元，当年落魄的花岩二中因为他一时声名鹊起。所以，北角的名字在校庆知名校友名单里，一点都不奇怪。但是他对这里也没有感情，他只不过是在姑姑的帮助下，借了个壳在这里参加高考，他毕业了十几年，一次都没有回来过，有联系的人也很少。

花岩二中，于他，也是惨痛的。那一年，他以为自己会死在这里，可他最后还是顽强地活了下来，一个活下来就是为了逃离的人，怎么可能在日后对这里念念不忘？

张无然了然于心。

"我曾在这里读过书，"北角站在学校门口，并不想进去，他继续说，"高三，很难熬的一年，你也经历过。"

他的声音很轻，轻得像那孔雀翎，记忆凶猛而至，每一个细节都刻骨铭心，此时，他也不知道为什么要和小女孩说这些。"我是高三的插班生，刚进学校的时候，我以为我会死在这里，厌世，只想躲开视线里的所有人。可是没有地方可躲，所以只有读书，考出更好的成绩，改变自己的命运。"他自顾自地说，有一行泪，躲无可躲地渗入他的悲痛里。

就在这所学校，他想过自杀，打算一刀捅进自己的心脏，一了百了。他在寝室里举起了刀，可看着胸口的伤口——那是他心里的一块墓碑，上面刻着简翎留下来的墓志铭——他再次懦弱了。他连面对这个伤口的勇气都没有，把匕首扔在地上，死死地盯着那把匕首，突然哀号着冲出了寝室。穿越人潮，世界都是无声息的，他只能听到自己越来越粗重的呼吸声和沉重的脚步声，奔跑到江边，一边跑一边脱身上的衣服，没有人知道这个少年到底怎么了，还没反应过来，就见他跳进了江里。

他不想死，他只是想跳到一个很深很深的地方，去看看那里，是否有能让心灵安生的地方。

可是没有，江底除了碧绿幽静的黑暗，就是窒息锁喉的黑暗。不是说这个世界所有有裂缝的地方，都只是为了光透进来吗？为什么他的世界连一丝光亮都透不过来！这世界哪里有所谓的光明，只有在自己心里擦亮一盏灯，才能找到出路。

少年的手不断往上撑往上撑，直到浮出水面，才看见光明，往上游，才能找到裂缝，让光照进来。

江面上已经有人跳下来要救他了，有人报了警，人群还在议论纷纷，就在他们以为又发生了一桩自杀案件的时候，只见少年自己浮了上来，又快速地游到了江边，他面无表情，游上岸来，一件一件把衣服捡起来穿上，快速地消失在人群里。

那一晚，他回到姑姑家里，姑姑递给他一张全新的身份证，他不知道姑姑用了什么办法，但那是他全新的身份，姓名一栏写着"北角"。从此，世间再无萧青暮，只有少年北角。

少年往事飘浮，北角根本不知道从自己嘴里说了多少出来，身后是长时间的沉默，小女孩多无辜，凭什么要站在风里听一个陌生男子讲他的过往。

"人其实不用活在过往里的。"

这只是一句安慰自己的话，十九年来，他内心里出现最多的声音也是这句话，所以他安然地度过了十九年，渴望能像一个正常人一样结婚生子不问过往。

北角转过身去，看到少女无声无息地伫立在原地，少女脸上的肉在抽搐，她只是个听众，可是比自己还沉浸在自己的回忆里。瞬间，他觉得很抱歉，只道是小女孩为自己的经历难过。

"可你有没有想过，那些还活在过往里的人，会是怎样的痛不欲生！"张无然尽力了，她尽力想控制自己的情绪，可是她做不到，在她眼里，母亲就是活在过往里的人，她的痛苦，她和父亲在一起并不幸福的婚姻，都是因为将自己彻底埋在了过往里。而眼前这个男人，却轻易地走出了痛苦，轻轻松松地过了十九年。

眼前的男人一点也不无辜。

要克制，克制，张无然没再多说什么。北角给她递了一张纸巾，他以为这个小女孩可能想到了自己某段过往，张无然接过了纸巾，只是在鼻子上擦了擦，风太大了。她现在狠下心来，要让这个男人的心更难受，只有他痛了，才会知道那些活在过往里的人，是怎么样的生不如死。

她先迈开步伐往回走，回花岩一中，什么话都没说，北角跟在她的后面。走到两所学校的中间，那里还有几个工人正在作业，原本中间是一条小马路，将两所学校分开，过了今年，马路就不复存在，这里也只有一所学校了。

"大叔，你还不知道吧，我们以后算是校友了呢。"张无然幽幽地说。

北角很惊讶，也不解。

张无然走到小马路上，马路已经全部被挖开，路边的松柏树也被砍掉了，只留下根，原本这些树可以留下来，但两个学校为它们的归属权又争执了一番，最后决定将它们砍掉，之后再由校友们捐钱来种植新的树木。看，人们如果要想将一件事情做绝，没有什么理由可以阻碍这件事的成功。

张无然走到泥泞肮脏的马路边，把一块已经倒了的施工牌立了起来，上面写着一句话，"近海中学施工重地，车辆请绕行"，但因为这里根本过不了车辆，所以这块提示牌倒了也没人管。

近海中学？！张无然把这块提示牌翻过来时，北角内心无比震撼，原来花岩一中和花岩二中合并之后就叫近海中学！自己却完全不知情，学校没对外公布，网上查不到任何讯息。

现实弄人，原来这里就是近海中学，也就是匿名邮件的 IP 来源地，发邮件的这个人，跟近海中学有着一定的渊源。

张无然站在那里，没有动，她看着眼前的这一切，她知道北角先生此刻心里的震撼。原来，这个男人在潜意识里，刻意将自己和十九年前撇得干干净净，他看不到活在过往里的人为了他，是怎样的痛苦不堪，这些痛，现在都可以替母亲慢慢还回去了。

她笑了笑，突然蹲在路上，慢慢地解开鞋带，脱了鞋子，赤着脚站在路上，冬天如此寒冷，寒意立刻蹿到了她的头皮，刺激着她的每一个细胞，都发出比寒冷还要冷十倍的痛恨感，她的脚很快就呈现出苍白色，冷清的颜色。

"大叔，你知道一个人最痛苦的时候怎样能减轻痛苦吗？跟着我，就这样，光着脚在地上走，走到有泥土的地方，所有的痛苦都会从脚往上流，经过你的头部，最后回流到脚上，就什么都没有了。那是大地给我们的恩赐，它会告诉你，如果忘记痛苦，就是迷失自我。"说着，张无然走了几步，转了转身，她回头看了看北角，很认真地说，"你敢走吗？我陪你走一程，沿着这条路。"

北角被少女镇住了，她看上去弱不禁风，却可以承受常人不能承受的，她的痛苦似乎比同龄人要多。真的会减轻痛苦吗？试试吧。于是，他也脱了鞋，光着脚站在路上，寒冷刺骨，一直蹿到他的头部，又以如银河瀑布之水的速度，回流到脚板，所有的神经都被激活了，跟少女说的一样。

两个人沿着花岩一中那条路慢慢走，走了半小时，一开始他的表情很痛苦，痛苦到最后居然就释然了，没有了任何感觉，这大概就是少女说的忘却痛苦就迷失自我了吧。

张无然要回学校了，穿上鞋子，她的表情回暖了不少，似乎没有受这样的寒冷影响，她把头发往耳后拨，露出耳垂，只有她自己知道，耳垂上的不是耳洞，而是一颗痣。

北角也赶紧穿上了鞋，要是再不穿上，恐怕会生病。

"学长，欢迎你明年回校参加校友会，希望能见到你，可以的话，我会在校门口等你。"张无然轻盈地跟他告别，她到时间了，事情太多，要温的功课太多，她必须要做一个成绩好的学生，哪怕念大学也不能松懈。

她特意在告别的时候改了称谓，关系比此前进步了一点。大叔这个词是没有温度的，而学长听上去，亲切了许多。

这是他们的关系。在这样的寒冬里，也希望听上去能给对方一点温暖。

"好啊，可我还不知道你叫什么名字呢。"北角想起见了三次，都不知道少女叫什么名字，人们很容易忘记问对方叫什么名字。

"我叫张无然，很高兴认识你。"

"我……也很高兴认识你。"

两人就此告别。一个知道此生都不会再见面，一个知道此生可能没有机会再见面。都说世间所有的相遇都是久别重逢，那，世间所有的告别，都只是罪有应得的惩罚。

好戏即将登台，故事里的人没有机会彩排，没有台本，而今天她带他赤脚走的这段路，不过是当年她和母亲在悲痛的时光里，曾经走过的。

只有该痛的都痛过了，才会知道活在痛苦里的人有多痛。

她的世界里，以后将再无仇恨。而所有人的世界里，都应该没有仇恨。

纵然北角有再多的困惑，他现在唯一可以做的，就是等待明天的到来。不过，今天他很感谢张无然，是她，让他第一次知道在冬天冷风里光着脚丫行走的滋味，那种痛苦是他这一辈子都不会忘记的，如此刻骨铭心。

他回到自己的阁楼里，心安地睡了一个好觉，脚上全是踩在地上的冰冷之感。

那种冰冷，伴随着他走到梦境里，又走到了他所有的人生里。

26

2017 年 12 月 24 日，圣诞节前夕，周日。

北角早已和酒吧老板打听好了，李琴操每年的圣诞节当日都不会留在西街表演，不管是周末还是工作日，但今年不同，西街的圣诞氛围提前了很久，又操办了许多落地活动，老板说服了李琴操，给她五倍的价钱在今年圣诞节登台。老板还告诉他，原本希望李琴操能连续登台三天，但李琴操不同意，坚持周日那一天不登台，老板无可奈何，但还是答应了。

按照老板的说法，北角只有周日当天有一次机会，可能在丹桂码头等到李琴操，如果等不到，再下次就要跨年了。那将是多么凄惨的一次跨年。

如果不是有太多不确定的因素，北角根本不会向老板来打听，他赌李琴操不会因为钱而去给自己加表演，也赌李琴操在这样特别的日子里，一定会去见她想见的人，所以当老板告诉他李琴操会在圣诞节留守驻唱时，他有一点点意外。

周日早上，北角又第一个出现在丹桂码头，手里的船票上印着两只鸬鹚，他挑了一个最阴暗的角落，等待船只的到来，等待李琴操的到来。

这一次他没有再落空。早上八点是最早的一班船，八点前目标出现。

这是他第一次见李琴操穿着非演出的衣服，差一点没认出来。短发的李琴操一直低着头，早上风太大，湿冷，她用了一条硕大的围巾把整张脸包住，江边的疾风扫过她的头发，刘海随意地飘散着。

李琴操的步伐很利索，买了票，径直就上了船，坐在最里面的位置。北角也上了这艘船，他进去的时候，船上的老板正跟李琴操打着招呼，她的桌上摆好了早餐，应该是老板给备好的，她一定是常客。

两人背对背坐着，各自想着不同的心事。

丹桂码头并不是什么特殊的码头，就是有船通往桂林市区的一个码头。走的路线也跟其他码头并无差异，只是上船地点不同而已，船还要经过竹峰码头，就是北角曾经等待了两天的码头。他和李琴操不是没有相遇，而是遥远地擦肩而过。

一个在船上一个在岸上，谁也看不到谁，就像飞鸟与鱼。

一个半小时的船程，船到了桂林市区。在船上北角异常清醒，他知道今天的跟踪可能不会有任何结果，但也可能会推开一扇他完全未知的窗，将李琴操所有的秘密都打开，他都要有心理准备。

船到岸，北角先下了，他不能回头，因为知道李琴操会在这个出口下船。下船后他往前走了几步，一定要避免打照面。他在一家杂货店买了包烟，背对着所有人，就在他付钱的时候，李琴操从他的身边走了过去，他们没有任何交集，犹如两个同路的陌生人。

李琴操在九路公交车的站台停下来，和其他游客一起，站在冷风里等着车。李琴操从包里掏出一本书来翻了翻，中间有一页被折了角，很容易被翻到，她的目光在那一页停留。不一会儿车来了，北角先上车，低着头，又压低了帽子，特意挑了一个最靠后的位置，方便观察李琴操在哪一站下车，此刻，他把头扭向窗外，窗外都是赶路的人，只有风尘。

座位的上方贴了一张提示图，上面有所有要经停的车站，他数了数，有二十一个站。真是漫长又颠簸的路程，市区的路也没好走一点，这两年桂林在大力修路，许多从前的单行道要改成双行道，加宽，重新整修红绿灯，所到之处都能看到压路机作业的场景，喧嚣吵闹，尘土飞扬。

李琴操一直都没有什么情绪变化，好像她熟悉所经过的一草一木、蓝天和白色的浮云，她对任何事情都漠视，对任何人都生人勿近，经历了怎样的人生，才会如此与世无争！可是她又在一个声色场所谋生，一般人谁能达到随时随地将自己剥离的境界。

在临桂二塘李琴操下了车，这里也在修路。临桂县北角是知道的，在桂林老城的西边，以前的临桂还是县，现在已经撤县改区了，成了市区的一部分。

下了车，他环视了一圈，附近有许多科研所和地质研究院，位置幽静隐蔽，还有一些养老院也在这里。

他想不出李琴操跟这里会有什么关联，一直紧紧跟着她，生怕再跟丢。

李琴操走向了一个地质研究院的后面，穿过一片树叶茂密的区域，这里有不少百年老树，老年人都在树下练太极。她在路那边走，北角在路的这边走，中间有许多老头老太太，将他们隔开。

她往左拐了，进了一栋楼，北角抬头看了一眼，一楼的牌匾是木制的，上面写着区第二特殊康复院。从医院大厅里的反射镜能看到，李琴操正从包里取出一张药单在药房取药，背对着北角，应该是一张老药单，因为对方只是扫了一眼，就开始叮嘱她，从对方时不时关怀的眼神看来，他应该是熟悉李琴操的。而李琴操一直低着头，好像在和对方说着什么，偌大的康复中心大堂，她的背影显得那么弱小。

李琴操和对方在说什么？就在北角走神的间隙，李琴操人已不见了，他赶紧往里面走，跟上去。

医院一共有六楼，特别老式的楼层，墙外翻新不久，还有油漆的味道，但室内还是很老气，连电梯都没有，只有一个笨重缓慢的大货梯，在走廊最靠里的位置。如果去等电梯的话，可能会和李琴操错过，如果挨层挨房去查，很可能李琴操会在这期间离开。

他只能去刚刚李琴操取药的药房碰运气，问刚刚那位工作人员。

"你好，刚刚我的朋友在这里取了药，去了哪个病房？我来看望一下病人。"

"四〇九。"工作人员并没有抬头看人，直接把病房号说了出来。

道了谢，北角赶紧跑到四楼，走到四〇九病房，李琴操只比他早到一步而已，他到四楼的时候，她刚好推开病房门进去。

他忽然停住了自己的脚步，之前千千万万个问号都浮现在眼前，但在这一刻，他承认自己是害怕的，害怕知道更多的秘密，害怕知道李琴操悲惨的故事，害怕找不到简翎的线索，更害怕证实自己所有的猜想。

他深呼吸了一口气，走到四〇九病房门口。病房的门上有一扇玻璃窗，他慢慢地探着头去看，李琴操摘掉了围巾，放下包，背对着他，从开水壶往保温杯倒水。床上平躺着一个人，李琴操的身影刚好挡住了病人的脸，在门口看不到病人是谁，但能感觉到此刻病人还没有醒来，旁边挂着一个氧气机罩，还有一台白色的治疗仪器，桌上没有其他药物。

病床上的人似乎还没醒，李琴操用毛巾给他洗脸、擦手，床上的人都没有任何动静，她擦得很细致，左右手都反复地擦，每根手指都单独擦拭，擦完后又用小勺子舀了一口水往病人嘴边送，应该是水流了出来，她不停地拿纸巾在他嘴边擦。喂完水，她从书包里拿出刚才翻的书，开始读起来。

北角听不清她在读什么，但知道她很平静。窗帘里漏出来的阳光斜洒在她身上，一些碎发在空中飘动，她今天穿得很鲜艳，一直握着床上病人的手。

他的双腿开始发颤，身体僵硬无比，心里的猜想全部浮上来，不知是怎么迈开步伐走向护士值班室的，声音冰冷得自己都觉得冷，他对护士说："麻烦给四〇九的病人换药。"

坐在前台的护士正在记录着什么，听了来者的话，皱了皱眉，抬头看了一眼眼前的人，是个陌生男子，但还是耐心回答说："四〇九？张楠楠吗？

才换过的。"

什么！是张楠楠！躺在病床上的人就是张楠楠！他不是坐了三年牢吗？发生了什么？为什么躺在医院里，得了什么病？

那么，李琴操真的就是简翎？！

这个时候，护士把旁边的实习护士叫了过来，叮嘱她去一趟，又照常说了一遍病人的病历："你去看看四〇九房的张楠楠，植物人，沉睡状态，卧床近五年。我刚才已经查过房换过药了的，你去看一下，叮嘱家人多做物理治疗，刺激病人神经，检查是否有褥疮。"

实习护士正准备要走，护士又把她叫住："今天是周末，他家人来了，你查完这一轮，就早点回去休息吧。"

张楠楠！植物人！家人？李琴操！全身的血凶猛地涌上头部，北角就炸裂了。

害怕被护士发现自己狰狞可怕的样子，他连忙退出值班室。他颤抖得更厉害了，双腿发软，扶着走廊里的栏杆，才能支撑起身体。多么残酷的事实，躺在床上的植物人竟然是自己苦苦寻觅的张楠楠，为什么！为什么！为什么他替人坐牢还被打伤成植物人，他的命运竟如此悲惨！这十九年里，张楠楠究竟过着怎样的日子，那么鲜活的一个人，怎么会成为植物人？

北角突然恨自己，恨自己隐姓埋名活了十九年，恨自己人模人样地活了十九年，张楠楠现在有多惨，他就有多想毁灭自己。

实习护士从病房出来，看到蹲在墙角的北角，有点害怕，不知道发生了什么，赶紧进了护士房，北角听到实习护士说："四〇九房的病人，他家人正在给他做按摩，没有褥疮，也没有其他并发症，一切良好。"他又听到实习护士压低了声音，应该是自己的面目实在过于狰狞，吓到了她。

不知道用了多大力气，他才有勇气又走到四〇九病房的门口。李琴操背对着他，安静地坐在床边给张楠楠按摩，张楠楠一动不动躺在床上，一点反应都没有，他那么沉静，仿佛不是生病，只是睡得深沉。这一觉太深沉，简翎这一生也太沉重！

李琴操又开始拿起书读起来，心如止水，声音平和，呢喃细语，与世无争。

北角用手把眼里的泪水抹去。此刻，他多想推开房门走过去，轻轻地拥抱她，告诉她：

萧青暮错了，他答应过你，一到秋天就回来。

萧青暮错了，十九年生死两茫茫，相见不相认。

萧青暮错了，他以为努力活成另外一种人的样子，就可以改变内心。

萧青暮错了，他以为借了另外一个人的躯壳，就能活成另外一种人生。

萧青暮错了，他隐姓埋名过了十九年，却不知你们活得如此沉重。

萧青暮和你一样，十八岁之后就再也没有得到过救赎。

错了！大错特错！这一切都错了！

北角再也控制不住自己，哭得浑身颤抖，张无然说得对，没有走出故事的人原来活得这么痛不欲生，而自己，那一年在江底给自己心里点了一盏灯，以为可以从往事里逃脱出来，原来却是做不到的。

他好像想起了什么，从裤兜里掏出一个信封，是上次回青木镇的时候，简奶奶给的。当时那封信被风吹走了，他迎着风奔跑着去追，一度他以为肯定追不上了，可风速减弱，信在一棵泡桐树的分枝上晃荡了许久，落下来，再一次到了他手里。

这封信他一直贴身带着，想起简奶奶说的那句话，找到简翎时再拆开看，此时，他颤抖着双手把信打开，信里也只写了一句话。

——如果你找到了简翎，如果你还爱她，请你离开她。

北角泪流成河，这句话犹如给他划了一条界线，他不能再越界。是啊，他有什么脸面再见简翎？当年是他抛弃了她，让她过上了悲惨的人生。他又有什么资格见张楠楠？没有人比他更悲惨。

这时，一直背对着他的李琴操，起身去窗户边拉开窗帘，阳光照了进来，灿烂而耀眼，北角看到了张楠楠的脸，他安静地躺在病床上，只剩呼吸。

窗户边的李琴操转过身来，那是一张完全没有化妆的脸，秀气、干净而苍老，她拨开了嘴角边的一丝头发到耳朵后面，脸上是岁月沉淀的恬静，不悲不喜，无忧无欢。

那是陪伴了他十九年，逃避、忏悔了十九年的简翎！

这岁月静好，这岁月如梦一场。

北角把手伸进嘴里，用牙死死地咬着，怕自己随时喊出声音来，他不敢在病房门口再停留，一路狂奔到大街上，奔跑的这条路如此漫长，像是一条永远看不到尽头的路，只有枯萎凋落的树叶，落在他奔跑的脚步上。此刻的世界，万籁俱寂，他觉得自己正走在死亡的路上，踩在枯叶上发出来的声音，却声声如钟，他的步伐就像是当年从花岩二中奔向江边时一样，沉重如磐石。

耳边传来一首歌，不知道是哪家店铺里传来的，《一生何求》。

冷暖哪可休／回头多少个秋／寻遍了却偏失去／未盼却在手／我得到没有／没法解释得失错漏／刚刚听到望到便更改／不知哪里追究。

北角放声大哭，冷暖哪可休，回头已十九个秋。

十九年，简翎变成了李琴操，每天化着浓妆以卖唱为生；张楠楠，坐牢吸毒，最后成了植物人；而自己，借了一张面具，一副躯壳，一个新的人名，苟活了十九年。

为什么十九年前的浩劫可以将三个人的生活如此撕裂，为什么没有一个人得到救赎？

他仿佛听到了最后的挽歌，冷暖哪可休，回头生命已无秋。万念俱灰的世界。

终于跑到浑身无力，从白天跑到了黑夜，从黑夜跑到了星辰满天。他的脑海里全部是李琴操在病床前回头的一刹那。他不能走过去拥抱她，不能告诉她，北角就是萧青暮。他懂了张楠楠为什么当年要留那样的一封信，他不应该再去走进她的生活，至少她现在的生活是平静的，没有风浪，如果这个时候贸贸然走进去，一切只会变得更糟糕。

　　他在路上漫无目的地游走，这样的小城市，也漫天张灯结彩都是圣诞的气息。他朝着黑夜的天空笑了笑，似乎有一道光，照着这黑夜耀眼如白昼，却只是苍茫一片，一点方向都没有。

　　手机响了，他拿起手机，是邮件，原来还有第六封邮件！此刻是下午六点整，他收到了第六封邮件。

　　第六封邮件写着："我们一生中有太多忏悔，你需要回头，不是吗？"

　　北角看到这封邮件，顿时天旋地转，他已经不在乎发邮件的人是谁，不管他躲在什么角落里，如何操控着今天的局面，这些都不重要了。是啊，他现在最需要的就是忏悔，有太多需要忏悔了，十九年，只有他一个人给自己找了一把保护伞，躲在最安全的区域，不问过往，不问世事，他以为可以躲掉整场灾难，谁知道，躲不过的永远都别想躲过去。

　　所有的璀璨都是易碎品，十九年人生，说碎就碎。

　　忏悔，这两个字像鞭子一样抽在他的心上，浑身疼痛。

　　"我要去哪里忏悔？该怎么回头？"伤心欲绝的北角突然冷静下来，又掏出手机打开邮件，用手机查不到 IP 来源，把邮件往下拉了拉，发现下面的落款，是近海中学。

　　近海中学？之前去过的那所学校，那个少女在马路前告诉他，花岩一中和花岩二中即将合并成近海中学。跟近海中学有关联的人只有两个人，一个是盛凌，不会是她，虽然她搞过几次事，可盛凌非常单纯，绝不可能，而另一个跟近海中学有关的就是昨天那个少女，她叫什么来着？

　　"我叫张无然，很高兴认识你。"少女的声音又响起了，这是他们告别的最后一句话。

　　张无然，这个名字很耳熟，很早之前听谁说过，应该是盛凌，她们在同一个学校。

北角想起第一次见盛凌，问她孔雀羽毛是谁插上去的，盛凌的原话是："我最好的闺密，叫张无然，是她送给我的。"

她们真的是好闺密！那么……咖啡馆、江边的鸬鹚、近海中学……

北角的脑海里闪过和张无然第一次在猫耳朵咖啡馆见面的情景，他原本要离开咖啡馆，是这个少女把他引向了铺满枫叶的后院，在那里他才找到简翎留下的便签，第一张便签的位置那么明显，显然是被人刻意贴上去的。就是从那一刻起，他就像失了心的人，只顾将自己埋在急不可耐找到简翎的情绪里，却忽略了很多细节。

在漓江边遇到的两只鸬鹚，印有鸬鹚的船票，这些揭开李琴操秘密的关键之处，也是她点醒的。

在近海中学，张无然的笑容是那般真诚，听了他的故事后沉默，带他赤脚走路感受大地的恩赐……

当时张无然说："可你有没有想过，那些还活在过往里的人，会是怎样的痛不欲生！"

痛不欲生？她是谁？发邮件的人是她吗，她和简翎是什么关系？张无然，张……姓张，难道她是张楠楠的女儿？

没错了，一定是这样的，发邮件的人一定是她，她就是张楠楠和简翎的女儿。想到这儿，他的心像是被刀割了一般，张楠楠的女儿，最有可能知道所有的故事。但她想做什么呢？北角再一次打开了手机，翻开了邮件，那句话，是让他回去跟她父亲张楠楠忏悔吗？而且应该是现在？

第六封邮件来得如此准时准点，这么大一个局，一定还有什么会发生！必须马上回医院！

他加速奔跑起来，这条路真漫长，不知不觉，原来自己漫无目的地走了那么远。一边跑脑子一边思考，如果真的是张无然安排的这一切，她到底想做什么？只是当着她父亲的面忏悔？还是她会当着她父亲的面，杀了自己？

北角闭上眼，仿佛看见少女张无然在昏黄的楼道里向他举起了匕首，插进了他有伤疤的胸口，那举刀的动作，跟当年她父亲在失心崖的动作，一模一样。

27

终于跑到了医院门口，北角喘了一口气，看了看时间，已经是七点五分。天色早就黑了下来，医院的灯陆续地熄灭了，门口挑高的房梁上，有一盏不强烈的壁灯照耀着门口的道路，医院的门，是紧闭的，现在几乎没人出入了。

他忍不住回身看了看，身后一片漆黑，只能看到星星点点树的影子，道路凄清，路上一个人都没有，繁华只在远处，跟医院的清冷格格不入，住在这里的每一个人都是饱经岁月之苦的人，他们早已不需要热闹，不留恋繁华。

推开门进去，一楼的值班室和药房处还亮着灯，窗口没有人影，其他的地方黑漆漆的。他走上楼梯，每走一层他都往后看一眼，总感觉似乎有人在跟着他，却又什么都没看见。到了四楼，停下了脚步，他有点害怕，不是怕死，也不是怕被匕首刺杀的痛，他害怕的是与那样看上去完全无害的少女见面，要如何面对她？

她如画的眉目，她的耳洞，她用手把头发拨到耳垂后面的动作，是那样的恬静明媚，一点伤害都没有。

深呼吸了一口气，他放慢步伐，缓缓地走到四〇九病房，身后没有声响，整条走廊空无一人，张无然没有出现，楼道里只有他自己的身影，拉得很长，如此地孤独，是懦弱的孤独。他闭上了双眼。

许多时候，命运的力量太过强大，根本不知道它会将故事推向什么样的结局。像此刻，如果他推开门进去直面张楠楠，无疑就是十八年前的往事带来的二次伤害，痛苦不会比当年少。

既然躲不过，就去勇敢面对。

睁开了双眼，双瞳里已无所畏惧。他转过一直侧着的身子，缓缓地走向了病房门口。门上有小玻璃窗，可以望到里面的情况，简翎不在，张楠楠仍然安静地躺在床上，一动不动，虽然看不到他的脸，可是能感觉到他跟这万丈红尘，没有任何瓜葛。

推开门走到病床前，想说点什么，又什么都说不出口，忏悔不是一件容易说出口的事情，他需要更多的勇气。于是，他再往前走了一步，想看看床上病人的面孔，可是，床上根本没有人！掀开被子，是一顶假发，还有一个假的人体模特。

张楠楠下午不还是植物人吗，他去哪儿了？简翎把他带走了？不可能，如果张楠楠未醒，没有人会在这个时刻带走他。可惜自己没有简翎的联系方式，不能马上问。但可以确定的是，简翎不可能把一个植物人带走，哪怕就算是今天醒过来了，也不可能马上出院。而且，他站在门外看到张楠楠是躺在床上的，这是个假象！做得那么逼真的假象，这其中必有诡异。

北角环视着房间，床头是几排小柜子，第一层很整洁，里面是一些洗漱用品和盒装药物，再打开上面一层，是一堆衣服，最上面的很干净，看上去不乱，没有什么痕迹，他随手拿起一件才发现，下面的衣服是乱的，明显有翻动的迹象。

他的眼睛继续在病房里不停地搜寻着，房间非常干净整洁，被子是新换洗过的，是因为简翎来过的缘故。人不会是从窗户跳下去的，虽然只有四楼，不管是跳下去还是爬下去，风险都很大，而且现在窗户紧闭，窗台上没有脚印，也没有鞋底印，所以人不可能从窗户出去。但如果沉睡了五年的张楠楠大摇大摆地从医院出去，也不可能没有人发现。床上这么大的人体模特抬进来，不可能没人看见，想到这儿，他想拿起那具人模，稍微用力，就散了，原来是拼接可拆散的。

房间里根本不可能有空间放这些人模，他连忙出了病房的门，左右看了一眼，右首果然有个很小的储物间，是用来放卫生工具的。是啊，没有人会去留意一个储物间里多了点什么，即使有人发现，也不会有人怀疑是床上的植物人所为。

北角后背心直冒冷汗，如此费尽心机的安排，张楠楠到底想做什么？还是说有人刻意安排了这一切，带走了张楠楠？一切都是谜，白天刚刚揭开一个谜，现在又掉入另一个更大的谜团里。张楠楠可能早就醒过来了，而且在密谋着一件不可告人的事，否则没必要瞒着简翎已经醒来的事实。

越想越可怕，北角又看了一眼第六封邮件。现在想来，这封邮件只是空城计，设计者很有可能早就知道了一切真相。可这背后的真实目的到底是什么？怎么都想不清楚。

继续回到房间里搜寻，试图在还没被人发现的时候找到一些蛛丝马迹。最后，他的视线落在了病床前的一个小柜子上，上面有一本台历，他拿起台历翻了翻，台历已经翻到了12月。突然，他像发现了什么一样，把台历拿到灯光下举了起来，这一次他看清晰了，在12月24日的那一格空白处，有一条很深的指甲印，很深很深，这个人用了很大的力气。

12月24日，就是今天，圣诞节前夕。北角闭上眼仔细地回想，突然他发出了一声轻微的尖叫声："不好！"

他又掀开床上的被子摸了一下，已经感受不到任何温度了，冷冰冰的，也就是说，张楠楠至少在一个小时之前，也就是天黑之前，就已经离开床了。

又暗自叫了一声，他极速跑到楼下，用很快的语速告诉值班室的人，四〇九病房的人不见了。

"不可能！"值班室的护士说，因为下午五点半，四〇九病房的特护才离开医院，而在她看守的这段时间内，没有几个人进出过。

"千真万确。"北角用不容怀疑的口吻告诉护士，他的眼神说明这件事很大，必须马上重视起来，查清楚，否则值班护士逃不了干系。

值班护士有点慌了，连忙跑到四楼去看，又很快地跑了下来，四〇九病房确实没有人。太奇怪了，这个病人已经昏睡了五年，人醒过来不可能医生不知道，再者，一个人醒了过来，为什么不告诉身边人，不告诉老婆孩子呢？

值班护士拿起电话本，上面有所有病人家属的联系方式，必须第一时间通知家属。

北角把护士拨打电话的手按住，他想清楚了，如果真的如他所猜，这件事暂时还不能让简翎知道，至少不是此刻，惊动了简翎，反而不好，应该先自己查清楚，先证实。

"护士，我觉得有必要先看一下监控，家属下午来过，应该还没有心理准备接受亲人不见了的现实，我们应该先查清楚，这样不会引起恐慌。"北角的面孔很冷峻，语气镇定，不容人辩驳，值班护士原本就很惊慌，看到眼前男子镇定的眼神，也觉得他说得有道理，立刻带了他跑去监控室。

监控室就在一楼，进去的时候，守门的大叔正在打瞌睡，被一阵吵闹声惊醒过来时，还带着怨气，他这个守夜人还从未遇到过需要即刻调看监控的情况。但因为有医院的护士陪同，他不得不马上执行，打开了电脑，拖着监控器的进度条。

缓冲监控没耽误多少时间，北角却越来越着急，他只想证明，张楠楠是不是自己走出去的，如果是，那他的猜想百分之百不会错。可万一真的如自己所想，那后果不堪设想，还没有从惊恐中走出来，另一种紧张的情绪又萦绕在了心头。

画面终于找到了。

四楼楼道里的监控器安装在走廊的端头，离四一〇病房最近，四〇九病房正好在摄像头的下方，远处能看到护士房和楼梯口进进出出的情况。守夜大叔把进度条拉到了五点二十分，四楼的楼道里，值班护士拿着每日看护记录的小本出现在各间房的门口，查到四〇九病房的时候，四〇九房间的特护正好从里面走出来，两个人说了几句话，护士一边写一边问，应该是象征性地问了几个常规问题，特护又返回了房间。几分钟后，也就是五点二十五分的时候，特护从里面出来，这时，护士也查完了所有的房，特护很快消失在楼道里，应该是下班了，跟一楼值班室护士最开始说的时间基本吻合。

楼道里极其安静，本来特护病人就没有几个，五点半的时候，楼道里的四盏灯熄灭了两盏，走廊整个暗了下来。一直等，一直等，大约五点四十分的时候，果然，从四〇九房间出来了一个人，像是一个男人，戴着一顶鸭舌帽，压得很低。男子看上去很正常，步伐稳健，速度奇快，不像病人，他的脸并没有出现在摄像头里，很快，人影消失在楼道里。

四楼、三楼、二楼中间的楼梯过道，都没有安装摄像头，只能在每一层安装于走廊尽头的摄像头看到有个身影闪过，始终没有露正脸。一楼的楼梯口倒是安装了一个，可这个摄像头早就不知什么时候坏了，还没有修好。而大厅里的监控根本就没有出现过人的身影，反复查看了好几遍，确定这个人没有从正门走。

"你们这里还有什么地方是死角？"北角问。

"基本上来说是没有死角的，摄像头都能监控到，连后门都安装了的。"守门大叔说，像想到了什么，"对，我们还有一个后面的监控。"

"我想看看后门的监控记录。"

这台后门的监控器连在另外一台机器上，但因为有时间推算，大叔很快就拉到了进度条上合适的位置。五点四十四分，戴着鸭舌帽的男子出现在了后门，摄像头就装在门边，他是正面迎着走过来的，男子显然知道这里有一个摄像头，连头都没有抬，迅速地点按按钮打开了门就闪身出了门，但因为是正面，北角确定，这名男子就是张楠楠。北角注意到他打开门的动作，那种按钮如果不是熟悉开关的人，不可能快速地打开，证明张楠楠早已将这里摸清楚了，才能以最快的速度从医院出去。

"后门的监控有时候我们会忘记开，因为它连在另一台电脑上，想着也没必要，一个多月前，发现它坏了，而且是被人恶意破坏的。"守夜大叔说。

一个多月前，难道说张楠楠一个多月前就醒了？

他把所有的线索全部串了起来，此刻，他确定张楠楠已经醒了的事实，并且醒来的时间可能不短，一直在为今天的行动筹谋，其中就包括如何躲避医院里的摄像头。

难道邮件是他发的？自己误会张无然了？

他们是不是父女还没有得到确认，张楠楠比张无然发邮件的可能性更大，一个十八岁的少女怎么可能有能力来布局谋划这一切，只有张楠楠才有可能啊。他在今夜赶回青木镇，是去复仇，因为今天是12月24日，圣诞节前夕，平安夜，就是林觉二婚的日子，青木镇此刻肯定灯火辉煌，林觉即将走上人生巅峰。

张楠楠回青木镇，岂能饶了林觉！这个人亲手毁了他的一生，张楠楠肯定怀恨在心，才会选择在这个时刻回青木镇。没错，一定是这样的！

这一切都是张楠楠布的局，慌乱中，北角连忙往医院外面跑，值班室的护士急了，追在他身后喊："哎，先生，我要不要通知他的家人？"

"随便你，按照医院规矩来就行。"一边跑一边回复着护士，他抬手看了下时间，此刻是七点二十一分，留给他思考的时间不多。

现在他的疑虑都没有了，他都明白了。五年前张楠楠被打成了植物人，简翎对他不离不弃，她没有理由放弃他，所以她才要赚更多的钱，来支付张楠楠昂贵的医药费。五年前她在猫耳朵咖啡馆的便签上写的那句"也许相爱，是我们人生最后的退路"，表明简翎在之前就已打算守着张楠楠，要跟他好好过日子。

一定是这样的！

跟张无然没有关系，他们也不可能是父女，和她的遇见一切都只是巧合，她跟这一切都没关系。她那样单纯，和当年的简翎一模一样，年少无知，不知世事。

简翎每个周末都来医院看望张楠楠，为他读书，为他打理好一切，这些都是张楠楠从前最渴望的生活。而张楠楠精心布置好这一切，每一个时间节点都踩好，他可能想着杀了林觉报了仇还可以回来安心地做他的病人。

但是，万一他杀林觉的事败露，后果根本不在他的可控范围内，不仅他别想再回来，还辜负了简翎对他的另一番期许。

北角的心一紧，不由得加快了步伐，跑到大街上四处找租车店，一定要赶在张楠楠下手之前制止他，为了简翎，张楠楠必须悬崖勒马。

如果发邮件的人就是张楠楠，一步步设局让自己从北京回来，那在他的预设里只有两种可能的结局：一种是他杀林觉失手，可以将简翎再次托付给自己；而另一种可能性是，北角如果知道了这一切，肯定也会回到青木镇，可以借北角的手杀林觉，也可以借林觉的手杀了北角，抑或是两个一起杀了……

后一种结局，只要他去了青木镇，就只有死路一条，他打了个寒战，哪怕是死路一条，也得去。

很快，他进了一家租车公司的店，租了一辆奔驰，青木镇旅店的老板告诉过他，林觉的接亲队伍都是奔驰车。跳上车，踩了一脚油门，往青木镇的方向驶去，从桂林市区开到青木镇，需要五个小时多一点，加速开，最快能在四个半小时之内赶到青木镇。

胸口和臀部的伤口疯狂地作痛，现在不再是幻觉了，是实实在在的痛感，极致的疼痛感，北角在车上发出了邪魅的笑声，泪眼模糊中，仿佛看到了十八岁的简翎，向他的胸口张开嘴，用力咬了一口，嘴角上都是从他心脏里流出来的血；又仿佛看到了简翎知足的笑容，十八岁的脸，青涩动人。

这是简翎十八岁留给他青春最后的墓志铭，萧青暮的青春在那一年死了，只有这些伤痕，仿佛镌刻在墓碑上的文字，暮气而悲痛。

也许这是最后一次回青木镇，也许这一次可以将自己彻底救赎了。

所有人最终都将回到他来到这个世界时的游乐场，萧青暮在青木镇长大，他带着仇恨离开，现在，他要回到青木镇。他要拯救的，岂只是张楠楠，还有萧青暮自己啊。

十九年的恩怨，终于到了了结的时刻。

下卷

最后的挽歌

她还是十八岁时的轮廓，
简单勾勒，就很美好。

28

这夜太漫长了。

张无然坐在教室里上晚自习，迟到了几分钟，今晚有守堂老师，但老师见了也并未过问，她很有礼貌地冲老师笑了笑，迅速地坐到了自己的座位上。

今天她将头发扎成了小麻花辫，早上她特意跑去盛凌的寝室求助，盛凌的手比她巧很多，很快就把辫子编好了，张无然抓着辫子望向镜子，甩来甩去，青春盛颜，无比灵动，两个女生大笑起来。

笑着笑着，张无然安静了下来，表情很严肃，她摆弄着手里的辫子，眼睛盯着镜子里的盛凌，她说："盛凌，如果有一天我做了对不起你的事，你会原谅我吗？"

盛凌正对着镜子梳理头发，她打算把左边的头发也扎成一小撮辫子，突然听见张无然这样说，也没太在意。"那我得好好想想了，分事吧，如果你要抢我的男朋友，那肯定不行，我不会放过你的。"

盛凌说着就转身在张无然的鼻子上截了一下，两个女生又笑作一团。张无然此刻非常真诚，她很愧疚，如果盛凌不是她计划里最完美的一部分的话，她可能真的没有时间来认识这个女生，更不会和美术生成为好闺密。

"放心，我不会给你机会对不起我的。"说话间，盛凌的辫子已经扎好，看上去俏皮可人，盛凌的好动与张无然的静谧截然不同，两个女生又对着镜子调侃了一番，才各自告别回去上课。

这一天，张无然上课非常认真，完全没走神，她对下一次的考试成绩极有信心，答应了母亲的事，一定会做到。

今天还做了很多事。中午抽空去了趟学生会的网络实验室，打开那台加密的电脑，登录邮箱，写好了第六封邮件，把内容写好，把发送时间设置好，下午六点整，这封邮件会准时发出。这是她最后使用这台电脑，以后，她也不再需要这个网络实验室了。

她又从书包里拿出三千块钱，钱是她这几周每次问母亲多要几百块攒够的，真巧啊，在这一周终于凑齐了。她用钥匙打开学生会活动基金的格子，把钱放了进去，停了停，又把钱拿出来全部数了一遍，跟开支记录单对了一遍，一分不少，她喜欢这种精确的感觉，毫厘不差。

又用五分钟时间，把网络实验室打扫了一遍，仿佛把自己对这里的情感清扫干净了一样，从实验室走出来的时候，再没回头。

她去学生会办公室请辞，交代了所有整理好的文件，她把锁活动基金的钥匙交出来，并请老师找人去清点钱数。还去了趟系办公室，特意告诉陈老师，自己已经请辞学生会的工作。

陈老师告诉她，后年院里会有一个去斯坦福大学做交换生的名额，她在备选名单里。张无然的心里突然亮了起来。下午老师发微信给她，老师尤其满意她所制作的校友名单，不仅分学校，还按字母分了类，效果不能更好了。

这一天实在太美好了。

从系办公室出来的时候，少女张无然浑身轻松，脸上的笑容无比自信，她走在冬日凄清的阳光下，步伐轻松自在，用来自内心深处的自我救赎之后的轻松，抵抗这寒冷入骨的空气。她生来就学会了这样的本领，弱小的身体，抵抗着父亲的家暴，抵抗着这个社会给她的冷眼，抵抗着母亲的逃避和懦弱，抵抗着她看不懂的一切。仅仅十岁，她就已经不会哭了，哭根本没有用，哭只会让所有人都觉得你弱小好欺，只会让他们把你踩在脚底下，包括自己的父亲。

此刻，她走在这条路上，一点压力都没有。这么多年，她用绝佳的成绩让学校对自己宠溺有加，让所有的同学都对她刮目相看，毕恭毕敬。今天，她彻底完成了一次无声无息的自我救赎，救了母亲，也救了自己和母亲以后的人生，对此，她必须狠下心，对这个世界不能有半分的心慈手软。在她十八岁的人生里，从来没有人对她心慈手软过，她的信仰就是自己，只有自己才能改变所有。

她所要的，无非是不要再走母亲的老路，悲情凄凉的一生，几个男人就主宰了全部。

八岁拿匕首指着父亲，十岁被父亲打成重伤再也不会哭了，十三岁那年她知道自己叫了十三年的父亲竟然不是亲生父亲时，她也没哭。那时她就想，这辈子可能再也没有什么事，能让自己哭出声了。

往事又历历在目。

母亲简翎说是在西街工作，其实就是个卖唱歌手，她很不喜欢母亲的这份工作，母女俩争吵过无数次，但母亲很坚持。在很多年前，母亲在西街改了名字，叫李琴操，她无数次躲在角落里看母亲工作，看到她被客人调戏，看到她没有尊严地被驱赶，心里替母亲不值。

而她的父亲张楠楠，不仅一事无成，甚至连份像样的工作都没有，全靠母亲养着，他们在西街卖唱歌手群居的地方租了一套房，偶尔她去看母亲，会住一晚，第二天很快就被母亲送回市区。不知道从什么时候开始，父亲就不再工作，还染上了毒品，她一次次地看到父亲向母亲要钱，一次次地看到母亲被父亲打成重伤，可每次都是母亲妥协，她实在不解，这样的男人，何苦还守着？

她也见过父亲向母亲忏悔，只要父亲一忏悔，本来心如死灰的母亲似乎又看到了希望，如此反反复复了好几年，没完没了，消耗了大家对生活的信心。她看着母亲迅速地苍老，父亲反复进出戒毒所，出来没多久又复吸，母亲早已活得不成人形，但对这个男人仍然不离不弃，从来没有说过要离婚。

不知道为什么，从小父亲就不喜欢她，对她从来没有过笑脸。还是很小很小的时候，就经常朝她瞪眼，好几次扬起手要打她，幸好被母亲阻止。

终于有一天母亲不在家，她把阳台上的一盆花打碎了，花盆里的水把父亲晒在阳台上的干卷烟全部打湿，父亲从房间里冲出来，一巴掌就扇在了她的脸上，那一巴掌让她痛得耳鸣了好几日。等母亲回来，她扑在母亲的怀里放声大哭，母亲把她关在另外一间房里就去找父亲理论，她躲在房间里关了灯，缩成一团，紧张、恐惧、害怕、黑暗包围了她。

很快，她听到了母亲和父亲大吵的声音，父亲又动手了，母亲带着哀求的哭声隔着墙壁都能听到，可残忍的父亲丝毫没有停下来的意思。

她掀开被子，跳下床，开了灯，在房间里翻箱倒柜，那一刻她有着强烈的念头，要找一个什么东西马上去杀了父亲。但房间里只有母亲的演出服，没有利器。忽然，她打开了一张书桌的抽屉，看着一把被书压着的匕首，匕首闪着明晃晃的寒光，她都不知道母亲房间里什么时候有的这把匕首。

她把匕首握在手里，颤抖着把门打开，一定要救母亲，再不出去，母亲一定会被打死的。残暴的父亲，疯起来的时候根本控制不了。她紧张得咬破了嘴唇，闻到了血腥味，血从她的牙缝里流出来，流到了嘴角上。

打开门的一刹那，她已经完全不怕了，大不了一死，如果死都不怕，还有什么可怕的呢。

那一年，她八岁。

八岁的她，推开了隔壁房间的门，父亲还在打母亲，一边打一边骂，慢慢地，母亲连哀求的声音都没有了，任由父亲下手。

"住手！"小女孩勇敢地吼出了第一声。

父亲停了下来，母亲也惊住了，小女孩站在门口。

"我再说一遍，马上住手！"八岁的小女孩干吼着，脸上的泪痕是干的，表情凌厉冷酷，眼睛发出锋利的光芒，那是生与死的抉择之光。

父亲张楠楠也看着她，两个人的眼神都带着杀气，发了疯的张楠楠岂会在此时服输，他把简翎丢到一边就冲向女儿，简翎发出了一声凄厉的惨叫："不！"

背对着她的张楠楠突然停了下来，没再往前。

张无然从背后伸出了双手，举着一把匕首，这把匕首的刀锋正朝着张楠楠，在夜色里闪着寒芒之色，小女孩的手一点都没有抖，她知道，自己根本没有退路了，如果此时露怯，害怕颤抖，父亲一定会看穿她，不会放过她。

她赢了。父亲没再往前，也没敢再对母亲动手，只对着她恶狠狠地说了句："算你狠，看我弄不死你。"他转身就出了门，彻夜未归。

小女孩手里的刀落在地上，发出了沉闷的声响，母亲过来抱着她，她的身体才开始发抖，在母亲的怀里一直颤抖着，足足有大半个小时。张无然想喊，可喉咙发不出任何声音，恐惧占据着她整颗心，就是喊不出来。过了好久好久，她才哇的一声哭出来。

"妈妈，你和爸爸离婚吧。"她在母亲的怀里哭喊着。

这人间如此痛苦，为什么还要活着？可看着母亲日复一日失去光泽的脸庞，她知道，要好好活着，她要保护母亲。

她和母亲抱在一起痛哭，那样冷清孤独的夜啊，在小女孩的心里，再也没有消失。

十八岁的张无然此刻坐在教室上自习，安静甜美，她快速地算着计算题，任何难题在她眼里都不难。过了今晚，她要重新规划下未来的生活，陈主任说院里有斯坦福大学的交换生名额，这是个绝佳的机会。她要带母亲逃离这是非之地，彻底逃离。

至于父亲张楠楠，他再也回不来了，也不会再给她们带来噩梦。

何况他还不是自己的亲生父亲，她在五年前就知道了。

　　五年前的一个周末，她去西街找母亲，那时候她的内心已经很强大了，慢慢接受了母亲的职业，她知道母亲是洁身自好的人，有自己的冷傲，也有自己的原则。母亲为了保护她，在市区买了一套旧房子，她和父母亲见面机会甚少，母亲尽量减少他们在一起的时间，绝对不会让他们单独相处。

　　那晚，她去找母亲，母亲当时在一家固定的酒吧登台表演，去的时候酒吧里一片混乱，母亲正被酒吧老板训话，她刚要走过去，父亲不知从哪个角落里冲了出来，一进店就揪住其中一个男人一顿暴打。酒吧再次陷入混乱，只听到一群女人的尖叫声，有人喊着"出人命啦"，但是没有人敢上去拉住父亲。父亲自从吸毒后，脾气变得无比暴躁，他一旦动起手来，样子狰狞，根本没有人敢上前。

　　母亲在一旁很焦急，大声喝止："张楠楠不要打了，张楠楠你住手！"这时候，听到有人喊了一句"老大哥来了"，一个戴着黑框眼镜的男人带着一帮人出现在了酒吧门口，母亲见状，拉起父亲的手就往外跑，但很快就被追上，被逼到一个角落里。黑压压的一片，除了围观的人，就是老大哥带来的人。

　　母亲把父亲拉到身后，不让他出来。"老大哥，今天这个事对不起，是我的错，求你放过他，只求你放过我们一次，以后喝多少酒都成。"

　　"啪"，一个巴掌扇到了李琴操的脸上，顿时脸肿了起来。

　　母亲捂着自己的脸，继续哀求道："老大哥，如果这一巴掌让你解气了，求你放过他，我明晚给你和你的兄弟在这里登台道歉。"

　　"谁稀罕你的道歉，我的兄弟只不过让你多喝几杯，就被你一通羞辱，是不是觉得自己很红了？看看，看看，他们被你男人打成什么样了，道歉有用吗？我要让你男人双倍奉还，这事没完！"

　　躲在母亲身后的父亲又从身后冲了出来，那股子劲根本不是母亲可以控制的，这个男人此刻已经红了双眼，母亲根本拉不住。

　　"张楠……"另一个字还没从母亲口里出来，老大哥身后的马仔也冲了上来，给了父亲一脚。这一脚够狠，父亲顿时就被踢飞出去足足有两米，趴在地上再也动弹不得。父亲的体力在刚刚打那个调戏李琴操的男人时耗尽了，此时他很脆弱，虽有逞强之心，却没有多余的力气去对付一大群人。

他挣扎着，尽量让自己站起来，可那一脚太狠，让他伤了元气。他的眼睛里全是红色的血丝，他可以死，却绝不能看着自己深爱的女人被欺负，十几年前不能，现在更不能。可没等他站起来，老大哥一脚踩在了他的背上，本来已经爬起了半身的他，被彻底踩在地上，连喘气都费劲了。

"就你这小身板还出来混江湖，不知道有没有准备好收尸钱？！"老大哥说完，又是一脚下去，旁边人都能听到张楠楠骨头碎裂的声音。

躲在人群之外的张无然捂着嘴，父亲虽然不爱自己，可他始终是自己的父亲，父亲被欺负的滋味，像一把刀一样插在她的心上，本能让她就要哭喊出声，母亲发现了人群中的她，冲她摇头，示意她离开。她紧咬着嘴唇，浑身颤抖，不知道怎么做才是对的，她想去找把刀子，可是惊慌让她像是被定住了一样，腿迈不动。

母亲跪在地上哀号，一点用都没有，她本来就只是一个卖唱的，一个靠取悦看客生存的行当，哪有什么尊严，尤其在此刻，她更像是一颗尘埃，被人无情地忽视着她的撕心裂肺。

母亲的哭声越来越弱，父亲不知道从哪里来的力量，突然大吼一声，用背部推倒了老大哥，身体往前倾，整个身子都压在了老大哥的身上，他想最后一搏。但他还没来得及动手，老大哥身边的那群虎狼就全部扑了过来，把他从老大哥的身上拽了起来，狠命地丢在路边，一顿拳脚相加。

鲜血从父亲的身体里流出，像一条血河，流向街面，可是，无人敢喊。

无人敢喊。

无人听到李琴操和张无然的哭喊。

世界都空白了，黑色汹涌的夜，吞噬着这一家人。

29

张无然手中的笔越来越快，长这么大，她的心从未像此刻一样安定，可悲。

下午她出了趟学校，上了一辆出租车，直奔父亲住的康复医院，站在离医院后门不远的一棵槐树下，冬日的槐树只剩下干枯无力的枝丫。五点四十五分，一个男子从后门出来，在眼前一闪而过，她的嘴角终于动了动。

现在只需要等第六封邮件按时发出去，所有的一切都将尘埃落定，所有黑暗的日子都将离她和母亲而去。故事里的那三个男人终将在青木镇刀刃相见。

她和张楠楠从此也再无关联，他们的父女之情本来就浅薄如空心的云，在五年前，连血缘关系这一永远都不可能被切断的关系都断了。

五年前，张楠楠倒在西街的血泊里，再也没有站起来过。

无人听到母亲和自己的哭喊。

世界都空白了，黑色汹涌的夜，吞噬着这一家人。

警车终于来了，这才有人给她们母女让出一条道，父亲被抬上救护车，母亲在车上紧握着父亲的手，张无然早已被吓坏，上了车她也还是傻眼的。母亲使劲地喊着父亲的名字，那一刻，她很痛恨自己，但她只为母亲心痛，对于父亲，却一点都怜惜不起来，甚至有一秒的窃喜，但很快被自己的愧疚掩盖过去。

张楠楠伤得很重，送到离西街最近的医院时，人已经不会说话，生命危在旦夕，只在地方医院停留了半小时，医生建议家属赶紧送到市区医院，病人脑部受了剧烈的打击，出血过多，必须争分夺秒送到市区大医院。救护车再次启动，张无然看到母亲和自己一样，再也哭不出声来，眼泪已经干涸了，父亲这个难关能否挺过，只能看天意了。

到了市区的医院，张楠楠还是没醒，看着医生的表情，她和母亲都很绝望。坐在重症监护室外，母亲一直把脸埋在双手里，她的身体蜷缩在一起，颤抖着，张无然虽然不太能理解母亲的痛楚，但她知道，母亲对父亲是有感情的，至少是亲人，而自己呢，虽然恨父亲，恨不能杀了他，可他毕竟是父亲，哪有不痛之理。

就在张无然陷入无边的恐慌之时，重症监护室的门开了，医生向他们走过来。

"医生，病人情况怎么样？"母亲像是突然惊醒一样，起身就抓住医生的手。

"情况不太好，现在还在抢救。你们要有心理准备，病人可能随时会脑死亡。"医生淡定地说。

母亲抓着医生的手一松，整个人跌在地上。

"病人出血过多，急需供血，医院血库的 B 型血库存不够，先看看病人家属的血型匹配情况。"

出于本能，张无然站了起来，眼神无比镇定："医生，我是他的女儿，我可以。"

"那你跟我来吧。"说罢，医生示意张无然跟他去验血。

没走几步，母亲赶了上来，她按住了女儿的手，看着女儿，轻轻地摇了摇头，想说什么，但又松开了手，让她和医生走了。

抽了血去验就再没人来找过她，她很心急，按理说医生应该很快来安排抽血，为父亲输血，可是，在医院接连两天都没人找她，父亲一直在重症监护室没出来，她和母亲一直在外面等着，看着医生们进进出出。

等不及了，等母亲回去拿换洗衣服的时候，她去找了主治医生，要问清楚什么时候可以抽血，但医生没有正面回答她，只是告诉她人已经脱离了生命危险，但很可能成为植物人，植物人就是一个沉睡的人，生活不能自理，需长期住院护理，等待苏醒，也可能永远不会苏醒了。

听到医生说"植物人"三个字的时候，张无然脑袋里嗡的一声就意识模糊了，结果怎么会这样，怎么会这么严重？后面医生说了什么她根本没有听进去。

"为什么会是植物人？是不是你们输血晚了？我可以为我爸输血救他，你们随便抽啊，他怎么会是植物人呢？"她完全慌张了，卷起衣袖，拉着医生的手一顿狂喊，"医生，你抽啊你抽啊，不要耽误了最佳治疗时间。"

虽然她那么恨这个男人，可是她叫了他十三年"爸"。母亲应该还不知道这个结果吧，母亲要知道了，母亲要怎么面对？

"孩子，你清醒点，要面对现实，你爸已经找到血源，早就输过了，现在不需要了。"

"你说什么？"张无然瞪大了眼睛看着医生，此刻那双眼早已没了神采，空洞无物。

两个护士赶了过来，医生示意她们把她带走。张无然被医生突如其来告知的结果吓得慌了，护士们扶着她到走廊窗户的时候，她突然蹲到地上抱着头，其中一个护士问她是否需要找个地方休息一下，她摇摇头，她只想安静一下。

母亲一生如此凄惨，婚姻本就不幸福，现在父亲还成了植物人，接下来的生活该怎么办？她面对这样的结果能承受得住吗？现在输血还来不来得及？入院的时候医生不是说需要大量输血吗？血，为什么不找她抽血？张无然突然想起母亲知道自己要去验血时阻止的眼神，而刚才医生竟然告诉自己血源找到了，可自己明明只是验血时抽了一点点，那血源从哪里来的？为什么要舍近求远？

张无然站了起来，看了看医院的路标，抽血处在一楼，验血处在六楼，取结果要上六楼。

她坐了上六楼的电梯，现在的她很冷静。

　　走到验血处，里面只有一个戴着口罩的女人，她叫了声"阿姨，你好"，里面的女人抬起头来看了她一眼。

　　"小姑娘，什么事？"

　　"阿姨，我来拿一下张无然的验血报告。"

　　女人看了她一眼："你就是张无然吗？"

　　她多了个心眼："不是的，张楠楠是我姨父，他女儿回学校了，我来拿一下她的验血报告。顺便问一下，医院什么时候安排她抽血？她好提前请假。"

　　"她和病人的血型不匹配，不用抽了，但不要告诉她本人，前天有人来叮嘱过，都是为了她好。"

　　"阿姨，血型不匹配是什么意思？"张无然尽量装作镇定。

　　"与病人没有血缘关系。"

　　张无然的世界都崩塌了，张楠楠不是自己的亲生父亲？母亲欺瞒了自己的身世？她倒吸了一口冷气。

　　但她是张无然，八岁向父亲举起了匕首，十岁就不会哭，没有什么能越过生与死来伤害她。她已经十三岁了，人世间没有什么可以再让她跪地求饶。

　　自己和张楠楠竟然完全没有血缘关系，那一刻，她只想大笑，可是她动也没动，如果不是这场事故，母亲是不是打算隐瞒一辈子？亲生父亲究竟是谁？他为什么不要自己，为什么十三年来对自己不闻不问？

　　十三岁的张无然脸上全部是倔强，一定有言不由衷的理由，母亲才会下嫁给现在的父亲，母亲对自己的亲生父亲一定是恨之入骨，否则怎会守口如瓶？而张楠楠早就知道自己不是他的亲生孩子，所以才会打骂不留情。

　　为什么这样没有爱的三个人，偏偏还要生活在一起相互折磨呢？

　　张无然现在不记得是怎么度过那段时间的。父亲被抢救过来了，没有脑死亡，却成了植物人，只剩呼吸。医生说他可能随时会醒来，也可能一辈子都不会再醒，也有很多人就是在睡梦中死去的，概率都存在，各种情形都有。

再后来，父亲转到了特殊康复医院，母亲为他请了特护，每个月要支付高昂的护理费。她早就知道，为了生存，母亲才会去"月亮之下"卖唱，母亲的脸庞一日比一日沉静，不过是三十几岁的女人，却早已没了对尘世欲望的渴望。她慢慢地理解了母亲，也更加替母亲的人生不值。

平淡也好，贫穷也好，这样的生活最起码不用担心家暴，也不用担心什么时候父亲又吸毒了。

初二之后，她的成绩极速进步，顺利考上花岩一中的高中部，要知道这所高中像她这样家庭出身的孩子，只有成绩非常优秀才能升上去。她知道只有成绩好，才能让母亲在死水一般的生活里寻求到一点安慰。

如果可以这样一世平淡，一世无风无浪，她愿意就这样停歇。可命运岂会轻易地放过她？

有一天，她在书柜里翻出了父亲张楠楠的一台旧笔记本，一台二手笔记本，当年母亲买它，是想让父亲尝试着做网上生意，开一家淘宝店，不是体力活，也不用与人过多打交道。但母亲的期待再次落空，这台电脑并没起到什么作用，反倒让父亲沉迷于网络游戏，足不出户，两人因此经常吵得不可开交。

电脑上贴着"已坏"的便签纸条，她试着打开电脑按了启动键，没有任何反应。她忽然对这台电脑产生了一点兴趣，初中时学校已经开了计算机课，学校机房的电脑经常坏，她配合老师维修了好几次，早早地露出了在计算机方面的天赋，她喜欢拆卸之后重新组装的成就感。

可父亲这台电脑太旧了，买之前它就已经是台维修店里的二手电脑，修起来难度颇大，前前后后拆了好几次，中途几度要放弃，后来趁计算机课的时间，请教了好几个老师，这台电脑才终于起死回生。

电脑复活了，张无然第一次走进父亲的世界。

父亲的文化程度不高，除了用电脑打游戏之外，其他软件看上去并不怎么会用。打开电脑，QQ 竟然自动登录了，父亲应该是不会改设置。QQ 好友里没几个人，都是她不认识的。父亲的 QQ 好友里，竟然连母亲都没有。

她挨个浏览了他与好友的对话，什么都没发现，无非就是几个约着打游戏的网友，还有相互转告添加微信号的朋友。

她又试着点开了浏览器，网易邮箱显示着父亲的登录名，但密码一栏是空着的，不能自动登录，QQ 自动登录但邮箱却没有，看来自己理解有误，父亲明显是懂得设置的。邮箱的密码会是什么呢？她试着输入父亲的生日，提示密码错误，又把年月日也输齐了，也提示错误，她尝试输入自己的生日，但还是错误。唉，怎么可能是自己的生日呢？他那么不爱自己。

张无然又输入了母亲的完整生日，点了一下登录，如果这一次还是错误的就要放弃了，想必父亲也是不常用邮箱的，诡异的是，这一次出现的不再是密码错误的提示，而是登录时缓冲旋转的白色箭头。密码竟然是母亲的生日？她有点不相信自己的眼睛，父亲每年都会忘记母亲的生日，家里从来不过生日，可他的邮箱登录密码竟然是母亲的生日，不可思议。

不管怎么样，邮箱打开了，有一堆未读的垃圾邮件，她仔细地翻看收件箱，从头翻到尾，什么都没看到，正准备关掉的时候，她瞥见了发件箱和草稿箱的后面都有个（1），各有一封，一封是已发送的，一封是未发送的。

父亲会给谁发邮件呢？她好奇地点开了已发送的邮件，正文只写着一句话，"万水千山不可见，你的爱人呢？"除此之外，其他什么都没有。父亲花了心思研究，因为他在匿名处打了个钩，显然他不想让对方知道自己是谁。

"万水千山不可见，你的爱人呢？"这句话是什么意思？根本读不出任何信息来。张无然看了眼收件人，是一个叫作"stevenbei"的用户，分不清是公司邮箱还是私人邮箱，一般用英文名＋姓氏的，应该是公司的邮箱吧，张无然全凭直觉猜测。

"stevenbei"是谁她完全不知道，父亲不太可能会认识这样的人，他处心积虑给这个人发匿名邮件，一定是有原因的。她从发件箱里退了出来，有点意兴阑珊，又点进了草稿箱，草稿箱的收件人依然是"stevenbei"，只是这封邮件最终没有被发出去。

她揉了揉眼睛，这封邮件写了很长，看上去是一个很久远的故事，里面有很多的细节。张无然来了兴致，她从不知道父亲和母亲的故事。

可等她看完这封邮件之后，她陷入了恐惧，父亲和母亲这么多年从未提及的秘密，原来如此动荡，如此悲伤不可逆。原来母亲经历了如此糟糕的人生，这么多年她一直是一个沉默者，竟然是背负了这样兵荒马乱的沉重。

这封邮件完整地记录了当年的故事，但是并没有写完，成了一封未发出去的草稿件，父亲在中途就放弃了，最后改发了只有一句话的邮件。

根据故事，张无然打开了搜索引擎，她先输入了北角，但没有关联信息，她又输入了"北角 北京"，依然没有有效信息，她想知道这个改名叫北角的萧青暮，现在过着什么样的生活。她又在搜索栏里输入了"林觉"，跳出来的讯息很凌乱，同名同姓的人很多，但当她输入"林觉 青木镇"的时候，两条相关新闻赫然跳出来，一条是富少林觉入选县十大青年，一条是先进青年林觉即将在今年圣诞节前一天迎娶县长千金，强强联姻的讯息已经在县城传开了，人们都在传颂这段佳话。

张无然握紧了拳头，双眼紧紧地盯着屏幕，她在那条网络新闻上看到，一个剪着平头面带笑容的中年男人穿着先进积极分子的衣服，笑得那么灿烂，看上去平易近人，那个人就是林觉！按照张楠楠在邮箱里的分析，她应该是林觉的孩子，林觉才是自己的亲生父亲！

为什么自己在这个世界上活得如此艰难，可他作为父亲却活得快意人生，这十几年来对自己和母亲不闻不问？她愤怒地把桌上所有的书都推到地上，双眼通红，充满了愤怒与挣扎，此时此刻，这个男人在她心里比张楠楠更可恶，如果不是他当年的恶劣行为，母亲的一生又怎么会被毁灭！而她，又怎会像一个污点一样存活，永远洗不掉的存在！

他们都该死！

愤怒填满了张无然所有的细胞，在知道这些真相之后的每一个夜晚，都再未停息过。恐慌已经蔓延到她的整个身体，深入每一个细胞，每一个毛孔，只要想到自己是个污点来到这个世上，她就恨不得杀人。

这种恐慌在她无意中发现张楠楠已经醒过来的事实之后，与日俱增，她害怕回到五年前担惊受怕的日子，害怕母亲此生万劫不复。

一个大胆的想法在她脑海里瞬间形成，那是一个闭环，不管怎么样，都没有谁能从那个闭环里走出去。只有这样做，她才能确保她和母亲此后的人生彻底安全，而那些原本就该受到惩罚的人，都将得到他们的惩罚。

少女在深夜发出了辽阔无边的笑声。好啊，既然这盘棋要下，就得下得精准至极，游戏越来越好玩了。

30

今晚的习题终于做完，张无然把习题集合上，抬起头，教室里只有墙上的钟表嘀嗒嘀嗒的声音在响，守堂老师坐在窗边埋头看书。黑板上是一道逻辑严谨计算精密的高数题，这间教室下午应该是数学班的课，她盯着黑板上密密麻麻的数字，眼睛一行一行跟着扫视，她竟然能看懂，一步一步最终推出最准确无误的答案。她崇拜数学成绩好的理科生，涉及的知识面越广，她的兴趣越浓厚。人生不就是一道道难解但却都有答案的数学题吗？

墙上的钟表指向了七点三十分，这个时候，北角先生应该发现所有的秘密了吧，应该很愧疚很痛不欲生吧，应该知道十九年前被他抛弃的女人活得有多么不堪了吧。如果他还有良知的话，此刻应该也正在去往青木镇的路上了。

对于张楠楠，她有十足的把握把他送上不归路，但对这个从未有过交集的男人，她只能赌，赌当年母亲爱过的男人一定是善良的，赌这个男人和张楠楠一样，在得知仇人即将大婚的时候，一定会带着仇恨之心赶回青木镇。

青木镇即将上演三个男人杀戮的戏码，场面一定惊心动魄，警察一定想不到，都过去了十九年，当年的陈年旧案还会再起突变，十九年前的受害者回去复仇，新闻想必会轰动全国。

可是，这一切跟她有什么关系？一点关系都没有！即使他们三个都死光了，她也没有任何法律责任，一切，不过是他们咎由自取，一切，都是他们逃不掉的宿命。

风从窗户吹进来，张无然下意识地用双手抱紧了自己，头发被吹乱了，她伸手把它们拨到耳后，很快又被风吹散，她的身体缩了缩。不记得从几岁开始，她就学会了这样自己拥抱自己，自己给自己温暖。

她盯着黑板上精密的数学题入了神，仿佛黑板此刻就是一面双面镜，她看到的，是她十八岁人生里所有的恐惧，正在慢慢远去。

恐惧不是从她发现母亲的秘密开始，而是从四个月前发现父亲张楠楠已经醒过来的事实开始，十三岁之前的恐惧再次包围她，让她在黑夜里簌簌发抖。

那个周末，她和母亲像以往一样去医院探望父亲，母亲会给父亲读读书，讲讲以前的故事，但她听不进去，她宁愿去清理衣服、去开水房打开水，或者去跟护士姐姐聊天。

探完父亲她和母亲离开没多久，母亲忽然发现医生给的这个月的病历单落在病房了，就让她返回去取一下，她快速地回到医院。在一楼楼道里碰到正要下班的特护，她和特护打了声招呼就上楼了。

可是，当走到门口的时候，她听到病房里传来翻箱子的声音，声音不大，但足以听到里面的动静。这个时候，护士查房刚刚结束，特护已经下班，刚才在一楼碰到，病房里不可能有其他人在，莫非是遭贼了？不会，所有人都知道这是特护病房，根本不可能有值钱的东西。

如此冷静分析之后，张无然没有马上推门进去，而是踮起了脚通过门上的玻璃小窗看向了病房里面。她看到张楠楠正背对着她在翻柜子里的东西，动作幅度非常大，只见他把柜子里的衣服一件件翻起来，随手扔到地上，地上全都是散乱的衣服和一些日用品，他好像在找什么东西。

张无然只看了几眼，越来越觉得恐惧，父亲竟然已经醒过来了！但他为什么不直接告诉母亲呢？显然医生也是不知情的，要不肯定会通知家属。看他翻柜子的动作，不像是刚刚醒来，他在找什么，在谋划什么？为什么还是那么浮躁？翻箱倒柜的动作还跟四年前一样，用力，鲁莽，随时都可能爆发。

恐惧，此刻的张无然只有恐惧，她迅速地把身子缩了回来，捂住自己的嘴巴，不让自己发出声音，苏醒过来的张楠楠更让她觉得恐惧，根本不敢想象未来的生活会是怎样痛苦。

她猫着身子轻轻地慢慢地一步一步向楼道口走去，当确定张楠楠不可能发现她的时候，她才从四楼的楼道口像疯了一样一层一层地往下跑，她不敢喊，不能喊，也喊不出声音，一个人完全被恐惧占领之后，全身的血液都好像集中在某根神经上，根本找不到发泄的出口，那根神经压迫着她的全身，紧张、慌乱。跑到一楼她也没停下来，又极速地跑出医院门口，分不清方向，她失去了方向感，失去了辨别力，像一个无助的游荡魂魄一样。

终于，她在路边一棵树下停住了，大口大口地喘着气，完全没有注意到，一只手正从后面伸过来。她吓了一大跳，嘴张得更大，以为自己一定会发出惊叫声，但一点声音都没有发出来，她是那样恐惧。

那只手从后面伸过来，只是把她凌乱的头发整理了一下。是母亲。

惊恐中的少女转过头来，看到母亲慈爱地看着自己，瞬间她的惊恐消失了一半，扑在母亲怀里，她想好好地哭一场。可她没有，母亲的出现让她惊醒了，她不能告诉母亲刚才看到的事实，甚至不能让母亲知道，既然张楠楠没有告诉母亲，她更不能说。

母亲应该做一个永远不知情的人，如果张楠楠是这样想的，她应该配合他来演这出戏。

她害怕，害怕醒来的张楠楠又会把她和母亲的生活带回到以前，可能还会变本加厉；她恐惧，恐惧着不知道以后的日子要怎么面对张楠楠。他不是自己的亲生父亲，如果他再对母亲残暴，她不能保证自己还能像八岁那年一样理智，她很可能会把匕首的最尖处插进他的胸膛。

不行不行，不能让父亲醒来，绝对不行。她不知道为什么张楠楠要装作未醒，既然这样，就只能让他再也醒不过来，或者……或者给他铺一条路，一条让他永远沉睡的路，让他永远不可能再有机会和母亲生活在一起。

"无然，你怎么了？"母亲发现了她的恐慌。

"没什么，刚才医院楼道有点黑，我有点怕。"张无然勉强挤出一个笑容，她在抬起眼睛的时候先呼吸了一口气，让自己的眼神能尽快地看起来自然。

"这么大人了还怕黑，医院有人值班的，不用怕。"母亲轻轻地把女儿搂进怀里。

"对了，妈，那张病历单被护士长拿走了，她发现你没带走，就先替你收着，我们下次来可以取。"少女已经恢复了镇定，其他的事情可以先不想，但此刻需要做的，就是绝对不能让母亲上楼，要不局面一定会失控，母亲应该会喜极而泣，很快就会将张楠楠接回家，以后的人生，又要回到她十三岁之前的岁月了。

好在母亲并没有执着，她以为女儿受了惊吓，叫了辆车先回了家。

这是一个无眠的夜晚，对少女张无然来说，她要做一个很重要的选择，要么选择接受回到过去，要么选择改变自己的命运。

改变命运谈何容易，虽然八岁时把匕首指向了张楠楠，她也不会真的戳向他，她不敢想象，如果母亲没有了自己还能不能活下去。那一刀若是下去，才是对母亲最大的伤害，母亲就会真的一生孤苦无依了。

不能自己动手，天网恢恢疏而不漏，更何况她没有把握能杀了张楠楠。

她想过给张楠楠注射的药水里加慢性毒药，可这个难度很大，要花大量时间去研究用什么药物，这些药未成年人还不一定能买到，即使买到了要把药加到注射的药水又谈何容易，最关键的是，如果东窗事发，这是犯罪，难逃法律制裁。不行，风险实在太大，为了张楠楠坐牢，实在是不值，他不配！

她又打开了电脑，翻出了张楠楠那封没发出去的邮件，反反复复地盯着它看了大半夜，八月的桂林生机盎然，可是她的心里已经长满了野草。

她在纸上画了一张图，母亲的名字在最中间，三个男人循环在母亲的周围，三个男人都负了她，三个男人都负了她，三个男人……对，只有让他们自相残杀，这场戏才好看，才会跟自己没有任何关系，跟母亲没有任何关系。

真是黑夜里的一束白光啊，尽管它带着死亡的气息，冷得一点温度都没有，但却照亮了少女心里所有的难解之谜。

要想布下这个局，不能惊动父亲，更不能惊动林觉，应该从最无辜的人下手，那个最无辜的人就是北角先生。

张楠楠一直在装睡，他一定是在谋划什么，这是最可怕的，必须在他行动之前控制住他。所以，在下一次的探视中，她挑着母亲去值班室的时间，坐在了病床前，看着如往常一样未醒的张楠楠，幽幽地说出发现了他电脑里的秘密，告诉他自己很震惊，而且她查到了林觉即将在这个圣诞节的前一天结婚的消息。

她知道以张楠楠的性格，此时要装作一点情绪变化都没有很难，也许他的眉毛会颤抖，也许他的手会忍不住抬起来，所以这个时候，她不能盯着他，不能揭穿他已经醒过来的秘密。她缓慢地走到窗前，声音很小，但她确定张楠楠一定能听到。

"爸，你知道为什么这么多年你和妈过得不幸福吗？就是因为你们都没有从十九年前的故事里走出来，林觉的存在，是你跨越不过去的坎，不是吗？还有萧青暮，都是你心里的障碍。可惜啊，你今天只能躺在这里，而你的仇人，正在不远的地方逍遥自在，还有几个月，他就要结婚了，他这次娶的是县长的千金，前途大好。"

即使背对着张楠楠，她也能感受到张楠楠此刻情绪上有起伏，话不用多说，有这几句就完全够了。她顺手拿起了床边的浇水壶出了病房，她需要给张楠楠时间和空间来消化，她明他暗，如果稍不注意，这一切都将被揭穿，一定要把握好度。她也只是在赌，赌张楠楠听了这些话一定会有所行动。

果然，一切都如她所猜想，张楠楠没有宣布醒过来。

她开始断断续续往病房的柜子里装一些必需品，甚至不惜先挪用学校的活动基金，张楠楠的行动离不开钱，这笔钱不需要太多，不能醒目，否则在学校方面不好交代，也可能会打草惊蛇。最好是这笔钱让张楠楠觉得，即使动用了，也不会有人知晓。每一个细节都必须要天衣无缝，要合情合理，他才会在陷阱里失去判断力，失去防范。

张无然知道输不起，所以计划才要更周详。当她开始谋划这一切的时候，第二天就给 stevenbei 的邮箱发了一封邮件，她模仿着父亲第一封邮件的口吻，她后来才知道父亲也不过是在模仿母亲的口吻罢了。

可是没有任何反响。她又发了第三封，依然是石沉大海，她意识到邮件出了问题，没有戳到看邮件人的心，所以在发第四封邮件的时候，她特意加了孔雀翎的图片。

这一次，她知道赌对了，没多久，这个叫北角的男人出现在阳朔西街，又住进了她刻意插着孔雀羽毛的旅馆。对于北角，只要击中他一个点即可，即得让他知道母亲过得有多惨，得让他切身体会到，所以她才故意安排盛凌引他去母亲卖唱的地方，又把他引到猫耳朵咖啡馆，让他找到所有母亲写过的便签。只有让他痛了，他的仇恨才会重新被燃起。

这盘棋，只有她才是最大的赢家，不费吹灰之力，让三个人殊途同归。

最后，她的母亲是一个不知情者，不管发生什么，都跟母亲没关系，结局可能会让母亲再次伤心，但那将是最后一次痛了，以后再也不会无休无止地循环。而自己，也将是一个不知情者，不管警察怎么查，都跟她没有关系。

谁让这三个男人都失心了呢？谁让他们在十九年前就失心了呢？

失心者，不可留。

31

这世间最难猜测的就是人心，张无然虽然抓住了他们的弱点，但她却永远猜不到人性里最难熄灭的，从来都不是把自己推向万丈深渊，而是如何拯救自己，她在拯救自己，张楠楠也在拯救自己，北角也是。

北角和张无然都没看错，戴着鸭舌帽从医院后门走出去的人，正是张楠楠。

他等这一天等了太久。他这一生只做了一件事情，就是爱简翎，小时候他只能远远地默默看着简翎，因为她身边还有个萧青暮，可是他心甘情愿，虽然简翎根本连个备胎位置都没留给他。

几个月前他就醒过来了，发现自己躺在医院里，他好像做了一个长长的梦，这个梦漫长得像一生，梦里都是简翎，从她小时候的模样开始，每一帧画面都挤在一起，密密麻麻的，他喜欢这样，哪怕只是安静地看着她的照片都好。

他醒来的时候，简翎正在专心致志地为他读书，连他睁开了眼睛也没发觉，她的声音很细很温柔，低着头，那样恬静。她的脸上早已没了浮躁，一切好像又回到了学生时代，他跑去偷看到的教室里安静的简翎，就是现在的模样。

　　闭上眼睛，让这样的时光多停留一会儿。连他自己都觉得这一切是幻觉，不想再睁开眼睛。简翎为他擦手，帮他洗脸，阳光照在她的脸上，她老了那么多，可是却真实地为他而存在。

　　他贪图那样的时光，不愿把自己叫醒来，也叫不醒一个全身心装睡的自己，多愿意永远这样安谧地活下去。他想过要在某一天突然醒来，给简翎一个惊喜，失而复得，他一直在想着如何制造这样的惊喜。他希望这是一次重逢，也是一次重生。

　　这么多年，他的爱始终没有变过，但他却控制不了自己的情绪。这一生他过得如此窝囊，连个女人都养不活，坐过牢，吸过毒，动手打过女人和孩子，十几年来，所有渣男的行为他都做过。可他离不开简翎，如果失去了她，他不知道活在世界上还有什么意义，世界于他而言，没有退路，也没有去处，只有像寄生虫一样依附在一个女人身边。偏偏这个女人还是他最爱的，所以他更觉得没有颜面，什么都做不好，自甘堕落，浪费了太多原本应该美好的时光。

　　他这一生，弱小胆怯，从不敢对简翎表白。还在读书的时候，他无数次在上学路上碰到说说笑笑的萧青暮和简翎，无数次幻想能和简翎穿同一款情侣服，无数次幻想自己就是萧青暮，成绩好，长得帅气，前途光明，简翎用崇拜又爱慕的眼神望着他。

　　可是，这些都不是他。

　　他只能默默地安慰自己，能和简翎一起上学就应该知足，能每天看着她就应该知足，不应该有其他的非分之想。他撞见萧青暮和简翎在失心崖上亲吻之后，一路哭着跑下失心崖，那时候他还是个软弱的小男孩。

　　他用三年牢狱之灾，换来简翎对他死心塌地，可是他知道她不爱自己，她心里爱的，始终是萧青暮，她的初吻给了萧青暮，初夜也给了萧青暮，还在很多次午夜梦回的时候喊出了萧青暮的名字。

　　生活就是狗血的，无情的狗血。

　　他伤心、难过，慢慢地变成了暴怒，动不动就向简翎施暴，向她的孩子施暴。这个孩子不是他的，当年简翎回青木镇来接他出狱，让他做一个抉择，如果选择跟她在一起，就要接受那个已经两岁多的孩子。他当时没有退路，他在青木镇就像一个笑话，根本活不下去，他毫不犹豫地答应了简翎，并且许诺一定会将孩子视如己出。

　　可现实的生活太残酷了，他根本做不到，身边的女人不爱自己，孩子也是别人的，甚至是仇人的孩子，是那个毁掉他一生的仇人的孩子，他一生都要面对这个耻辱，像是活在阴沟里，身上永远都有污点。看着这个孩子一天天长大，他内心的仇恨也越来越难控制。

　　他对这个孩子爱不起来，只要看到她的眼神，就会想到林觉，就会想到那场毁灭性的灾难。人生太可笑了，被仇人所伤，却要给仇人的孩子当父亲，让孩子跟着自己姓，给孩子一个完整的家，这世界哪还有什么天理？

　　他变成了魔鬼，一个不定时就会爆炸的魔鬼。这么多年，唯一一次让他觉得自己应该反省的，是小女孩八岁的时候，在那个深夜把匕首对准了他，他才惊觉自己有多渣。可现实是他根本忍不住，情绪失控，他一次次地家暴，一次次地伤害简翎和孩子，简直就是失去了人性，像一个失心者，行尸走肉地活着。

　　在他沉睡的五年里，简翎和孩子过得如此平静，看简翎的模样，就知道如果不是自己拖累了她，她的生活一定会过得很好，没有任何负担，孩子也是一样，不再那么尖锐，每个周末都来看他。还求什么呢？还有什么比眼下更好的呢？

　　可还来不及宣布苏醒，张无然就告诉他，他的仇人林觉要在今年的圣诞节前一天大婚了，他刚刚熄灭的仇恨再度被点燃。如果没有复仇，他这一生都不可能心平气和地面对简翎、面对孩子。

　　那个孩子在病房里喃喃自语，她还叫自己爸爸，如果不是仇人的孩子，他真的会将她视如己出，可偏偏不是。孩子说："你的仇人，正在不远的地方快意人生……可是你却只能眼睁睁地看着仇人逍遥自在。"这句话像铁钉一样，钉在他的心上，心瞬间就被复仇的欲望填满了。

此生若想安宁，只有杀了林觉，必须报了当年的仇，才能和简翎重生。于是，他选择继续沉睡，一边开始谋划，要怎么样才能不动声色，躲过所有人的视线。等他杀了林觉，他再回来，再在某一天假装醒来，重新开始新的生活。

他用了很长的时间来谋划，如果如愿，一切将是那么完美，天衣无缝。

但计划不是毫无漏洞，时间最难控制。绝大部分时候，护士在下午五点半例行查过病房之后，不会再进病房，最多在门口望一眼。这是他唯一的风险，万一实习医生来查房，发现他不见了怎么办？于是，他一早准备好了一顶和自己一模一样的假头套，搬来一具假的人体模型，这具人体模型是他半夜在一家倒闭了的服装店门口找到的，分拆了存放在病房隔壁的储物间里。

不能因为这个漏洞而放弃计划。何况，即使实习医生发现他不见了，如果他能及时回到病房，装作刚刚苏醒的样子，谁又能相信一个刚刚苏醒过来的植物人会连夜回到青木镇，杀了一个四肢健全的人呢？

不可能的。

储物柜里有一笔钱，这笔钱不多，但够他出行，他留意到每一次简翎母女来探视，都没有动过这笔钱，也就是说，这笔钱没有人太在意，可能只是一笔备用的零钱，无关紧要。他曾经犹豫过万一动用了这笔钱会不会存在漏洞，反复掂量是安全的之后，他大胆地用了。

他需要这笔钱，有了这笔钱，才可以顺利地完成这次计划。

什么都准备就绪，等着那一天来就行，他安心地想着，比任何时候都安心。

圣诞前夕的这天，等简翎和特护走了，又等到值班护士例行查房后，他换上了便装从四〇九病房走出来，他早就摸清了医院有几个摄像头，巧妙地从各个角落躲开这些摄像头，没给任何摄像头留下正脸。他的步伐虽然快但却从容，碰到过两个护士，没有人怀疑是他。只是在推开后门的时候，他有点慌张，因为那个摄像头他在很久之前就破坏了，没想到很快又被修好。

但这些都不能阻止他去实现这个完美的计划，车子早就租好了，出了医院门，他直接去取车，驾驶证和身份证都在病房里，他自然不知道是张无然故意放进去的，一路上他开得很稳，对人也很有礼貌，没有任何异样。

五个多小时的车程，大概十点半可以到达青木镇，他有两个小时时间，然后再连夜开回桂林，前后十二个小时，如果一切顺利，他能在第二天早晨七点护士来查房之前赶回病床。如此算下来，还有点剩余的时间可以缓冲。

他会假装什么都没有发生过，依然是那个沉睡四年的张楠楠。然后，他会尽快醒来，是一个劫后重生的张楠楠，不再是那个残暴的男人。简翎一定会很开心，她很快就会知道林觉已死，具体原因不详，从此她心里也再无那场浩劫的影子。至于萧青暮，他已经消失了十九年，跟死了没有两样。

这一次谋杀他志在必得。

32

张楠楠永远都想不到的是，他完美的计划不过是张无然完美计划里完美的一部分。

此时，张无然脸上的肌肉慢慢地放松了，没有人注意到她此时此刻脸上带着笑容，她微笑着，那黑夜里飘忽进来的白光，让她的内心前所未有地心平气和。她现在有一个新的目标，一定要争取到去斯坦福大学做交换生的名额，此后，她就可以拥有一个崭新的人生，她也相信自己有能力让母亲尽快摆脱从前的生活。

别来沧海事，愿此后的每一天都能像现在一样。

手机响了，是医院打来的，她知道，这是她最后要面临的一关，这一关是她害怕面对却不得不面对的。她没有十足的把握，也不知道结局会怎样，但她确定，即使她过不了这一关，也没有任何人能改写青木镇即将上演的结局。

她等这一天，等了好几个月。她想，还有人等这一天等了十九年，张楠楠、北角，他们都是这十九年来的受害者。

车子快速地在高速路上穿梭，北角慢慢产生了幻觉。三十七岁的他仿佛在镜子里看到了十八岁的萧青暮。十九年了，北角和萧青暮终于在此刻合体，他们都懂了，不管你逃避多少年，有些你放不下的事，永远都放不下。和所有睡过的人都互不相欠，是这个世界上最难的难题，尤其是少年时的爱。

车子在经过永州的时候，他去加油站给车子加满了油，在休息区连着抽了几根烟，其他过路司机来跟他借火，他像平常一样，像个从未发生过波澜的人，没有露出任何异样。

回到车上，他要走最后一程了。

他打开手机，里面存了许多他偷录的小视频，李琴操带着疲惫进门，朝着楼上的他瞪眼，抽烟，不屑一顾，认真，眼里带着眼泪。这十九年，简翎竟和自己一样，用了另外一副皮囊来包装自己。

看着视频，忽然有了一点温暖。

他在车上哼起了《风吹风吹》：伊亲像一阵风 / 轻轻将阮煽动 / 六月的梦中犹原相信有一日再相逢。他和简翎重逢了，也和十八岁的萧青暮重逢了。

他轻松愉快，像一个所有愿望都实现了的孩子，唱歌的声音抑扬顿挫，高低起伏，唱到咬字不准的音，在反光镜中不禁对着自己笑了笑。此时此刻，北角望着十八岁时的萧青暮，他们彼此相视而笑，相互点点头，眼角逐渐露出彼此的宽容。

渐渐地，萧青暮消失不见了。

最害怕自己有一天不复勇往，但此刻的北角，无比勇往。经过了十九年，这个中年人一如年少，这样就安心了。他放慢了车速，内心平静，他和十八岁的萧青暮达成了和解。

33

1998 年，青木镇。

十八岁的萧青暮下半年即将进入高三，世纪末的最后一场高考，他等这一天很久了，他要在新千年之前考入理想的大学，可以让他离开青木镇的，只有这一条路。

没有什么可以阻挡他。

萧青暮是个孤儿，从他记事起就总有人不断提醒他这一点，也许很多人不是故意的，但总有人心怀伪善。

青暮的父母死于一场车祸，本来他的命运应该是成为流浪儿，幸运的是，这场车祸让他得到了一笔巨额补偿，生活费和学费不成问题，加上政府对孤儿的补贴，叔叔婶婶一家愿意收留他，他们每个月可以以监护人的身份去银行领一笔钱。不幸的是，叔叔婶婶对他丝毫没有感情，嫌他的命太硬。

这幸与不幸，不过都是别人口中说的。萧青暮觉得自己是幸运的，因为跟他同岁的简翎，一直陪着他度过了漫长又煎熬的十八年。

青春若有张不老的脸，在萧青暮的记忆里，这张脸就定格在了十八岁的简翎身上，那时的他们活得像杂草，但青翠而坚韧，而之后的十九年人生，他们活得暮气沉沉。

青木镇是他们人生的伤心地，他们在这里出生，没有选择。

　　这里最大的特色就是有许多青石板路，走的人多了，每一块有光亮的石头也就散发出了生命力。少年时期的萧青暮，大部分时光是在这青墨色中度过的，青墨色的石板，青墨色的青山绵延。

　　少女简翎的眼睛大而明亮，闪烁着灵气的光芒，与青暮的忧郁不一样的是，她无论何时都是快乐的。

　　"青暮，能告诉我你在想什么吗？"简翎经常这样问他，少年时期的萧青暮过于沉静，他的眼睛时常深邃如青墨远山，完全静止，跟同龄人比起来，他少年老成。

　　"在想你啊。"虽然萧青暮有点笨拙，但偶尔接的话还算动听。事实上，他说的是真的，他很想离开青木镇，可是他不能，因为他舍不得简翎，等念完高中，一定要和简翎考取北方的大学，青木镇这个地方，再也不想回来了。

　　"你想离开青木镇，再也不回来，对不对？"简翎懂他，萧青暮没有任何事能逃过她的眼睛。"青暮，我也想离开这里，比你更想。"

　　萧青暮又何尝不懂她，作为青木镇的外来迁入户，在还按男丁人头分田地的年代，简翎因为分不到田地经常被嘲笑是"黑户"。简翎的身世没有比他好到哪儿去，母亲在她八岁那年离家出走，父亲常年在外开大货车，对家庭不闻不问，一年半载回来一两次，也扔不了几个钱给家里。好在简翎有个很疼爱她的奶奶，从未因为她是女孩而有半点嫌弃，也从未因此不让她继续念书。

　　对于萧青暮来说，青木镇的日子简单而明媚，只要有简翎，再难熬的日子也不觉得熬不下去。在他的少年记忆里，都是那些白的蓝的纯净的孤独的生活，他们做了很多很多关于出走青木镇的梦，虽然从未实现过，但青涩里全是白日梦蓝的美好。

　　青暮和简翎最喜欢去的地方是失心崖。

　　失心崖地形险恶，太多人命丧于此，所以这里几乎没有人烟，反倒成了他们最常去的地方，安静，无人打扰，适合发呆。失心崖有木槿棉、芦苇，一到夏季，伴随着地下的暗河，有它的独特之处。失心崖之所以险恶，是因为这里有一块倒三角形的岩石，尖而窄，特别突兀地耸立在悬崖之上，下面就是不见底的深渊。

据传很多不怕死的人冒险上去过，都有去无回，这块岩石成了一块黑色之石，没人敢再走上去。因为有了许多悲剧的传闻，失心崖成了神秘的禁区，镇上的老人常说，飞鸟在这里都会迷失，望而却步。

青暮和简翎也很害怕这块岩石。但十六岁好像是人生的一个分水岭，忽然有一天，他们觉得这块黑色石头没有那么可怕了。

第一次走上这块岩石，是简翎提议的，十六岁的女生胆子不小。青暮至今还记得那天的阳光明媚美好，简翎指着黑色之石问他："青暮，你敢走吗？"

他从未想过这个问题，但是那一刻他清晰地感受到简翎希望他的答案是肯定的。她的眼睛里散发出那种期待，比他看过的任何星辰都要美丽，让他没有任何思考余地脱口而出。

"敢。"青暮说，又问，"你敢吗？"

"那我就走在你后面，"简翎仰起脸，她的脸很单薄，很好看，"那……我跟着你。"

于是，十六岁的萧青暮牵着十六岁的简翎走上了那块岩石，那是一块随时都可能坠入死亡的危险之石，但似乎也是一条通往不同命运的道路，他们必须要有勇气才能迈过人生的艰难。

萧青暮每一步都走得非常稳健，不急不缓，每走一步他都要等适应好了再往前，脚尖先试探着落地，然后逐步把双脚放平，慢慢张开双手，找到平衡感，风穿过他的双手，从南到北。简翎走在他的后面，双手扶着他的腰。此刻，所有的畏惧都不复存在，他们没有害怕，身体丝毫没有畏惧。

岩石不过两米长，他们一步一挪走了十几分钟，走到岩石的尽头，都深呼吸了一下。

简翎喊一二三的时候，两人一起睁开了双眼，先看向对面的远山，又非常有默契地看向了深渊，以前觉得特别恐惧的深渊，就在他们脚底下，也不过如此。简翎的一呼一吸都在青暮的耳边，节奏均匀，没有任何慌乱。那一刻，青暮一点都不觉得自己是在冒生命之险，反而觉得前所未有地踏实宁静。

简翎喊着："青暮，你怕吗？"

"我不怕。"十六岁的少年只觉得刺激，稚气的脸上全是满足，好像登上了人生巅峰。

风越来越大，简翎又在他耳朵边喊了一句什么，他听不清。

"你再说一遍。"萧青暮大声喊。

"青暮，你带我离开青木镇好不好？"简翎用了最大的力气喊。

这次萧青暮听清楚了，他笑了，努力地克制着自己的情绪，缓慢地转过身去面对简翎说："好啊，我们一起考大学，一起离开这里。"

简翎脸上出现了少见的忧伤："万一我没考上大学怎么办？哪天我们走散了怎么办？"

果然还是天真又没有安全感的小女孩，她的马尾被风吹散了，发丝迎着风吹向青暮的脸庞，有点痒却舒服得很。他第一次知道女生的长发原来是这样柔软清香，散发着木槿棉青涩的味道。

"那我们就说好，一到秋天就回来。"

萧青暮不知道，他轻而易举说出了这句一辈子都做不到的承诺。

简翎忽然踮起了脚吻了他，在这危险之石上，轻轻地蜻蜓点水，嘴唇掠过了萧青暮的嘴唇。十六岁之前他们更像兄妹，这一天之后，一切好像发生了变化，初吻来得如此突然，他们都有点慌，更未曾想过会在这一失足就丧命的悬崖之上。

风越来越大，不敢在岩石上久留，他们慢慢地转身，这一次，简翎走在了前面，萧青暮跟在她的身后，步伐需要配合非常默契，否则容易慌神。就这样一前一后，两人又慢慢地回到了悬崖的岸上。惊魂中的简翎，长长的睫毛覆盖着眼睛，嘴唇有点苍白，说不怕是骗人的，两个人摸着心脏缓了一口气之后，相视而笑。

他们在青木镇普通得都不起眼，没有人会注意到他们，几乎没有存在感，卑微得像秋去春又来的泡桐树叶，冷暖只有自知。要不是萧青暮的成绩一直全校领先，学校要靠他来拉升学率，可能就没有人会记起他。除了上学，萧青暮在青木镇，安静得像一个幽灵，只有简翎愿意守着这个安静的幽灵，无怨无悔。

这一次冒险之后，他和简翎的关系发生了很大的变化，在这青色世界之内，一切都繁花似锦，胜似花开。

34

萧青暮本来想趁机再吻一下简翎，忽然一道白光闪过。

回头一看，原来是张楠楠。他手里拿着他父亲从北京回来刚给他买的新款索尼相机，虽然只是一部傻瓜相机，但在那个年代，在青木小镇，已经非常拉风了。

"青暮简翎，你们在干吗？"张楠楠从一棵树后面突然冒出来。不过看他的表情应该是刚刚才到，应该没有看到两人在岩石上亲吻的画面。但两人还是不自觉地红了脸。

"你吓死我了，冒失鬼，还以为是鬼影。"简翎先回过神来，就要去揍张楠楠，如果他们在死亡之石上时张楠楠突然冒出来，肯定会立刻掉入深渊万劫不复。

"失心崖你们都敢来，真是不怕死。"张楠楠做了个鬼脸，跳到一块石头上自言自语，他身子单薄，简直身轻如燕，"这里真是个采风的好地方啊，我也要常来。"

张楠楠发育有点慢，个子比萧青暮足足矮了一个头，看上去跟简翎差不多高，他在初二那年，强烈要求加入萧青暮和简翎上学的队伍。

从青木小学念到青木中学，萧青暮、简翎、张楠楠都是同班同学。整个小学期间，张楠楠的存在感也很弱，成绩一般，个子矮小，体弱多病。有一阵子他得过一场重病，面黄肌瘦，看上去像活不久了，后来慢慢地又恢复了，但体格一直很弱。

张楠楠没什么朋友，为了不被欺负，小学的时候一直跟在高两个年级的林觉后面当小弟。因为林觉的爸爸是一镇首富，张楠楠的爸爸在镇上开了一家药材店，同属商人，所以两家人走得很近。而张楠楠很自然地被归为林觉一党，在学校受林觉保护，狐假虎威，安然度过小学。

萧青暮简翎对张楠楠没有好感，井水不犯河水罢了。初二那年，张楠楠强烈要求加入他们上学的队伍，很长时间内他们都把他当空气，可张楠楠也全然不在意，慢慢地，他们发现张楠楠并不是坏人，相反，他与人为善。林觉毕业后，张楠楠不用跟在他屁股后面做小弟，话也变得多了，有时候一个人可以说上大半天他自己觉得很无厘头的笑话。

张楠楠的加入，本身就很无厘头。

萧青暮的叔叔家住在镇尾，简翎家住在镇口，平时他们上学都不走主街道，喜欢绕青石板路走，那些路他们烂熟于心，每一块石头都有着他们年华的记录。每天萧青暮都按时出门去上学，有时候是他带上早餐，有时候是简翎带，她在镇口的路上等他，在那里碰面再去学校。张楠楠在某一天加入，他的家正好住在镇中，青木镇主街道的镇中，那是镇上有钱人的聚集地，是地主财主身份的象征。

从此以后，张楠楠会背着书包忽然出现，跟在青暮的后面，走到镇口，看见简翎。总之，张楠楠摸透了他们的行踪。

最后还是简翎先开的口："张楠楠还挺好玩的，就带他一起吧。"

张楠楠为此对简翎感激涕零了许久。

不知道从什么时候起，没有缘由，张楠楠就喜欢上了简翎，可是他从来没有对她表白过，甚至，因为喜欢简翎，他对萧青暮也必须一样好。他父亲有时候去外地谈生意，千里迢迢带回来的礼物，只要是吃的，他都会分成三份，如果是一些新奇玩意，他总会拿出来一起玩。对于简翎，他最多就是把一些看上去斯文漂亮的伴手礼偷偷塞到她的书包里，没有更多的动作。

有一年，张楠楠的父亲去了一趟台湾，这在当年是一件大事。他的父亲从台湾给张楠楠、简翎和萧青暮都买了一件印有阿里山图案的短袖，这个要求是张楠楠自己跟父亲提的，必须是三件，否则他不要。

可是，张楠楠只穿过两次。

第一次穿就很窘，三个人穿着同样的衣服，他突然觉得自己像个小丑，强行挤入别人队伍的小丑，初二的小男生产生了一种很羞耻的感觉。他飞快地跑回家，把衣服扒下来，生气地扔到地上，又捡起来，揉成一团，塞进箱子里。

有时候三人明明约好一起穿，张楠楠也只是支支吾吾点点头，但第二天没穿。

"衣服被我家的狗弄脏了。""衣服被雨淋湿了。"他找了许多莫名其妙的借口，后来他干脆说，老鼠咬坏了衣服，不能再穿了。本来就笨拙的理由变得更笨拙，后来好像大家意识到了一点什么，那件衣服萧青暮和简翎也很少穿。

第二次穿就彻底放弃了。

十五岁时他第一次遗精，梦到的是简翎。那天白天，简翎来他家还一本书，他伸手去接书的时候无意中触摸到了妙龄少女光滑柔嫩的手背，当天晚上他就遗精了。醒来时他紧张地换了内裤，兴奋得整晚睡不着觉，他把那件从台湾买的短袖拿出来穿在身上，幻想和穿着同样衣服的简翎一起去上学。

张楠楠穿着那件短袖从半夜兴奋到天亮，第二天他决定鼓起勇气甩开萧青暮去找简翎，他买好了早餐，特意把短袖穿上，兴冲冲地出了门。但不知道为什么，出了门后他又回来穿了件外套，明明天气很热，明明不需要。他把外套的拉链拉上，心里很慌张，特意提前半小时出门，可是，当他走到石板路的尽头，以为扎着马尾的简翎一定在的时候，他落空了。

简翎不在。

萧青暮站在那儿，向他挥手，他也尴尬地挥挥手，一想到自己的计划就不由得红了脸。这时简翎才出现，也向他挥挥手，然后把手里的早餐塞到了萧青暮的手里。这个动作令张楠楠伤心了很长一段时间，那一天，简翎和萧青暮都穿了那件阿里山的T恤，他们是那样的般配，天赐璧人，他们才是天生一对，而他，连穿在身上的衣服都没有勇气露出来。

张楠楠把外套拉链往上提了提，直到将脖子全部捂住，甩了甩手里的早餐，努力挤出了笑容朝他们走过去，内心戏在那一刻完全停止。他的笑容下面涌动着悲痛欲绝，说不出来地难受。一整天他都没有脱下过外套，那件短袖，从此被压在箱子的最底下。

多年后他离开青木镇，再翻出来这件衣服，在箱子底下已经被压得掉色了。他想起自己当时走向萧青暮和简翎的身影，颤颤巍巍，自己退出了竞争，而时光也在掉色，当时的美好只留在当时，之后，再也寻不到了。

中学毕业，萧青暮以拔尖考试年级第一的成绩升上省重点高中青木一中。而简翎，则以五分之差只能入读青木十中，一所普通高中。

那是1996年。

萧青暮一早就认定，唯有考上大学才有机会名正言顺地走出青木镇，所以他比一般人都要努力。虽然早就知道自己的成绩，但公布榜单成绩的那天，他还是去了学校一趟，在人群里，一眼就看到了简翎的身影。简翎很兴奋，因为萧青暮的名字就在榜单最显眼的位置，她的眼睛放着少女灵动的光："青暮，榜单上第一个看到你的名字，开心死了，你真的超厉害，我好崇拜你。"

张楠楠不知道从哪儿冒出来："青暮，我也好崇拜你哟。"他笑眯眯的，初中都毕业了，他还很矮小，腿瘦得像根麻秆，眼睛时常闪烁着稚气与童真，跟他相比，青暮显得心事重重。

"张楠楠，你不是也要上一中的吗？"简翎问。

在那个年代的青木镇，每年一中都有一批名额对高干、富家子弟开放，只要能交上五万块的建校费，就可以以特长生的身份就读，镇上首富家的儿子林觉就是其中一个。对于张楠楠家来说，五万块虽然不少，但为了儿子的前程，这笔钱他们家出得起，所以张楠楠一直都被列在一定会读一中的名单里。

"宁做鸡头不做凤尾，我可不想上一中，压力太大，反正我怎么学，也是赶不上青暮的。"张楠楠嬉笑着挠头，这是他的招牌动作，从小到大，好像什么事都不放在心上。事实上，他刚刚跟家里大吵一架，因为坚决不肯去上一中，他的父亲绝望了好几天，母亲更是气到生病。在青木镇，有钱人家的孩子都会花钱读一中，张楠楠不肯就范，他的父母在一段时间内觉得低人一等。但张楠楠坚持读十中，家里也只好妥协。

只有他自己知道，简翎读哪儿他就读哪儿，这是他的底线，简翎读十中，他哪会去读什么一中。他甚至有点窃喜，虽然简翎不喜欢他，但以后却可以每日都能见到她。

十六岁那年，他拿着第一部相机去失心崖拍风景，却拍到萧青暮和简翎在那块危险之石上亲吻，他当时伤心欲绝，胶卷他没拿去冲洗，那次伤心不亚于第二次穿阿里山短袖。可他的这些小心思，简翎从未知晓。他假装一切无所谓，假装一切没有发生过，他依然可以躲在某个角落，静静地守候着简翎。

35

少年不知岁月长。

还是 1996 年，萧青暮和简翎的人生同时出现了一个可以离开青木镇的机会。

在成绩揭晓的大约一个月之后，简翎离家出走八年的妈妈突然出现，她妈妈穿得花枝招展，听人说她妈妈改嫁后过得还不错，镇上许多老邻居都去围观了。

萧青暮没去，他一个人上了失心崖，孤独地站在山头，俯瞰着小镇。绵延不绝的青山，清晨袅袅的炊烟，可他对这样秀丽的小镇风光没有半丝留恋，如果简翎走了，也许失心崖他也不会再来。从前他觉得自己能在青木镇活下去，是因为他在这里还有孤独璀璨的少年时光，但是这一刻，他觉得时光被打碎了，他对青木镇最后的念想就要消失了。

简翎的妈妈是回来接女儿的，目的是想让女儿跟她一起南下打工，帮家里减轻负担，爸爸很少往家里拿钱，奶奶已年迈，无力供她继续求学。

前面两日，简翎都没有来找萧青暮。

第三日下午简翎出现了，她告诉萧青暮，她决定跟妈妈一起离开。那似乎是他们成长记忆里第一次突然全身无力，就安静地坐着，天空明亮得没有一条划痕，没有一朵云。萧青暮觉得生活即将失去色彩，难过得一句话也说不出口。天色一片墨绿暗淡的傍晚，简翎终于开口："青暮，我们曾经幻想过要离开这个地方，可是都想不到会以什么样的方式离开，也不知道什么样的选择会是最好的选择。"

是啊，从来就没有过最好的选择，萧青暮低着头，他痛恨没有选择的选择。

他们没有说告别，连说声珍重都很艰难。第二天一大早，简翎就跟着妈妈走了。

那天早上，萧青暮大清早就去了车站，躲在一个简翎看不见的地方，清晨出现的她披着头发，还来不及扎马尾。

小镇上很少准时发过车的班车，那天却很准时地出发了。一声巨大的引擎启动声，冒出一股青烟，班车瞬间消失。那一刻萧青暮觉得自己像是一个被抛弃的小孩,追着汽车的方向奔跑。他很懦弱,他可以跑得更快一点,让简翎能在窗口看着他,他也可以伸出手,也许简翎就能在后视镜里看到他,可是他既没跑得快,也没有伸出手,他的懦弱,不过是不想让简翎知道自己的伤心。

他跑到浑身没有力气,跑到看不见汽车的影子。在没有BP机、没有电话、没有手机、没有QQ、没有微信的年代,对于所有人来说,离开就意味着失联,离开就意味着失去,离开就意味着各自天涯,最终相忘于时间之海。

十六岁的人生还没开始,就这样有一个人突然中途离场了。萧青暮发现自己没有勇气去面对接下来的生活,这是简翎之于他的意义。从今天开始,他和她会走上两条不同的人生之路。

很多年后,萧青暮后悔那天去送简翎,后悔不顾一切疯狂地奔跑。可谁又能知道,有时候一个悲剧的发生会避免另外一个悲惨的结局。他太过伤心,以至于没有发现有辆车从他身边飞速驶过去,没有驾驶证的张楠楠,开着父亲的车,他的脸因为紧张而扭曲。

汽车一点影子都没有了。在清晨还未觉醒的青木镇,萧青暮疯狂地跑到了失心崖,简翎的离开让他知道,他对她的感情是依赖,昏天暗地的悲伤向他涌来,他从来都不知道,他和简翎会这样过早地遇见离别。

不知道待了多久,一双手从后面悄悄伸了过来,拉住他的手,"青暮。"一个熟悉的声音。

萧青暮不可思议地回头,简翎鲜活地站在眼前,眼睛明明在笑,可是泪水在她的眼角自由洒脱地流下来。

"简翎?你怎么回来了?"绷了太久的神经一下子全线崩溃,萧青暮紧紧地拥抱着简翎,两个固执的少年,第一次懂得了什么叫失而复得。这是成长的代价。

坐在失心崖旁边,两个人相互看了很久。"青暮,你说我们会长大吗?"简翎问。

这个问题困扰了他们很多年,特别矛盾残酷,对于萧青暮和简翎这样的家庭，在看不到前途的人生里，能不能长大真的不是一个抽象的命题，它具象到每日的生活里。

萧青暮每日要面对着嫌弃他的叔叔婶婶，那对夫妻总说他命硬，克死了父母，他们担心收留这个命太硬的侄儿，也会让他们家遭受什么天灾人祸。总之，他们不定时地朝萧青暮发难，希望他能快点离开。而简翎，她的家庭只有她和奶奶，奶奶年事已高，还要去街上接一些零散的活来养活自己和孙女。简翎之所以答应妈妈辍学，就是心疼老人，不想再让老人受苦。

"会的。我想长大。"萧青暮回答得很认真。

萧青暮和简翎都不知道，在他们相拥而泣的时候，张楠楠就在他们身后，咬着自己的手背，哭成了傻子。他从简翎妈妈回来的那天开始，就焦虑得连续失眠，但他也什么都没做，他一边祈求简翎不会答应妈妈，一边又希望萧青暮能有所行动，哪怕简翎是为了萧青暮留下，他也觉得开心。

等了好几日萧青暮都没有动静，张楠楠彻底失望了。在简翎离开前的那天晚上，他悄悄收拾好了一个背包，把平时攒下的钱全部带上，连跟父母告别都没有，只当自己是离家出走的孩子。他原本想等车子开动的时候再上车，让简翎没有选择的余地，要不她一定会阻止自己。可是，当汽车发动他准备背着行李冲上车的时候，萧青暮出现了。

他迟疑了几秒，车子就开走了，萧青暮跟着汽车跑了那么远，他很紧张，他怕萧青暮会追上去，但又希望他能追上去，这样简翎至少可以留下来。

可是，萧青暮让他再次失望。

他连忙赶回家，拿了父亲的车钥匙就跳上了车，如果不加速，可能就来不及了，他开着车往县城的方向开。

等他赶到的时候，简翎正在检票准备上车。

张楠楠突然出现，简翎问他怎么会在这里，张楠楠背着手，脸上一阵红一阵白，不知道说什么好，憋了许久，他没想到自己竟然会说："简翎，我

看到萧青暮追着你的汽车跑了很远，我看到……他……好像哭了。"说到这
的时候，他才发现自己有多愚蠢，简直被自己的愚蠢弄哭，他竟然又回到了
自己的底线——哪怕是简翎为了萧青暮留下，他也开心。而此时他在做的事
情就是，哪怕是简翎为了萧青暮留下，他也愿意帮这个忙。

陷入爱情的少年，傻得一塌糊涂。

简翎听完他的话之后，在原地静止了一会儿。终于，她把手里的票塞给
了妈妈，毅然决然地跑出了汽车站，张楠楠的车就停在外面，她跟着张楠楠
又回到了青木镇。为了这一刻的冲动，她的母亲从此之后再也没有出现过，
这一次离别，就是永别。

每一个人都要为自己的每一次选择，付出血淋淋的代价，再无回头路。
这一段故事简翎没有告诉萧青暮，她只想和自己爱慕的少年在一起。

萧青暮的姑姑则出现在一个朝阳刚刚升起的夏日清晨，这是他第一次见
到姑姑，她的脸让他对已经故去的父亲又有了一点点模糊的印象，父亲和姑
姑很像。姑姑抱着他痛哭了一场，她远嫁桂林，因为和萧青暮的叔叔婶婶感
情不好，在萧青暮父母意外去世后，十来年里她没回来过。

姑姑简单明了地说了来意，她知道萧青暮成绩好，希望他能跟她去桂林，
去接受更好的教育。姑姑跟他说，以他的成绩未来考北大清华都有可能，而
青木一中再好，硬件始终有限。

很奇怪，当萧青暮听到姑姑可以带自己离开青木镇的时候，没有一丝欣
喜和激动。他曾经多么渴望能够逃离青木镇，现在这样的机会没有任何征兆
地提前来了，他应该感到开心，可是他没有。他想起几天前自己追着简翎远
走的汽车的模样，想起和简翎失散又重逢的画面，那种相互寻觅和依赖的感
觉，在少年心里已是无法取代的美好。

姑姑和叔叔婶婶感情并不好，所以未多做停留，她一早便有安排，也猜

到萧青暮可能需要时间来思考，第二天她给了萧青暮一张票，是从青木县城到桂林的长途汽车客票，姑姑说："青暮，我在县城等你三天，这张票你收好，如果你后天来了，我就带你一起去桂林，以后你可以永远离开这里。要想成为人上人，一定要去一个更好的环境。"

萧青暮点了点头，姑姑讲的不无道理。目送姑姑离开时，他一直咬紧着牙关，姑姑的到来让他感受到了一点人间温暖，原来世上还有人惦记他，还有人愿意为他此后的人生谋划。

他想到了自己的父母，不知他们在天堂是否安好，是否也会想念他们留在尘世里孤苦飘零的小孩。他曾经无数次仰望着满天星斗，希望有人能告诉他，对这滚滚的红尘，是否应该渴望。

那天下午，萧青暮去找了简翎，她极力鼓励萧青暮跟姑姑离开，她说了许多话，可他一个字也没听进去。他已经有了答案，见了简翎，答案更加清晰。

晚上，萧青暮从裤兜里掏出那张随身携带的汽车票，握在手里很久。它似乎是一张命运的塔罗牌，如果接受了它，人生可能就会改变，如果放弃，人生会有很大遗憾，自己还是个在青木镇等待出头天的少年。

人生所有的礼物，都已经暗中标好了价格，十六岁的萧青暮手里的这张汽车票，它可能是昂贵的代价，也可能是轻薄不值一提的一张废纸。

他把它撕成了碎片，他想清楚了，如果要和简翎分开，宁愿不要这样的安排。既然命运十六年前就安排了他在这个世界上无依无靠，他还可以再这样继续前行，而失去简翎的痛，他已经体会过了。

萧青暮手里握着被撕碎的车票，半夜来到简翎的窗口敲了敲窗户，她房间的读书灯还亮着，还没睡。简翎猫着腰悄声走出堂屋大门，和萧青暮在门口对望。只见萧青暮把手松开，手里的碎片随着风一片一片地飞走。

他笑了，简翎也笑了。笑着笑着，简翎先哭了。

36

她的双眼笑起来那么好看，昏暗的灯光下，她的长发随风起舞，时而遮住双眼，她侧着脸笑，不看萧青暮。

萧青暮慢慢地走上去，进行了人生中第一次表白："简翎，我不想去桂林，我想和你在一起。"说完，他把简翎紧紧地搂在怀里，月光下，他轻吻了简翎薄薄的嘴唇，她没有拒绝。

很久之后简翎才把萧青暮推开，十六岁的少男少女像两个傻子一样，在路边味味地傻笑，你望着我，我望着你。两次别离，让他们像经历了一个世纪般的煎熬，他们各自为对方放弃了一次离开青木镇的机会。在艰难的年代，不问前程，才是最好的告白。

"简翎，你说我们会长大吗？"萧青暮问，他突然明白了简翎为什么经常问他这个问题，因为害怕长大，长大意味着迟早要面对分离，不管是长久的，还是短暂的。

"会的，青暮。"简翎在黑夜中问他，"你不想长大了吗？"

"我害怕。也许我们会考上不同的大学，也许我们会碰到不同的人，也许我们再也不会回来，也许我们都走不出青木镇这块天地。太多也许，未来不可知。"萧青暮口气很轻，可是这每一个字都有千斤重，落在两个人的心里，唯有沉默。

分离是所有十五六岁的少年都害怕的事情，害怕和父母分开，害怕和兄弟姐妹分开，害怕和朋友分开，更害怕和恋人分开，尽管，他们还未曾真正拥有什么。

终究有一天，所有的小孩都会长大，都要面对别离。以前这只是一句轻飘飘的话，现在却真实地存在。除了这些离别，他们还有许多选择要做，每一个选择都必将失去什么，每一个选择都会决定人生未来的样子，他们战战兢兢，如履薄冰，一步一回头，生怕错过了对方。

十六岁那年还懵懂无知，萧青暮简翎唯一肯定的，是他们心里有一份坚定，坚定地可以为对方放弃一切。

带着初恋甜蜜的心事，他们跨入了高中，萧青暮以第一名的成绩入读青木一中，省重点高中，简翎进入十中，两所学校的距离不远，却也只能在周末才能见面。

萧青暮的叔叔婶婶不同意他继续升学，但奈何萧青暮的成绩太好，如果不念，学校会过问，县城里教育局的领导也会过问，何况萧青暮父母车祸赔偿的钱，足够他继续升学直至念完大学。萧青暮知道叔叔婶婶心里打的主意，无非就是如果他不念书了，他们可以名正言顺地找一个为萧青暮未来着想的名义，把剩下的钱一次性从银行取出来。他很早就洞悉了这些，但什么话也没说，在离开青木镇之前，他需要一个栖身之所。

简翎比萧青暮的处境看上去更惨，虽然她已入读十中，但前去做媒的人络绎不绝，尤其是简翎曾经答应妈妈外出打工这件事，让镇上许多好事者都以为她可以随时休学嫁人。简翎天性开朗，但她在镇上关系好的朋友不多，一是因为简家在镇上就他们一户人家，势单力薄，二来因为从小气质出众，被其他女生排挤。

简翎读高一的时候，镇上首富家的公子哥林觉陪父亲去十中考察，遇见来当接待志愿者的简翎，惊为天人，一见钟情。当时林觉在一中读高三，成绩一般，不是读书的料，高中毕业就要去做生意，未来要继承家业，首富也已经为儿子铺了很多路。镇上的媒婆们闻风早就开始张罗林觉的婚事，林觉很烦这些人，直到遇到简翎，他动了心思。

提亲的人第一次去到简家，说明来意之后被简奶奶拒绝，提亲的人不死心，第二次又去，正好碰上简翎放学归来，和奶奶一起把提亲的人轰出了大门。这件事在镇上传得沸沸扬扬，人人都说这个姑娘不识好歹，当然，也有另一种风声说首富家仗势欺人。被简翎拒绝这件事，令林觉觉得颜面扫地，要知道镇上多少姑娘都等着嫁入首富家做少奶奶呢。

第一次的梁子就这样结下了，很快，第二次梁子又来了。林觉高中毕业后在家无所事事，有次去十中玩，正好碰到刚下自习的简翎，林觉的几个同学当面开起了玩笑，嘲笑他连一个妞都搞不定，林觉正是血气方刚的年纪，当下觉得面子上挂不住，便上前把简翎拦住了。

简翎自然认得他是镇上首富的公子哥，也知道他曾托人来提过亲，却没好气："别挡着我的路，我要回宿舍。"

林觉来了气，上前抓着简翎的手："嫁给我你直接就是少奶奶了，还读什么书，何必受这个苦。"

简翎感觉被调戏，恼羞成怒，立刻打开林觉的手反击："谁想做你的少奶奶你就去找谁。"

说完甩手就走了，碍于在学校里面，林觉恨得牙痒痒却不能发作。这件事后来又被传出了多个版本，林觉调戏不成反而被更多人暗地嘲笑，弄得他很没面子。好在没多久他就被父亲送去省城进修，风平浪静了一段时间，可传闻一直还在流传，都知道简家有个心高气傲的姑娘，不捡好果子吃。

十八岁，简翎和萧青暮之间又发生了许多变化。

1998 年的夏天，他们十八岁了，还有一年就要高考，他们的命运将会在高考分数上一判高下。萧青暮的成绩一直很好，简翎的成绩时好时坏，张楠楠则是下游，对高考不抱希望，他父亲也有意让他高考后子承父业做生意。

就读书而言，似乎只有萧青暮一个人能看到前景。

那一年的夏天来得格外早，刚刚迎接完香港回归，开始传唱《相约一九九八》，这首歌成了那一年毕业季的指定曲目，人人都会唱。那一年，全国人民都在看《还珠格格》，大眼睛青春无敌的赵薇成了无数少男少女心目中的偶像。

那一年的四月，南方早早地进入初夏，失心崖的芦苇已经抽出新芽，木槿棉在初夏新冒的嫩绿枝干，也已经散发出清香。

四月的第一个周末，萧青暮就换上了 T 恤去失心崖，远远地看到简翎也很有默契地穿着一件纯白的 T 恤在等他。

简翎是典型的南方姑娘，瘦小，两只马尾扎了十八年未变，在那样的年代，天然去雕饰。她穿着一条碎花裙，安静地坐在失心崖旁边，头顶的蓝天，飘着一朵云，这样的画面在萧青暮离开青木镇之后的很长时间里，无数次出现在他的梦境中。

微风拂过，简翎嘴里哼着一首叫《风吹风吹》的闽南歌，是台湾一个女子二重唱的歌，这首歌是简翎从妈妈那次带回来的一盘磁带中学会的，也是简翎对妈妈唯一的念想。后来萧青暮和张楠楠都会唱了，但都学不好闽南语的咬字。他们内心有一些叛逆和愤怒，隐忍着，这首歌能很好地让他们安静下来，安抚着他们蠢蠢欲动的背叛。

萧青暮走过去，从后面拥抱着简翎，她的头发清香得如同夏日的青草，他们顺势躺在身后青翠的芦苇里，漫山青草，蓝天白云，各自说了些在学校的趣事。萧青暮的高考目标很清晰，就是考上北大，他向往未名湖畔，他和简翎约定好，高考志愿只填北京的学校，不在同一个学校，也一定要在同一座城市。

"青暮，你能答应我吗？不管以后我们经历了什么，如果找不到对方了，我们就在秋天回来，回到青木镇，好吗？"简翎轻声地说，她翻过身俯视着萧青暮，她在萧青暮的眼睛里看到了自己的倒影。

萧青暮点点头，这句话他曾经承诺过。

"青暮，我不知道能不能考上北京的大学，也不知道有没有钱念大学。我害怕一年后，跟不上你的脚步。"

萧青暮很心疼，从十六岁开始到现在十八岁，他们充满了太多对未知生活的恐惧，恐惧走散，恐惧分离。

简翎的嘴唇很薄很好看，唇纹清晰可见。

萧青暮忍不住吻了一下，没想到简翎给了他更加炽热的回应，她的身体半压着萧青暮，眼睛里有团烈火，燃烧着他从来没有见过的火焰，明晃晃的。两个人对视了许久，简翎俯身，用嘴唇吻上了萧青暮，身体慢慢开始移动。忽然，青暮翻了一个身，将简翎全部覆盖了。

青春而生机旺盛的身体，毫无保留。萧青暮第一次进入简翎的身体时，她痛得嘴唇乌青，眼泪泛滥地流，整个身体都在发抖。当时的天空很蓝，他们的青春疼痛而有张力，这一天，他们完成了十八岁的成人礼。

疯狂之后，简翎还在轻微颤抖，她说："青暮，我想让你记住我今天的痛。"

"我会永远记住的。"十八岁的少年轻声地回应着。

"我要你在心里和你的身体都永远记住。"简翎用手慢慢地抚摸着他的胸膛，眼神里爆发出另一种光芒，和刚才的热烈火焰完全不一样。她的手一直在萧青暮的胸口抚摸着，温柔如水。突然她张开了嘴，朝着萧青暮的胸膛一口咬了下去，越咬越深，血从她的嘴里溢出来，但她还是没有停下来，不管萧青暮痛得如何叫唤。

痛到后来他放弃了，那种痛已经让他发不出任何声音，他的身体开始痉挛抽搐。但萧青暮一点也不难受，反而很开心，如果简翎愿意以这样的方式来给她的青春留一个印记，他岂有不能承受痛楚之理？

简翎终于松口，嘴唇上全是萧青暮身体里的血液。如果再咬深一点，就能抵达萧青暮的心脏，甚至一度，萧青暮觉得心脏停止了跳动，因为他感受不到疼痛了。简翎擦了擦嘴边的血，她的眼睛恢复了明亮动人，和萧青暮在过去的十八年里每天遇到的她一样，从未有过唐突和邪魅。

"我们交换了身体，也要交换灵魂。"她说。

确实，那种疼痛已经深入了萧青暮的灵魂，这个印记像他的胎记一样，永远跟随着他。在他失去简翎的十九年里，只要想起她，伤口就会发作。这个伤口也让萧青暮在十九年里，从未心安过，好像从未痊愈过。

它像一朵含苞待放的莲花，永远灿烂着，盛开在他的胸口。

37

十八岁的年纪，萧青暮和简翎却很清楚地知道，他们在浩瀚的人海里非常渺小，对于他们而言，只有努力奋斗，才能看见星辰大海。

后来的萧青暮很后悔。如果他和简翎当年能忍住了别离，虽然从此天各一方，但也好过在之后十九年的岁月里，带着伤痛上路。还有无辜的张楠楠，如果没有发生那场致命的浩劫，他可能就是个不知天高地厚的小镇公子哥。

1998年暑假的那场浩劫，将三个人的人生彻底地摧毁。

那是一个太阳、月亮和星星同时出现在天上的傍晚，天空如血红色，后来每当再看到同样的天色，萧青暮都会难受，谁都不想青春一场，最后是血色的。

那天，他约了简翎在失心崖见面，正相谈甚欢，忽然身后传来一阵脚步声，他们一回头，发现是林觉和他的四个狐朋狗友，都是生脸，应该是邻镇的。

"哟，这不是简翎大小姐吗，我以为你有多洁身自好，没想到在这里约男人啊。"林觉一脸不屑，语气轻浮。

"你胡说什么，我和青暮在这说话，关你什么事。"简翎回嘴。

"看你一脸的清纯样，想不到还蛮婊气的。"林觉脸上一脸坏笑，"不过，我喜欢。"

"你才婊气。青暮我们走。"简翎气呼呼地拉着萧青暮就往山下走，但被前面的五个人挡住去路。

"林觉，你要干什么？"萧青暮大声喝止。

"今天很难得，天气这么好，这里这么空旷，我倒是不知道，失心崖很适合偷情啊。"林觉丝毫没有要放他们走的意思。

"狗嘴吐不出象牙。"简翎的声音虽然很轻,但却带着轻蔑。

这个女生从一开始就没给过他好脸色看,林觉受了刺激:"哼,我今天要和你算算账。"

"我和你有什么账好算。"简翎没好气地回,但她心里清楚,无非就是她拒绝过他的提亲,不给他面子。

简翎完全不把首富家的公子哥放在眼里的态度,彻底激怒了林觉:"好,好得很,老子就是喜欢这么婊气的女人。"林觉拍着手,不依不饶。"你看这天气多好,今天就让你陪陪老子。"说完,一脸痞气地朝简翎走过去。

萧青暮把简翎护在身后,又往后看了一眼,身后就是万丈深渊的失心崖,根本无路可退。

林觉越来越近,他们越来越危险,这时已经完全没有余地周旋,只能杀出一条路。不再多想,萧青暮冷不丁地冲上去,用力把林觉撞在地上,反身拉起简翎就开跑。这漫山遍野的芦苇成了他们的阻碍,而且才刚抽芽,高度还不够,让他们躲无可躲,只能奋力往前奔跑。但他们很快就被林觉一行五人追赶包围上,在那样绿色芦苇的巨海里。

十八岁的萧青暮从未打过架,也没参与过任何群殴,林觉他们在人数上已经占了上风,对于手无缚鸡之力的简翎和萧青暮来说,敌众我寡,在劫难逃。他一直想要如何才能突围出去,最起码要让简翎先逃,以一敌五肯定不行,如果目标只有林觉一个,也许还有机会,得把林觉先打倒,擒贼先擒王。

想到这儿,萧青暮拼尽全力再次朝林觉主动发起攻击,一把抱住了他的头,试图把人摔倒,林觉显然还未反应过来,一时之间整个人被控制住了。其他四人因为怕伤害了林觉,反而无从下手,无法围攻他。

萧青暮大喊一声:"简翎,你快跑。"

很多年后,这些画面经常在他脑海里再现,如果简翎当时在那一秒真的跑了,哪怕他粉身碎骨也心甘情愿。

可简翎岂肯走，只在旁边哭喊着："不要打了，不要打了。"

林觉已经开始反击，本就瘦弱的萧青暮根本不是他的对手，几个回合下来，他明显力不从心，被林觉踹在地上。他的头被一根木棍重重地敲了好几下，带着腥味的鲜血从他的脑袋里迸出来，他发出了惨痛的叫喊声，力气越来越弱。

萧青暮受伤惨重，意识越来越弱，视线模糊，他听到简翎的声音正在慢慢变小。终于，他无力再挣扎，林觉一只脚踩在他的脸上。

林觉狠狠地说："萧青暮，我算是看明白了，要不是你在中间，说不定我已经娶了她，何以会在镇上丢光面子。今天老子要先废了你！"说着，踩在萧青暮脸上的脚又多了几分力气，疼痛让萧青暮产生了幻觉，他想努力站起来，可幻觉产生的真实力量微乎其微，只能拼尽最后一口气喊了一声"简翎快跑"就昏厥过去了。

简翎没跑，她跪在浑身是血的萧青暮旁边，求林觉放过他，她的头发不知道什么时候已经凌乱了，垂在空中，那么悲伤，她的眼睛里出现了萧青暮最害怕的绝望。

"把他拉到失心崖边上去，这小子要是再敢反抗，就把他推下去，让他死无葬身之地。简翎是我的，他拿什么跟我抢！我今天就要和她生米煮成熟饭，看她嫁还是不嫁！"林觉的脚终于松开了，声音恶狠狠的。

萧青暮被人拉到失心崖边，其中两个人一人拉着他的一条腿，他被倒立悬空在失心崖上。被悬空倒立的萧青暮没有了一丝力气，身体里的血全部倒流到他的头部，头上的伤口血流不止。他看着林觉一步一步走向简翎，但已经脆弱得张不开嘴了，瞳孔涣散到了极致，在林觉扑向简翎的那一瞬间，他绝望地闭上了眼睛。

他恨这个世界，恨自己无能，恨这个被邪恶欲望所填满的青木镇，前所未有地绝望。

不知道过了多久，萧青暮恢复了薄弱的知觉，他被扔到失心崖的地上，芦苇青苗上全是他的血，满地残迹，了无生机。

林觉已经完事，可是他一点兴奋的感觉都没有，简翎竟然不是处女之身，这件事让他觉得很晦气。他走到萧青暮的身边，再次用脚踩在他的脸上，脚下弱不禁风的男人几乎被打残了，可他却不是赢家，简翎早就失身给了萧青暮，真是耻辱。

"我今天就要你看看，我是如何将这个女人弄死的。"林觉的脸因为发怒而扭曲变形，他已经变成了恶魔，他得不到的想尽办法都要得到，不完美的想尽办法都要摧毁，青木镇上，没有人可以比他厉害。

这时，张楠楠出现了！他举着一把匕首。

"你们这帮畜生！"匕首直接刺向了林觉，但张楠楠实在太过弱小，身材高大身手敏捷的林觉轻而易举地躲开了他，张楠楠的匕首在空中挥舞着，毫无章法，根本近不了林觉的身。他一边大声喊着浑蛋，一边去捡被撕得七零八落的衣服盖在简翎身上，看到简翎惊恐绝望的眼神，他的眼睛瞬间红了："对不起，简翎，我来晚了。"

"林觉你这个王八蛋，我要杀了你！"张楠楠气得浑身发抖。但他也很快被林觉和他的朋党制服，完全不是他们的对手，他的声音在空旷的崖洞边逐渐也变得嘶哑，声嘶力竭之后，是无尽的生无可恋。

"又来一个送死的，你们一个个的都喜欢这个骚娘们，那老子就再来一次，让你们都死了这条心。不仅老子要玩，我的兄弟们也要玩。"林觉恶狠狠地说，根本没把张楠楠当对手，他邪恶地再次走向了简翎。

简翎面无表情地躺在芦苇上，身上的衣服被吹得更加凌乱，天色将夜，苍红色的天空很快就要变成夜幕了。这无尽的夜啊，如此悲凉，像一首渐行渐远的行歌，带走了所有的希望。生命力正在慢慢消失，她只想一切快点结束，让自己有力气跳下失心崖。

张楠楠用了最大力气挣脱，捡起地下的匕首，挡在林觉面前，将匕首指向林觉，他的声音带着弱者的哭腔，不堪一击，但他还是拼尽全力喊："你们都别动，谁过来我就动手了。"

林觉发出一阵不可一世的笑声，和他的狗腿子们一步步向张楠楠逼近。

张楠楠的匕首在空中又毫无章法地挥舞了几下。突然，他把刀锋对准了自己，只听到一声刀锋刺进肉里的声音，匕首捅进了他自己的腹部，鲜血喷出来，所有人目瞪口呆，他用手捂着伤口，尽量不让血涌出来，面目狰狞。

"你们别过来，再往前走一步，我就再捅一刀。"张楠楠的声音不再尖锐，痛让他的声音变得扭曲。

林觉显然也被这个架势唬住了，顿时停了停，但还是往前走了一步，带着挑衅的口吻："你不敢！"

只听到张楠楠又一刀捅进了自己的身体，这一次，鲜血喷到了林觉的脸上，滴落在芦苇地上，染红了绿色的苗，空气中弥漫着沉重的血腥味。

"虽然我杀不了你们，可我能把自己杀了，我倒要看看，你们谁逃得了干系，所有罪名都在你们身上，没有人会相信是我自己杀了自己，你们一辈子都要坐牢！林觉，你是主犯，等着一辈子蹲监狱吧！谁再往前走一步，我就再刺一刀，我看看你们谁敢动她！"

张楠楠把血淋淋的刀锋又对准了自己，他的手在颤抖，整个身体开始往下沉，但他硬撑着，如果现在倒了就前功尽弃了，他也很清楚，如果再有一刀，自己必死无疑。

他的表情从惊恐变成了无所畏惧，还有什么比不怕死更可怕，他一定要救简翎。空气里没有一点声响，只有他的血滴在地上的声音，他快要撑不住了。

"张楠楠，算你狠，你等着瞧。"林觉没再往前走，但也根本没有想放过他的意思。"你爱这个女人，她却不爱你。我告诉你，我刚刚睡了她，可是她已经不是处女了，他妈的才十八岁就不是处女，这种女人值得你爱吗？你就继续当你的傻子吧。"一阵狂笑后，林觉带着一群人离开了。

张楠楠倒在了血泊里，他的眼睛也开始流血，只有他自己知道，那是他难过的泪水，流到他的嘴角，是苦涩的滋味。简翎爬到他身边，浑身颤抖着，她双手在空中胡乱地抓着，可什么都抓不着。张楠楠已经没有力气睁开眼睛，他气若游丝，拼尽了全力说了最后一句话。

"简翎，我爱你，我比青暮更爱你。我可以为你去死……我……可以为你去死。"

说完，他就闭上了眼睛，双手瘫软在地上，他觉得自己快要死了，失心崖上飘荡着简翎无助的哭声，她用双手捧着张楠楠的脸，是无穷无尽的绝望。

哀鸿遍地，三个垂死之人。

38

车速越来越快，天色越来越黑，路越走越窄。从桂林开往青木镇的高速公路上，北角的车稳步地快速前行，他加速了，一定要赶在张楠楠动手之前，阻止悲剧的发生。

所有的往事在他的脑海里闪回了一遍，但他已经不再是十八岁时的少年，他不是十八岁的萧青暮，他已经三十七岁，是行将老去的北角。十八岁的萧青暮那么脆弱，那么懦弱，而三十七岁的北角，什么都不怕，他只想弥补简翎，张楠楠给了自己两刀才救下简翎，他们原本就应该在一起，自己远不如张楠楠那么爱简翎。要是简翎知道张楠楠已经从植物人变成了一个正常人该多开心，所以，一定要阻止张楠楠，他应该在某一个周末醒过来，和简翎相拥而泣，重新开始生活。

往事再次如密云般涌来。

等萧青暮醒过来的时候，人已经躺在镇上的医院，头上被缝了很多针，缠满了纱布。睁开眼睛，他看到的是姑姑陌生又疼爱的眼神。

"姑姑，你怎么会回来？"萧青暮问。

"你叔叔婶婶连夜打电话给我，说你可能要死了，让我回来送你一程，他们怕担责任。我想你不会这么命苦，你的命既然很硬，就不会这么死去。"姑姑满脸是泪，这个世界上，只有姑姑还爱着他。

姑姑说他已经昏迷了三天，另外一个叫张楠楠的现在还在重症监护室没有苏醒，如果熬不过今天，人就会死去。

"啊！"萧青暮发出了一声尖叫，三天前悲惨的事情再次浮现，无边无际的，都是简翎的哭声和张楠楠匕首刺进肉身的声音。

"姑姑，医生有没有告诉你，张楠楠这几天说了什么？"青暮想，此时此刻，张楠楠最想见的人应该是简翎。

"你昏迷了三天才醒过来，张楠楠抬进医院的时候基本是个死人，人都还没救过来，哪有说什么话。"姑姑说。

"那……简翎呢？"萧青暮问。

姑姑没有答话，只是摇摇头："你是为了那个姑娘才不跟我走的吧？"

"我问你她人呢？"萧青暮的声音低沉、怒吼、着急，"姑姑，你快告诉我，我要去找她。"萧青暮要起身，才发现自己根本动不了，浑身上下都缠着纱布，只要动一下，头就像被抽丝般撕裂。

"这个姑娘毁了，毁了，她被强暴的事现在镇上的人都知道了，他们在猜强奸犯是你还是张楠楠。"

流言能杀死人！在流言蜚语之下，向来自视清高的简翎怎么活得下去！如果张楠楠不能醒过来，他和简翎以后还如何能再坦然相对！想到这里，他的视线又开始变得模糊，头痛欲裂。

他提出想见简翎，姑姑不同意："青暮，姑姑知道你不可能是强奸犯，所以，这一次无论如何，你都要跟姑姑走。不惜一切代价，我都要让你清白地离开这里。"姑姑根本不允许他再见简翎，还一再叮嘱他，不管警察如何来问话，都要一口咬定强奸犯是张楠楠。"青暮，这是你唯一一次离开这里的机会，我不管你做了什么，我都不想听，你只需要记着姑姑的话，我就算拼了老命，也要护你平安。"

"不，不，强奸犯不是张楠楠，是林觉！"他对姑姑说出了真相。

命悬一线的张楠楠终于在这一天夜晚醒来。

因为伤口太深流血过多，他奄奄一息仍有生命危险，他的父母正张罗把他转到省医院，但医生不建议在此时转院，怕路途中出现意外出血，那后果就更不堪设想了。

警察很快来录了口供，萧青暮直接把林觉供了出来，知道真相的姑姑，更加笃定要带他离开。

张楠楠能开口说话了，他证明萧青暮不是强奸犯，同时也指控林觉就是强奸犯，他求警察不能姑息，因为他知道林觉家在镇上的地位，有钱就能打通很多环节。警方连夜传讯了林觉，林觉矢口否认，并反咬张楠楠才是强奸犯，他路见不平拔刀相助，与张楠楠厮杀，才会出手把他打伤。林觉知道不能反咬萧青暮，因为在大家眼里，萧青暮是个成绩好的好学生，且没有任何对简翎下手的动机，反咬他只怕舆论对自己不利，所以只能死咬张楠楠。

很快，警方锁定林觉和张楠楠是嫌疑人，萧青暮无罪释放。

萧青暮后来才知道，一方面是三方供词确实让警方至少将他的嫌疑排除在外，另一方面，是姑姑动用了一些关系，才让他的无罪定夺加快了速度。姑姑要尽快带他离开青木镇，否则他的人生就将毁于此。

一夜之间，三个少年的世界都变了。

全镇都在猜到底谁是真正的强奸犯，当事人双方各执一词，半个月过去，案件仍然没有什么进展。萧青暮出了院，张楠楠虽然还在住院，但已经转到普通病房，他这一伤，伤了根本，好在年轻，医生说暂时看不到什么后遗症。

不知道风声从何而来，传简翎在被强奸之前就已经不是处女了，更夸张的是，整个镇上都在传简翎已经怀孕，孩子不知道是谁的。这个暑假过去即将升高三，原本要补课的三个人，谁都没去报到，学校老师已经带话来，让他们安心养伤。作为省重点高中，萧青暮出了这样的事，学校还没想好如何处理，原本可以给学校带来极高荣誉的学生，如果处理不当，就会成为学校的污点。学校直接建议他休学一年，这对踌躇满志明年要离开青木镇的萧青暮来说，简直是晴天霹雳。

回到家的萧青暮，被左邻右舍的风言风语包围，各种难听的话都有。在这些流言面前，他胆怯了，他没有勇气继续在这个小镇上活下去，叔叔婶婶当他是丧门星一样躲着，他想自杀，可是姑姑寸步不离地守着他。

就这样被判死刑了吗？就这样放弃十余年的学业了吗？就这样被逼到命运的死角了吗？不，他不甘心！最后，他决定接受姑姑的安排，退学，离开青木镇，跟姑姑去她的城市重新开始新的生活。

他答应姑姑的时候，姑姑流了眼泪，这个侄儿如果她再不出手相救，就是将他推向死路了。

离开之前，他无论如何都要见简翎一面，这一次，姑姑答应了他。

他挣扎着出了门。

走出房门才知道，刚刚下了一场大雨，这些天他门窗紧闭，全然不知外面世界是什么样的。他扔掉姑姑塞给他的雨伞，独自走在雨中，他很虚弱，伤口被雨淋了之后又成了新的伤口，大雨几乎就可以将他打倒。他所经过的每一个地方，都有人在背后议论，他像堕入了万劫不复的悬崖，全世界都在等着他下跪，等他求饶，告诉全世界他不是个坏小孩，以求得所有人的原谅。

可是，他不能就这样下跪，姑姑给了他一条生路，他可以离开这里。

萧青暮走进了简翎的房间，简奶奶见到他，无奈地摇了摇头，没说什么话，也没有阻拦他，她知道整件事萧青暮也是受害者，但愿他的出现能安抚到孙女。

简翎抱着双膝，双眼无神，头发枯萎，嘴唇干裂得像满是裂纹的沙地，萧青暮走进她房间的时候，心马上就痛了，不知道她这半个月是怎么熬过来的。简翎抬头看了一眼萧青暮，没有动，仿佛是两个怨念已深的陌生人，她的反应，像一把刀一样，刺痛着萧青暮，比身上所有的伤口都要痛。

他必须离开，没有办法再面对简翎。

萧青暮想过去拥抱她，可是他也没有动，迈不动腿。他恨自己为什么不能像张楠楠那样以死相拼，像张楠楠那样勇敢，哪怕是自残，哪怕知道自己可能会死，也要救简翎。他更恨自己，在这个时候做出要离开青木镇的选择，但这是他唯一还能活下去的生路。

放自己一条生路，也许就是放所有人一条生路。耗在青木镇，大家都是死路一条。

他先开了口："简翎，明天我就要走了，跟我姑姑离开这里。"这句话像一万根针一样，扎在他和简翎的心上。

简翎将脸埋在膝盖里，她的双眼仿佛一夜之间失去了灵动，很久她才抬起头，看着他说："青暮，我没有怪你。这是我的命。"她的声音极小。"但是我好害怕，我一直在等你来，我们一起去看看张楠楠好不好，他那么可怜，比我们都可怜。"

两人心里又都是一阵痛，都不知道要怎么面对张楠楠。

"我已经跟警察说了实情……警察已经在调查了……我相信警察会还他一个公正的。"萧青暮都不知道自己在说什么，只知道自己特别浑蛋，可他真的很想尽快离开青木镇，一分钟都待不下去。

"你不去看看他吗？"简翎松开抱着双膝的手，慢慢地走下床。

窗外又开始下大雨了，看上去硕大无比的泡桐树叶被打得七零八落之后还要再次迎风而上，它们在和这个世界较劲。

"青暮，你已经决定要走了吗？你只是来告诉我这个结果的，对吗？"简翎问。

萧青暮低着头不说话，现在说什么都是伤害。

"我原本和你注定就是会走不同路的人，我们不会有结果，你成绩那么好，迟早有一天会离开这里离开我。我只是一直在骗自己，也许有一天我可以陪你去北京，可是，现在我知道了，我们原本就不可能。"简翎转过身来面对萧青暮，爆发了，她的声音几乎是吼叫，"我这么害怕和你分开，可是这一天还是来了，为什么会这么早？为什么你会这么狠心？前程就真的这么重要吗？比我还重要吗？"

简翎瘫坐在地上，她的歇斯底里耗尽了她所有的元气，她的痛苦不是青春白付，现在她清醒地知道，她这些年的青春，是错付了。

可她还在做挣扎，也许这样会让自己更清醒，她哀求着："青暮，你带我走啊，带我离开这里，再也不回来，你要是走了，我在这里还怎么活？"

泪流满面的萧青暮终于不忍，走了过去，抱着简翎，窗外的雨犹如古老的时钟，每走一下，都在告诉他们，留给他们的时间不多。时间是多么的残酷，青春已经死亡，现在他们都只是苟活着的残躯罢了。

不知道过了多久，萧青暮起身了，他要离开这里，来跟简翎告别，他心里就能安生一点。他知道自己懦弱，不应该在这个时候离开，可他没有选择，不离开就一定会自我毁灭。他等了十几年，就是为了离开，如今伤痕累累，更要离开这里。

只是这代价，就是要舍弃简翎。

"青暮，"简翎近乎乞求的声音，"求求你，再抱我一下，我冷。"

萧青暮回了头，再次把简翎抱在怀里，他有太多的不舍，要是没有简翎，他不知道自己这些年如何能安然度过，他想起十六岁时追着简翎离开的汽车奔跑的撕心裂肺。可现在，他必须离开，必须亲手在简翎心上撕开一个伤口。

简翎亲吻着萧青暮的嘴唇，惨白，无力，慢慢地，她把手伸进青暮的衣服里，抚摸着胸口的伤疤。那里还会痛，萧青暮想起初次坦诚相待的他们，想起第一次之后的海誓山盟，可是，这些都回不去了，他不忍面对简翎，他辜负了她，不能再这样下去。

他的身子背对着简翎，简翎慢慢地亲吻他的背部，他一动不动，闭上眼，任由她脱去他的上衣，又褪下了他的裤子，全身赤裸地站在她面前。他们曾经那样欣喜地贪恋身体的欢愉，但现在，两个人都是麻木的。

简翎的手在他的背部游走，忽然她张开了嘴，朝着他背上又咬了一口。在痛感来临之前，萧青暮本能地将简翎甩在了地上，可是简翎又扑了上来，一口咬在了他臀部上，这一口，比胸口咬得更深，带着撕扯声，身体上的肉几乎快要被咬下来。

青暮干脆不动了，他想，如果就这样死去也是一种解脱，如果简翎以这样的方式让自己好过一点，以这样的方式让他一辈子都记得她，他不可以躲避。

"青暮，我要你一辈子都记得，曾经有这样一个女生爱过你，她会一生一世爱你，可是你背叛了她。"简翎满嘴是血，她笑了，又露出了似乎从来没有过的邪魅的眼神，然后迅速冷漠起来。

"你走吧。"声音是那么陌生，萧青暮一辈子都没想过，只是一瞬间，他们就形同陌路了，女人的心狠起来，比谁都狠。

第二天，他就离开了青木镇。

萧青暮这个名字在之后的十九年里，慢慢地消失了，再没有人提起。他好像从来就没有来过，好像就不应该来过。

萧青暮和简翎，各自天涯。

他跟着姑姑到了桂林，跟着姑父改姓北，姑姑让他自己选字作为名字。

"就叫北角吧。"他轻声地说，他和简翎以前那么向往北方，向往去北方某一个角落里立足。

萧青暮已经死了，这个世界上，只有重生的北角，这个世间少了一个纯真的少年，只有一个为改变命运而坚忍的北角。

39

这样残忍的往事，什么时候想起，都是在自己的心上插刀。

北角的车子就像穿越了大山大川大江大海，走过了春夏秋冬，从黎明到黑暗，四个多小时，到了青木镇。

张楠楠比他早到一个半小时。

青木镇的婚俗是中午去女方家接亲，女方家会举办一场婚宴，下午接到男方家，祭祖拜堂，婚宴则是在晚上。张楠楠到的时候已经是晚上十点多了，婚宴和仪式早就举办完。

他的车沿着青木镇主街道直接开到了林觉家附近，今天是林觉大婚的日子，即便是冬天的深夜，仍然人来人往一派喜庆。南方的冬天很湿冷，人们一边搓着手哈着垫气，一边来讨个喜头，有人喝醉了，有的人还赖着不肯走，还要等一等，也许林觉父亲会出来派红包。

这时，有人来敲车窗，告诉他接亲车队都停在林觉家后面的一块大坪地里。张楠楠把帽子拉低了点，问今晚洞房的宾馆在哪儿，来人白了他一眼："当然是镇上最大最豪华的宾馆啊，往那边开，开到中间，挂了喜字的就是。"

正说着，西装革履满面春风的林觉从大院里走了出来，周围开始放鞭炮，这是深夜最后一挂鞭炮，恭送新郎新娘入洞房。

张楠楠把手中的烟头狠狠地掐灭了。眼看他高楼起，眼看他宴宾客，今晚，就要眼看着他的楼崩塌。他的眼里全是仇恨的光芒，冷峻着走向宾馆，今晚，他要终结这仇恨。

他走到宾馆前台说："我是今天婚礼的顾问，新郎新娘马上要到了，我要检查下婚房是否已经布置好。"

"下午你们婚庆公司的人来过了的。"前台小姐的口音很不清楚。

"我是女方这边请的顾问，全部细节都务必检查仔细，县长家的婚礼要是出了任何差错，你和我都担不起这个责任。"

前台小姐不再多说，直接把房卡给了他，还告诉他新房在六楼的贵宾间，整个六楼今晚只有一对新人入住，其他宾客住在楼下。接过新房的房卡，张楠楠并没有上六楼，他走到电梯间看到了后门，推开后门走了出去，径直上了失心崖，他要提前去看看，这条通向死亡的路，十几年来是否有变化。

今晚不是林觉死就是自己亡，只有这两种结局。

通往失心崖的路还是那样，冰冷，阴森，他从未觉得这是个好地方，不知道当年萧青暮简翎为何常来。这些年来这里的人少了，如今这里野草丛生，若非如今是冬天，路上可能会被各种枝条荆棘阻碍。今晚的夜色真好，清冷的月光照着这条路，犹如白夜。

等他从失心崖再到宾馆的时候，宾客全部都已散去，灯都熄了，闹洞房的人也尽数离去，整个六楼都留给了新人。张楠楠上到六楼的时候，和许多人擦肩而过，没有人知道这个人和新郎新娘是什么关系，林觉家面子很大，各路人马都会出动，多一张被人遗忘了十多年的脸，完全没有人注意。

他上到六楼，喝得酩酊大醉的林觉正在送最后一拨客人，嘴里还大喊着不要打扰老子洞房。

张楠楠冷冷地哼了一声。

等人都散去，林觉关上了门，张楠楠从黑暗的角落里走了出来，他的影子被灯光拉得很长很长。

一场十九年的恩怨即将拉开战场。

张楠楠敲了敲门，没有回声，他又敲了敲门，如果再没动静，他就要掏出房卡了。

"谁啊，给我滚蛋，老子要洞房。"门开了，林觉的眼睛只是半睁着，酒精麻醉着他的头，手还在解领带，衣衫不整，他刚刚关上门，正要脱光自己扑向美丽的新娘。没人知道，这个海外留学回来的新娘非常保守，结婚前自己还没碰过她，所以他今晚更加猴急难耐，终于等到这一天。此刻有人来打扰，他只想发飙。

门口这张脸林觉不认识，可能是女方的亲戚吧。"你谁啊，不知道老子包了整个酒店吗？滚蛋！"林觉歪着身子骂骂咧咧，要关门。

"林觉先生，楼下有位老朋友送来了一份结婚贺礼，需要你亲自下楼签收。"张楠楠不紧不慢，语气冰冷。

"你们懂不懂规矩，知道今天是什么日子吗？是我的好日子！让他们送到前台签收就行。"林觉极度不耐烦，把门砰地关上了，他再度向新娘卧室走去。

张楠楠掏出了房卡，迅速地打开门，从黑色大衣里掏出了一把匕首，跟十九年前那把刺向自己的匕首一模一样，他早就准备好了。张楠楠用匕首抵着林觉的腰，林觉正要挣扎反抗，刀锋戳到了他的皮肤，冰冷而尖锐，令他不寒而栗，酒顿时清醒了一大半。来者不善。

"别动，跟我走，你要是敢叫，我让你现在就丧命，跟我下去，把大礼收了。"杀手手里的刀是冰冷的，口吻更是如寒冰。

刀尖戳破了皮肤，有了痛感，林觉的酒又醒了不少，他往宾馆套房的卧室望了望，他的新娘此刻正在等着他，这是县长家的二千金，刚刚从英国留学回来，自己费了很大劲才把她搞到手。结了婚，明年他就可以平步青云，生意会铺得更大，会比父亲更有钱，前程似锦。今晚是他人生中最得意的时刻，能娶到县长家的千金，可以少走很多弯路。为了追到新娘，过去一年，他火速离了婚，并舍弃夜店狐朋狗友，不再夜夜笙歌，努力营造婚姻不幸的上进的苦情形象，才终于把新娘子追到手。

今晚，是他最春风得意的时候，过了今晚，他的人生又将不一样，他给父亲争足了颜面，全镇人都在感慨他的年轻有为和美好前途。他正迫不及待地要享受新娘年轻美好的肉体，他要在今晚达到欲望顶峰的时候，走向他人生的巅峰。

可一把匕首冰凉的刀锋，浇灭了他早已按捺不住的欲望，他感受到了来者的杀气。

张楠楠的匕首一直抵在林觉的腰上，他做好了打算，如果林觉反抗，他会就地解决。

林觉也是一块老姜了，知道此时不能硬拼。这些年他堕落了不少，早已是油腻的中年男人身材，身手早已不再敏捷，对方有备而来，自己肯定不是对手，不能贸然反击，只能乖乖地跟着下了楼。偶尔碰到一个人，也没人知道发生了什么，还以为是新郎在送朋友。走到门口，一个人都没有，林觉想大喊，但除了前台打瞌睡的小姐，整个青木镇已经沉睡。

"礼物在哪里？"林觉问。

"往山上走，大礼在失心崖。"来者声音冰冷绝尘，判断不出来是谁，听口音像是本地人，又不像，在青木镇，他没有仇人，人人都对他尊敬有加。猜不透来者的意图让他很不安，如果只是想讹钱，那就好说。

"你想怎么样？我跟你无冤无仇。你是想要钱吗？好好商量，要多少给多少，现在就可以拿给你。"林觉说得没错，今天收的礼金都在新婚的房间里，他试图谈判。以他打拼多年的经验来看，来者很有可能只是为了钱，镇里、县城、市区里知道他身份的人实在太多了，趁这个机会动手，除了图钱，他想不到对方还能图什么，但他拿不准。

"哼，我要的是你的命。"张楠楠抑制不住心中的仇恨，听到林觉的声音就冲动。他忍着，他要在失心崖边杀了林觉，只有那个地方，才能让这个仇人死得其所，才能让林觉知道当年自己有多残忍，林觉要为十九年前的恶行付出惨重的代价。

张楠楠反擒住林觉的手，匕首又往前抵了抵，押着人就往失心崖上走去。

去失心崖的路，地势越来越高，人很容易失去重心，两个人都很紧张，张楠楠要防止林觉反扑，而林觉则在寻找反扑的机会。

终于，在半山腰的时候，这个机会来了，林觉装作脚下一滑，张楠楠还没反应过来，一个反扑，张楠楠的匕首跌落在地上，他被林觉反踢了一脚，差点滚下山去。不等他站过来，林觉再度反扑，满身酒味的林觉非常拼命，两人厮打成一团，张楠楠胜在体态轻盈敏捷，而发了福笨重的林觉一时也控制不住他。两人打得鼻青脸肿，不相上下，谁也占不了上风。

但林觉还是借着酒劲，力气比平时大，而张楠楠到底昏睡了四年，底子弱，一个不留意，张楠楠就被林觉死死地掐住了脖子，完全不能动弹。林觉不知什么时候又捡到了跌落在地上的匕首，将刀架在了张楠楠的脖子上，他实在想不出这个人为何跟他有如此深仇大恨。

"你到底是谁？说！"林觉恶狠狠的，一副绝对战胜者的姿态。

张楠楠发出了低沉的笑声，声音像是一记重锤，让林觉错愕不已："我是张楠楠，你的克星，今天是回来取你命的！"趁着林觉还在惊恐之中，张楠楠一把推开林觉，将他踢倒在地，匕首再次掉落一旁，两人厮打在一起，难分胜负。

不是你死就是我亡，这是今天的结局，谁都不想放弃。

林觉逐渐又占了上风，张楠楠仍然奋力反击，眼看林觉手中的匕首就要刺向自己了，他死死地抓住林觉的手，两个人在寒风中搏斗。慢慢地，张楠楠体力不支了，林觉伺机将匕首举了起来，用足了百分百的力气，刺向张楠楠。

生死一线的关头，月光下，出现了另一个黑影，抓住了林觉的手，一把夺下他手上的匕首，将他踢倒。

这一次，张楠楠的震惊不亚于林觉，两人同时惊慌，这个黑影又是谁！

不可一世的首富家的公子哥，恐怕此生都想不明白，为什么在他的新婚之夜，自己会招来连环杀身之祸。

"你，你，你又是谁……"

40

手机一直在振动，张无然根本不想接，她知道是医院打过来的。母亲此刻应该还在西街登台表演，医院丢了病人，会想方设法联系上家属，可就算他们现在联系上了母亲，一切也都……来不及了吧。

她埋着头继续做高数题，今天这道题很难解，非常具有挑战性，需要她更专心致志，不受外界干扰。

持续振动的手机终于让老师忍不住了，老师从窗户边走到了教室中间，眼光扫射着教室，最后走到了张无然的座位前。此时手机还在振动，可是这位同学未免太认真了，似乎完全没有听到。老师很满意她的学习态度，全神贯注的学生最有前途。老师张了张嘴，却什么也没说，只是用手指在她桌上的书上敲了敲，张无然才抬起头，她真的非常认真，老师什么时候走到她面前的，竟然毫无察觉。

老师指了指手机，又回到了窗边。张无然知道手机振动影响到了上晚自习的同学，只好拿起手机看了看，医院的电话还在不断地打进来，她咬了咬嘴唇，手机差点摔在地上，她抓起手机往教室外面走。

按下绿色键。

"喂，这里是第一康复医院，请问你是张无然吗？"是医院的值班护士。

"我是。"

"四〇九病房张楠楠是你爸爸吗？"

"他是我爸爸。"张无然意识到自己的语气太过淡定，补了一句，加重了不少，"我爸怎么了？"

"你爸爸不见了，我们医院调看了监控，发现你爸爸今天下午五点四十分左右从医院离开，不知道去了哪里。如果他回家了，或者去学校找你了，请第一时间告知医院。"

张无然紧咬嘴唇，她以为自己会很淡定，但当这一刻真的来临时，自己还是很紧张，下嘴唇一直在颤抖。

护士还在说话："我们也通知了你妈妈，她现在正在往医院赶，我建议你们先回家看看，也许你爸醒来后先回家了，这个可能性极大。如果病人真的回了家，务必要第一时间告知我们医院。"

张无然看了看时间，晚上八点三十二分。

"我妈什么时候接的电话？"护士的话，让她知道事态严重，可能会发生自己完全无法掌控的事，她的手颤抖着，前一刻志在必得的信心正在丧失。

"我们得知病人不见了之后，就第一时间打了她的电话，大概有四十分钟了。她应该会先回家，你也回家看看，再马上来医院吧。"

手忽然连抓电话的力气都没有了，母亲比她预想中提前了两三个小时知道了这个结果，这是她无法把控的，她不能提前设定母亲的登台时间，只能预估，没想到母亲恰好接了这个电话。她迅速翻看了未接来电，又看了看微信，母亲既没有打电话给她，也没留言给她，一定是不想影响她学习，所以才没联系。

张无然一下慌了神。

"喂，喂，你还在吗？"原来电话还没挂断。

"在的。"

"请你也马上回家看看，保持联系。"

"好的好的，我这就回家。啊……对了，请问，我爸这件事，还有没有其他人知道？"她已经有点恢复镇定，告诉自己不能在此刻乱了阵脚，先抓住最重要的信息，情况没有想象的那么糟糕。

"其他人……有一个男人晚上也来过，是他先发现了你爸不见了的……"

"他人现在在哪里？"

"他在医院看了监控然后就离开了，看上去很着急，不知道他去了哪里……这个人和你们家是什么关系？"

"是我爸的一个朋友。好了，我现在就回家，有消息我会第一时间联系医院的。"

挂了电话，张无然在走廊里深呼吸了一口气。按照她的布局，张楠楠和北角此刻都已经在去青木镇的路上了，三个男人之间的一场杀戮，没有任何人可以改写。她想过很多次这场杀戮的最终结局：林觉被杀，张楠楠坐牢，北角是帮凶；张楠楠被杀，林觉坐牢，北角是帮凶；北角被杀，张楠楠被杀，林觉坐牢……啊，无论是哪一种结局，此刻他们都已经奔赴在这场杀戮的路上，真正的没有回头路了。

吸气、呼气，吸气、呼气，吸气、再呼气，张无然完全恢复了镇定，现在要做的，就是尽可能地拖延时间，不要让母亲找到张楠楠的下落。四十分钟前母亲接到电话，她不可能无动于衷，父亲醒来但又消失了这件事，一定会令她疯狂，悲喜交集，她肯定会选最快的一班船回到市区，而快船只需要五十分钟。

就在她思考的时候，又过了十分钟，母亲可能已经下了船，从码头到家也就十多分钟时间，也就是说，母亲很快就会到家。

张无然没有再退回去跟老师请假，来不及了，这十分钟，可能是她和母亲的交集，错过了这十分钟，她就猜不到会发生什么了。她的网，从一开始撒出去的时候，就没有把母亲算在里面，可是这张网撒到今天，不可能再让母亲什么都不知晓。

是时候让她死心了，这三个男人都不可留。

失心者，岂能留！

请假来不及了，张无然直接跑出了自习楼，今晚是平安夜，校园里一对对的情侣在慢悠悠地散步，阻碍了她的步伐，她心急如焚，只要一想到母亲可能在今夜受伤害而自己又不能把控，她的步伐就又快了几分。

在跑到校门口的时候放慢了脚步，又深呼吸了一口气。

校门外是一条马路，车来车往，但她等不及了，她必须要争分夺秒，于是横穿马路。她的家就在附近，小跑也就七八分钟的时间。

房子有点老旧，是母亲在她十岁那年毅然买下的，花光了母亲所有的积蓄，还背负了债务。母亲嘴上虽然从未说过，但她知道，这套房是给她的容身之所，为了让她和父亲分开生活，母亲用心良苦，只是她和母亲，要见面就只能在周末了。

没有人能分得清这样的安排，是好还是不好，对于十岁的张无然来说，从小就读寄宿，见不到母亲是件很伤心很伤心的事。每次想母亲，只能打个电话，听听母亲的声音，母亲很忙，母亲是个卖唱歌手，这份职业让她抬不起头来，所以她从来不跟班上的同学攀比。

有一年，也是冬天，也是在这条路上。她还在读小学，母亲送她回学校之后就要去坐船回阳朔，可是她实在太想母亲。一个人生活的孤独和苦楚，她从不敢跟母亲说，怕她担心，一直憋在心里。但那天终于忍不住了，母亲一走，她就开始号哭，一路哭着朝母亲离开的方向奔跑，谁都拦不住她。脚上是母亲给她新买的靴子，可这双新靴子让她跑起来很慢，她干脆把靴子连同袜子一起脱了，拎在手里，光着脚丫继续跑。路面寒冷入骨，她顾不得这些了，一边哭一边喊着妈妈，路上的行人都停下了脚步，给她让路。小女孩实在太可怜，她的脚被冻成了紫红色，不知道是踩着了什么，一只脚被扎破了，流着血，那条路上都是她带着血的脚印。

终于看到了那个熟悉的背影，母亲走得很慢，还没到船边。

"妈妈！"

张无然哭喊着，在她的世界里，只有"妈妈"这两个字才是有温度的，不管什么时候想起来，都是支撑她活下去的信念。不知道为什么，她今天非要追到母亲不可，哪怕立刻被冻死，她也要见到母亲。此时，唯有妈妈，是世上最后一丝温暖。

母亲终于听到了她的哭喊声，回头一看，女儿正张着双手朝自己奔过来，光着脚丫，手里拎着靴子，神情悲痛。张无然奔向母亲，母亲回头的那一刻，她就松开了手，靴子掉在地上，她只想让妈妈抱一下，哪怕一下也好。

母女俩在街头抱头痛哭。

母亲流着眼泪，脱了身上的大衣，把女儿的双脚包在大衣里，立刻就温暖了，母亲紧紧地把她抱在怀里，母亲的心，比任何时候都要痛。

"妈妈，我就是想你，今天好想好想。"小女孩擦掉母亲脸上的泪水，可那些眼泪好像根本就擦不尽。有很长一段时间，她以为母亲不爱自己了，要不然怎么会把她一个人丢在这清冷的市区自生自灭。可现在母亲哭得如此凶猛，她又有点后悔，母亲怎么可能不爱自己，是自己太任性，惹她伤心了。

母亲的脸被冻得通红，哭得全身颤抖，嘴唇乌青。一边哭一边用手擦去脸上的鼻涕和眼泪，母亲该是多伤心，才会这样痛快哭一场。

"对不起，无然……都怪妈妈不好……是妈妈的错……今天……妈妈……"母亲哭得不能自持，话也说不完整，张无然的心也跟着碎了，自己的任性让母亲这样受罪，以后再不任性了。

她擦干自己的泪水，双脚从母亲的大衣里挣脱出来，但很快又被母亲紧紧抱住，大衣外面的世界太冷了。

"妈妈，你冷不冷，我想回家。"

"好，妈妈今天陪你，我们现在就回家。"母亲把她连同大衣抱起来，小女孩看到母亲的嘴唇发紫，知道母亲很冷，自己想了一招。

"妈妈，要不这样，你背着我，把大衣披在我身上，这样既包住了我，又可以包住你，我们就都不冷了，好不好。"

母亲点点头，她自己上了母亲的背，母亲反手用大衣覆盖在她身上，张无然尽量缩小自己的身体紧紧地贴着母亲。这样，大衣也盖住了母亲的身体，母亲真的很瘦小，背部仿佛跟自己的身体差不多大。

当走到她松掉的靴子面前时，母亲把她放下来，她以为母亲是要给她穿靴子。但母亲只是把路边的靴子捡起来，让她拎着，又把自己的靴子脱了，袜子也脱了，拎在手里。路上很寒冷，母亲的脚踩在路面上，很快就冻成了紫红色。

"妈妈，你快穿好鞋子啊，不要啊，妈妈，真的很冷的。"张无然刚刚光着脚走过，她知道这条路此刻有多冷。

母亲看了看她，把她的头发拨到小耳朵后面，母女俩的眼睛对视着，这是她觉得最温馨的时刻。

母亲说了一句让她此生难忘的话："只有妈妈体会到有多冷，才会知道你刚才有多冷，妈妈痛了，才知道你有多痛。"母亲永远都想不到，这句话一直铭记在女儿的心头，是啊，母亲的脚立刻就被冻红了，跟她刚才感受到的冷一模一样。日后，等她撒开那张大网时，小女孩涌上心头的第一句话就是母亲的这句话，只有让他们都痛，才会知道母亲的生活有多痛。张楠楠是，北角先生也是，他们一个个体会到了母亲的痛，才会在举起匕首的时候毫不动摇。

此刻，十八岁的张无然走在这条路上，她仿佛又看到了母亲光着脚，背着她，一起回家，步伐深深浅浅，如同她们浮浮沉沉的命运。

留给她的时间总是不够多，就像现在，她已经预知如果等不到母亲，计划可能会不可控，如果等到了母亲，那等待她的，也将是一次撕心的伤痛，伤了母亲，也将痛了自己。可是她必须要勇敢面对这一切的到来。

在那年冬天这条回家的路上，母亲跟她说："无然，以后不管我们遇到什么困难，我们都要勇敢面对，你只需要记住，妈妈会永远爱你的。"

小小的张无然趴在母亲的背上点点头，她希望让母亲知道，不管她做什么都是因为她爱母亲，也不管她做错了什么，希望母亲都能原谅她。那一天之后，她时刻告诉自己，以后再难，也不能在母亲面前展露喜怒哀乐，母亲已经够惨的了，如果自己不开心，只会加重母亲的惨。

所以，她要活得很阳光，比任何孩子活得都要开心，只有这样，才可以隐藏自己内心的恐慌，才能缓减母亲的痛苦。

41

张无然很快就到了家门口，里面没有任何动静，她掏出钥匙把门打开，又看了看时间，如果母亲十分钟后没有出现，必须要去医院。

　　不到五分钟，母亲果然回来了，母亲一进门就先把她搂在怀里，很紧张：
"无然，你没事吧？"

　　"妈，我没事。"张无然回应着母亲，她知道母亲为什么紧张，母亲担心的是如果父亲回家了，会不会发生冲突。

　　母亲松开她，慢慢地走向卧室，打开门，没有人，她又打开女儿卧室的门，房里是空的，最后她走向书房，那已经是杂物间了，她轻轻地推开门，门发出了缓慢的吱呀声，里面也没有人。她在门口迟疑了一下，回过身来看着女儿，想必女儿也是接到了医院的通知，她原本不想告诉女儿，怕女儿不知道怎么面对。另一方面，她拿不准张楠楠想做什么，能从植物人醒过来是一件多好的事，为什么不告诉自己，也不告诉医生呢？更可怕的是，他是在晚上离开的医院，这里面必然有什么他不能让人知道的事要发生。

　　张楠楠沉睡的这五年，是这个家最平静的五年，她不用担心女儿的人身安全。可他又突然醒了，什么时候醒的，醒来后去做什么了都不让人知道，充满了黑色的恐惧，这个家，又将陷入新的恐惧里。

　　"妈，我都知道了，我爸已经醒了，可是他现在又不知道去了哪里。"不等母亲开口，张无然先说话，要想在这场战争里让自己和母亲全身而退。她今晚必须堵住母亲，医院不能去，否则她布下的局，可能很快让人揭穿。

　　"无然，你先回学校，什么都不用管，什么也不要想，有妈妈在，不用怕的。"母亲走过去把她抱在怀里，母亲的身子真的很单薄，不过才三十七岁，如果不化妆，已是那么苍老。脸上长满了斑点，头发也白了，隔一段时间就要染一次头发，韶华在她身上过早地逝去。

　　三十七岁，可是她已经有了一个十八岁的女儿，这些年来，张无然一直试图问母亲为什么当年那么早就生下她。她知道母亲不会回答的，自从她知道了当年的真相之后，心里除了痛，就是感激，母亲在那样悲痛的浩劫之下，知道怀了身孕还决意要生下自己，光这份勇气，就很伟大。所以，无论如何，都要救母亲出水火。

诗人海子说，你来人间一趟，你要看看太阳。母亲给了她来人间一趟的机会，只不过母亲想不到，这满是裂缝的世界，却如此不透光亮，她渴望看到太阳，也渴望吸取太阳的能量来护体。

"妈，不要去医院。"母亲正要走，她伸手拉住母亲的手，不让她走。

"无然，你不用怕，没事的。听妈妈的话，你现在就回学校，妈妈去趟医院，很快就回来。"简翎松开女儿的手，她只道是女儿害怕，因为张楠楠曾经多次对她动手，女儿恐惧，也让她心里更内疚。她转身要走，又回头看了一眼女儿，叮嘱道："今天你就睡在学校的寝室，哪儿都别去。"

"妈！"张无然大喊了一声，现在必须豁出去了，"你可不可以为自己而活！"

少女的五官扭曲着，这是她最想对母亲说却从未说过的一句话，母亲为女儿而活，又为一个不值得的男人而活，这样的人生，有何意义。

"你在说什么？"简翎回过头来看着女儿，不可思议。她停下了脚步，这才留意到，女儿今天很奇怪，平静得不像一个十八岁的女生，这么大一件事，她脸上始终波澜不惊。

"妈，你别去医院，爸他不在医院了。"

"你知道你爸在哪儿？"简翎盯着女儿的眼睛。

张无然侧着头，不敢看母亲的眼睛："医院不是都说了嘛，他不在医院啊。"

"无然，你是知道爸爸在哪儿，对吗？快告诉妈妈。"简翎一步步走向女儿，女儿的表情已经出卖了她，她显然知道些什么。可能在她还没进门的时候，他们父女俩就已经在家里见过面了，一定发生了很大的冲突。

"妈，我什么都不知道。"张无然低着头。

"你爸是不是回来过？"

"没有。"

她半真半假，只是这个年纪根本承受不住这么重的谎言，她低着头，双手十指交叉在一起，使了很大力气，手指皮要溢出血来了。

"他是你爸爸，要是你知道什么，一定要告诉妈妈。你现在就回学校。"
见女儿否认，简翎又觉得是自己过于紧张，女儿才多大，什么都不懂，不应
该这样咄咄逼人。但她有一种恐慌，至少家里是不能待的，女儿一个人在家
很危险："妈妈去医院问问情况，毕竟他是你爸，我们应该把他找回来。"

"妈！"听到这一句的时候，原本就开始崩溃的张无然彻底崩溃了，"妈，
你还要骗我到什么时候？"

像是被什么重重地敲击了一样，简翎盯着女儿："什么？妈欺骗了你什
么？无然，你到底知道什么？告诉妈妈。"最后一句，她的声音很轻，可是
却很有力度，不容女儿辩驳的力度。

"妈，五年前我就知道了，他不是我的亲生爸爸，你为什么要一直瞒着
我，你还打算瞒多久？"所有事情都应该有个结果的，张无然此刻已经没有
顾忌了，迟早要走到这一步，于是她主动将真相捅破。她要救的，从来就不
是自己，而是母亲。

简翎死死地盯着自己的孩子，突然失去了勇气，浑身无力，女儿是怎么
知道事实的？五年前，张楠楠失血过多，医生拉着女儿去验血，她原本想阻
止医生，她清楚，如果女儿知道这个事实，原本对张楠楠的仇恨以后就再也
没有理由缓和了，这个家就会支离破碎。自己的一生毁了，女儿的一生还没
开始，她不应该面对这样残酷的事实。所以，她私下找了医生，告诉医生这
个孩子跟张楠楠没有血缘关系，她求医生一定要替她保密，不能让孩子知道，
她又特意去了一趟验血科，求里面的工作人员千万不能说。

万万没想到，女儿其实早在五年前就知道了真相，反过来瞒了她五年。
这五年女儿是怎样在真相里度过的？自己竟然丝毫不知情。简翎看着女儿，
她很心疼，眼前的女儿现在如此陌生，她什么时候长大到心里藏着这么大一
个秘密，而却毫不声张？

"验血科的人告诉我的。"张无然不想再说谎话，何况现在这些都不重

要了，"妈，我什么都知道，包括你在青木镇的故事，我也知道，你应该拥有全新的生活，不要再被他们纠缠了。"

"你还知道什么！"简翎几乎是在吼叫，她再也控制不了自己的情绪，她抓住女儿的身体，使劲地摇晃。

"我什么都知道，我知道你在十八岁那年所经历的一切痛苦，你爱的男人背叛你抛弃你，你被一个你不爱的男人糟蹋，最后你又嫁给了另一个你不爱的男人。妈，这是何苦啊，为什么要把自己的一生全部搭进去？你好傻，到底是为什么？你毁了你的前半生，还要再毁自己的后半生吗？"

张无然的声音哽咽，可是她哭不出来，眼里一滴泪都没有，只有愤怒，和对母亲的不解，对这个世界的不解。

简翎没想到女儿不仅知道张楠楠不是她亲生父亲的事，还知道了自己的过往。她根本不知道女儿是怎么知晓的，更不知道原来女儿早就替自己背负了沉重的过往。

可尽管如此，眼下找到张楠楠才是最重要的事。

"你一定知道你爸在哪儿对不对，快告诉妈妈。"她抓着女儿的手不肯放。

"我不知道，我不知道，我不知道。"张无然连喊了三声。她很难过，为什么在自己讲这么重要的事情的时候，母亲不顾她的感受，丝毫不反省自己的人生，还在坚持要找到那个她们都不爱的男人。如果当年这个男人对母亲有救命之恩，那点恩情也早就在这漫长的折磨里消失殆尽了，离开他，才能过新的生活啊。

母女俩在各自的思绪里坚持。

"你才十八岁，还不懂这个世界的爱，妈妈不能不管你爸。"

"来不及了，妈，你死心吧。"张无然打开书包，从书包最里层拿出三张便签，三张发黄但还能看出本来是青色的便签，说，"妈，以前你经常去一家叫猫耳朵的咖啡馆对不对，我在那里发现了这个。"

她把三张便签递给母亲。

简翎的脸色发青，她正在被事实一步步击溃，自己全心付出不求回报的生活，其实早就溃烂了，苦苦维持的生活原来如此不堪一击。

她从女儿手里接过那三张便签，那么柔弱，只要力气重一点，它们就可能被揉碎。便签是她刚到阳朔的那几年在一家咖啡馆所写，那个时候她不过才二十出头，却充满生活的戾气。

这三张便签分别是 2002 年、2003 年、2004 年写的，现在想起来，当年多么的少不更事。生活的愁苦竟然会让她去一家陌生的咖啡店寻找寄托，可她一直写到 2012 年，因为她已经习惯了。那家咖啡馆就像是她的解忧杂货铺，哪怕每年只去写一次，哪怕就只写一句话，仿佛都得到了一种解脱。

2001 年，她回了一趟青木镇，去接张楠楠出狱。张楠楠剃着光头，眼神却像孩子一般兴奋，但他眼里的光芒很快就消失了。因为她在监狱门口说，她愿意嫁给他，问他是否愿意，张楠楠开心得不得了。下一刻，她又告诉他，她有个两岁多的孩子，必须要先接受这个孩子，她才会嫁给他。当时张楠楠的脸色立刻阴沉下来，可他很快就做出决定，跟着她离开青木镇。

她不能辜负张楠楠，一个愿意为她去死的男人，而作为母亲，她也有责任给张无然一个完整的家庭，要给孩子一个名义上的父亲，不能让她从小就在父亲缺失的生活里。

可谁知道，她的决定，她的善良，终于抵不过残酷的现实生活。她带着张楠楠去了阳朔。她此前在广东一带打工，但生活压力太大，大城市始终排外，不利于孩子成长，所以她特意挑了个小地方，没有那么大的压力，这就是阳朔。

她知道萧青暮那年去了桂林，她一度很矛盾，西街离桂林那么近，似乎能感受到她爱过的男人就在周围。而这个地方又是萧青暮一定会离开的地方，她太了解他，他一定会去北方读大学，一定再也不会回到他曾经生活过的地方了。

她什么都没猜错。

简翎想的也都被张无然猜中了，所以她在给北角的其中一封邮件就写着："最危险的地方最安全，最害怕的地方最无害。"

此刻，简翎把三张便签打开，第一张写于2002年，是她来西街的第二年。张楠楠性情大变，从监狱出来之后找不到工作，全靠她养着，张楠楠变得越来越不耐烦，对生活失去信心，开始有了轻度的家暴。她在咖啡馆写这些便签的事，张楠楠从来不知道，却没想到被女儿都看在了眼里。

她的脸变得扭曲，恐惧让她看上去狰狞，欲哭无泪。她根本不敢看这三张便签，那是她心灵最脆弱的地方，直接击垮了她，她把它们揉成一团，狠狠地摔在了地上。

可张无然默默地蹲下，捡起来，将三张便签重新舒展开来。

她轻声地念着："2002年。从来不知道做一个选择会如此艰难，到底要不要坚持？青暮，你在哪儿？"

念完这一句，她看了母亲一眼，打开第二张，继续念着："2003年。青暮，你过得好吗？我很不好。"

母亲已经抓狂，她没有停下来，时间拖得越久越好，母亲迟早要直面这些脆弱。"2004年。青暮，我以为我不会想你了，可你知道吗，我发现我还爱着你，爱你，让我痛苦。"

简翎是真的痛苦，她现在都忘了，原来那些年自己心里想的，全部都是萧青暮。后来，她的心死了，一心只想将女儿抚养成人。

"妈，你恨这个男人吗？"张无然轻轻地问。

简翎不说话。她这一生为这个男人哭了太多，她太爱这个男人，甚至这一生都在爱，她和他还有未解的缘分，很多年前她还幻想和他一定会有一次重逢。可是，这些念头，在张楠楠成为植物人之后彻底断了。现在被女儿问起，她一点心理准备都没有。

"妈，你还记得你隔壁旅馆阁楼上住的那个男人吗？"张无然看着母亲，此刻她必须像个勇士，一层一层地剥开母亲的心，只有让她自己舔舐伤口，才能更快地愈合。

简翎疑惑地看着女儿，女儿越来越陌生，女儿今天说的每一句话她都听不懂。

"无然，你想说什么？"

"北角先生……就是当年的萧青暮。"张无然轻飘飘地说出了真相，她幻想过无数次对母亲说出事实的场景，当这个场景真正到来的时候，却是如此血淋淋。

简翎张大了嘴，她显然不敢相信，那个叫北角的男人，果真是萧青暮？她一度想要去证实的幻觉，原来是真的？

"他怎么可能是青暮，他们没有哪里像。"

"是啊，他们一点都不像。这十九年他为了躲你，几乎完全变了一个人，又怎么会让你轻易认出呢？但其实，妈，你没认出来，主要是因为你对生活已经绝望了，哪怕是十八岁的萧青暮站在你眼前，你也认不出的。"

简翎还在惊愕之中："可他为什么不直说？"

"他不敢。妈，你也不敢，你们都不敢。如果不是我设计引他回来，他也许打算彻底忘记你。"

"你……设计……引他回来？你要做什么？"女儿此刻在简翎眼里，是天使之身、魔鬼之心。

"妈，你还记得猫耳朵咖啡馆那场大火吗？"

简翎抬起头来，狐疑地往阳台看了看，女儿打工的咖啡馆工服还挂在上面，她走过去，取下来一看，上面印有"猫耳朵"三个字。

"大火是你放的？"

"妈，不是的，我没有这个胆子。我只不过是让北角先生去了那家店喝咖啡，又让他看到了你写的后面几年的便签，他就痛苦得不得了了。至于那场火，我只是在当天的蜡烛里多滴了一点松脂，想不到老板果然忘了熄蜡烛就离开了，算是在意料之中吧。这场大火烧掉了你所有的痛苦，北角先生以后看不到你的痛苦了，他才会加倍地痛苦。"

"为什么?!为什么你要这么做?!你在算计什么?!"简翎几乎是要炸裂了,女儿做了这么多事,可她这个母亲,却一无所知。"为什么要让他回来?你说,你说啊。"简翎已经失控,十八岁的女儿,这么工于心计,让她这些年好不容易建立起来的对生活的希望,毁于一旦。

"妈!你真的想知道吗?我只是想救你啊!"张无然的声音发抖,她终于有勇气说出藏在她心里的话了,"妈,你知道为什么我的高考志愿没有填北京的大学吗?我那么渴望能从这里逃离出去,可是,偏偏在那个时候,让我发现了一个秘密,其实爸已经醒来了,他却一直都没告诉你!你说可怕不可怕!"

实在不能再大声音了,母亲一定会崩溃,可是,这些真相必须要现在告诉她。

什么?张楠楠已经醒了四个多月了?醒来这么久,为什么要隐瞒所有人?

"我也不知道他为什么不告诉我们。你还记得那次你让我回去取病历吗?我在门边看到他在翻柜子,他把衣服一件一件扔出来,还是那么暴躁,我害怕,妈,我很害怕。害怕他让我们再回到以前提心吊胆的生活,我不想看到他再折磨你,也绝对不能让他再伤害你。"

张无然的眼神变得凶狠冷漠起来,从前的伤害仿佛再一次回到了她身上,切肤地痛。

简翎简直要疯了,她疯狂地摇晃着女儿的身体,她能预感到,张楠楠之所以不告诉自己他醒了,一定是女儿做了什么。

"我什么都没做,我能做什么!妈,你清醒点。你觉得我能做什么?八岁的时候,他打完我又打你,在西街那间小屋子里,他就是个疯子,我八岁的时候就想拿刀杀了他啊。可你,却还想着跟他好好过日子。他呢,除了施暴,还会做什么啊?"

刹不住车了,张无然任由自己全程失控,继续嘶吼着:"他伤害你,家里永远鸡犬不宁,我十岁的时候他把我扔出家门。"

张无然走到门边,打开门,十岁的时候,她已经住到这里来了,就是这扇门，父亲把她拎起来，像扔一件废品一样扔到门口。头撞在墙壁上，腿狠狠地摔在台阶上，磕破了皮，血流成河，她活得像一个残废，完全没有反击之力。这样的生活为何还要过下去？那一晚，要不是母亲哭着爬着把她送到医院，她早就残废，也可能早就已经死了。

"妈，我想过自杀，我想死了算了，一了百了。"昏暗的灯光照在她的脸上，冬日里的飞蛾全部扑在灯上，寻求最后一点温暖，哪怕那点温暖是如此微弱。是啊，飞蛾都知道要在寒冷的日子里去扑灯泡散发出来的一点点光芒寻求生机，为什么她不可以，为什么她只能坐以待毙，等待命运随意判个死刑？

简翎失语了，女儿说的一幕幕，也都是自己的生死之门，要是没有女儿，她岂会苟活。这世间没有什么可以留恋的，命运于她而言，从一开始，就只是被动地往前走。

"妈，我什么都没做，没有犯任何法。我只是假装不知道他醒了，假装告诉他，他的仇人林觉在今天结婚，林觉娶了县长的女儿，此生平步青云，过着人上人的富贵生活。我就告诉他这么多。"

"所以……他今天回青木镇了，对不对？你让他去复仇了，对不对？"简翎恍然大悟，这些年她早将自己置身于各种事外，对青木镇的事更是从不打听，也不想听。以张楠楠后来的暴躁脾气，肯定会被这些话刺激到，回去杀林觉他一定做得出。原来他还没有放下，这个愚蠢的男人。

不行，一定要阻止张楠楠，他好不容易醒过来，又回去复仇，别说他是否杀得了林觉，一旦被发觉，反而可能会被林觉所杀。如果他杀了林觉，等待他的只会是终生的监狱，太可怕了。他这一生经历了太多的不如意，如果后半生还要在监狱度过，他的一生就彻底毁灭了。

女儿是无辜的，她才十八岁，本就不应该有这么重的心机。她布的局即使再完美，也肯定有很多漏洞。现在出发，也许还来得及，回到青木镇，阻止悲剧的发生。简翎刚迈出两步，又想起了什么，还有一件事情，没问清楚。

"萧青暮又和你做的这些事有什么关系，他和你，有什么仇什么怨，你要这样折磨他？"

"他和我没有任何恩怨，可是他在十九年前背叛了你，毁了承诺，所以他现在也是该得到报应的时候了。"

"你利用了他的善良。"

"我只见过他几次，只不过让他重温了你这十九年的痛苦，不，他看到的，还不到三分之一。于是，我赌他还有良心，如果他还有良心，此时此刻，也应该在青木镇了，他可能会和爸联手，一起杀了林觉。"

痛快！终于把这一切都说了出来，张无然仰天一笑，再也没有心理负担了。

"啪"，沉重的一记耳光甩在了张无然的脸上，简翎的手狠狠地扬了起来。只有她知道，萧青暮是这个世界上最善良的人，他当年的背叛，不能全怪他。可他的善良，却被女儿如此利用了。

张无然捂着脸，嘴瞬间红肿，这是她十八岁以来，母亲第一次打她，还打得这么重。可是她不难过，她觉得很痛快，终于不用像一个魔鬼一样生活了，不用再筹谋什么，再也不用守着什么秘密度日了。今晚是张无然最难熬的一关，善良的母亲，从来不会为自己争取什么，从来不会怪罪别人，连这三个联手毁掉她一生的男人，她都还要维护他们，真是愚昧。

放下？什么是放下，谁放下了？母亲放下了吗？没有！母亲痛苦，要是真放下了，就不会自己折磨自己。张楠楠没有放下，那么几句话就把他的仇恨激了起来，不惜再去杀人，难道他不知道杀人是要偿命的吗？北角先生更没放下，一封带有孔雀翎的邮件，就让他放弃了北京的生活，像一颗棋子一样，走进了迷宫。

故事里所有人的生活都如此脆弱。

简翎很后悔，怎么可以打女儿，可她控制不了自己，萧青暮不应该承受这些，更何况还有些事，萧青暮原本就不知情，女儿也不知情。为什么非要在此时此刻跟女儿计较呢？现在最应该做的，就是回到青木镇，也许还能在张楠楠下手之前拉住他。

如果真能如此，她一定会告诉他，她想好好跟他过一辈子，重新开始。

时间不多了，简翎抓起桌上的大衣就往楼下跑，被女儿一把拽住："妈，你要去哪儿？不要去，不要去啊。"

张无然哀求母亲，但还是被母亲甩开了手，母亲飞速地跑下了楼梯。

不能让母亲去，绝对不能，母亲这一去，她这几个月的布局可能就白费了，结局就不在她的控制范围了。三个男人厮杀，可能会将母亲推向火坑，母亲一定会用生命去阻止最坏的结果，那就真的成了最坏的结果了。

张无然也开始往楼下跑，她已经听到了母亲开楼门的声音。

等她出了门，母亲跑到马路对面了，她有点着急，站在马路这边大声喊："妈，你不能去，你回来啊。"可母亲根本就没有停下来，她急得只能横穿马路。

一辆大车向她飞速驶来。

42

那辆大车速度极快，差点就撞到了她。

她来不及顾及心里的惊慌，又穿越了好几辆车走到马路对面。简翎正捂着嘴，站在家门口那条路上，看到那辆车从女儿身边飞驰过去的时候，她的心跳了出来，如果女儿出了事，她这辈子就真的没有任何希望可言了。

幸好女儿没事。她紧紧地抱着女儿，上苍保佑。

可她还是要回青木镇，不管是去救张楠楠和无辜的萧青暮，还是去了却一桩十九年前的恩怨，她都要赶回去。女儿有一天一定会懂，等她长大了，她会知道作为一个母亲的不容易。

她松开女儿，她要走，前面就有一个租车的店，她必须回去面对人生。她一边走又一边回头看女儿，看着女儿安好才能走，她实在不能失去女儿。

张无然再不说话，她默默地脱下靴子，又脱下袜子，让自己光着脚丫，踩在阴冷的路面上，只几秒钟的时间，她的双脚，就冻成了紫红色。

那一年，也是在这条路上，十岁的她为了追上母亲，光着脚丫跑了一段路。就在前几天，她也让北角先生赤脚走了一趟，刺骨的痛让他们一生难忘，只有经历了这些痛，才知道她和母亲活得有多痛。此时，或许只有这个办法能留住母亲。如果还留不住，只能说明，母亲心里还有牵绊，这个痴情的傻女人，不知道自己的一生是被自己的善良毁了。

赤着脚在寒风中走着，她是如此悲壮，她已经不是那一年的小女孩了，她经历了太多的风雨雷电，没有什么可以打倒她。赤脚的冰冷带来的痛苦，才会让她清醒，才会让她对今时今日所做的事情全然不后悔——如果真的可以拯救母亲的话。

这一次，她没有跑，赤着脚朝着母亲的方向走，只要母亲还会回头，就一定能看到女儿的痛苦，看到女儿的一片苦心。她以为自己还会再哭出来，因为那一年她哭得很惨烈，可是现在没有，哭不出来，都走到这一步了，还有什么可哭的。

没有什么比现在更糟了，也没有什么能比五年前更糟了，不是吗？

简翎回了头，女儿正赤着脚在路上走。那一年她就发誓此生不会让女儿再这样走了，可现在，女儿就赤着脚，一步一步，不知深浅，她不能不管不顾。

她停下了脚步，坐在路边，把鞋子脱了，又把袜子脱了，现在她也赤着脚，走向女儿。

母女俩相互望着对方，女儿是欣慰的笑容，母亲是悲伤的泪水。两人在中间重逢，她们懂彼此，在这一刻看懂了对方，隔阂全无，仿佛刚刚发生的，都没有发生过。

简翎把大衣脱下来，蹲下身子，围住女儿的脚，女儿十八岁了，不能再像那年一样把她抱起来用大衣裹住她，但愿这一点温暖，也能让她好受。

"妈，可以不要去吗？答应我。"张无然知道没有希望，也要最后一次哀求母亲。

"无然，你知道妈妈为什么一定要去吗？"简翎抬头望着女儿。

张无然摇摇头。

"因为我是你的妈妈。"简翎又流下了眼泪。

因为她是女儿的妈妈，妈妈不能看着女儿一步一步走向毁灭。女儿今天布下的局，只有她才能去化解，只有做母亲的，才愿意去为女儿化解所有糟糕的局面，甚至不惜付出生命的代价。

这个世界上，只有母亲是最伟大的，哪怕只是微弱的光芒，却能照耀每个孩子的黑夜。

"无然，妈答应你，一定会活着回来，我们还要一起走很多很多的路，脚下的寒冷伤害不到我们的，对不对？"简翎的泪无声无息，她哭不出声音来，女儿最让她愧疚，她自私地把女儿带到人间，从未有过快乐与幸福，却经历了痛苦的惊惶和不安，这是自己的罪过。

所有罪过都应该由自己这个做母亲的背。

简翎走进了租车店，一脚油门开到了马路上，女儿还站在那里，无悲无喜，看着她的车开过去。

张无然没再阻拦母亲，她熬过了最难的一关，她现在能做的，就是等母亲回家。

等母亲回家，十八年来她都是这样过的，母亲给了她一片天，现在，母亲依然是她的一片天。

43

北角瘦长的身影笼罩在林觉的脸上，脸上的轮廓冷峻冰凉。

"你又是谁？"林觉问，黑影有多长，他的恐惧就有多大。

"我谁都不是，我是一个失心者，十九年前，萧青暮差点命丧失心崖。"声音令人不寒而栗，林觉和张楠楠同时倒吸了一口冷气，张楠楠在瞬间的惊讶之后，心里冒起了另一道寒光。

今天真是一场好戏，要么都不来，要来都一起来了，先是自己，后是萧青暮。

林觉的惊恐更大了，今天这两个都是有备而来，自己凶多吉少。

趁林觉还没回过神来，张楠楠已经翻身捡起路边的匕首，架在了林觉的脖子上，林觉的脖子上立刻渗出了一道深深的血痕。这一次他死死地控制了林觉，一路拽到了失心崖。

失心崖上一片哀鸿，月光冷清，照在每个人的脸上，清晰如镜。

林觉看着眼前的两个人，十九年过去了，从青木镇消失了十九年的萧青暮和张楠楠竟然一夜之间活生生地同时出现。恐惧像乌云压来的同时，他还是不肯服软，他是谁啊，他是不可一世的青木首富儿子，娶了县长家的千金，可谓平步青云，什么时候看过他人脸色。

"都过去十九年了，你们还能为那个贱人回来，真够痴情的。来啊，放马过来，我倒要看看你们是不是真的敢杀我，看看你们有几个脑袋敢在我的地盘动手，看看你们到底能不能活着走出青木镇。"林觉一如既往地横，两个十九年前的手下败将，不信他们十九年后敢怎么样。

可他的横，他的嚣张，只会激起张楠楠的仇恨。

张楠楠抬起一只脚，踩在林觉的脸上，像当年林觉踩在萧青暮脸上一样，当年林觉是如何羞辱的，现在他都要双倍、十倍奉还。

被踩得很痛，但屈辱感让林觉还在叫嚣，他怎肯服输。

"张楠楠，十九年前你没死，十九年后你还这么愚蠢，简直是世界上最愚蠢的男人。简翎早就不是处女了，她的第一次给了萧青暮，就你还稀罕那破鞋，破鞋。还有你，萧青暮，孬种，我还当你有多爱那个贱人呢！哼哼。

要不是你，简翎也许过得很好，嫁给我她能过得好，你能给她什么？要说毁，你比我更毁她。你以为你是什么，你就是败兵，就是个逃兵，她也不过是你的玩物，你跟我有什么区别。"

"破鞋"两个字直戳张楠楠最痛的地方，简翎委曲求全嫁给自己，自己不过是她情感的垃圾桶，永远都在退而求其次，可这些王八蛋还不珍惜她。想到这里，张楠楠脚上的力又多了三分，他的脸变了形，林觉的话，把他十九年来已经结痂的伤口全部撕开，又血淋淋地呈现出来，滴着刚刚从血管破裂出来的鲜血。

林觉像当年被他踩在脚下的萧青暮一样，没有一丝反抗之力。

北角就站在旁边，十九年前的画面再次浮现在眼前，十九年了，林觉竟然如此嚣张，没有一点悔意，复仇的欲望在他心里再次滋生出来。他推开张楠楠，抬起自己的脚踩在林觉的脸上，他的眼里全是复仇的烈焰。他在来的路上已经想好了，既然林觉今天难逃一死，只能让他死在自己手里，要保全张楠楠，简翎还在等着他醒来，他不能杀人。

张楠楠不可以，但他可以。

"如果不是你，我会考上大学，会带她走，带她离开青木镇。是你，毁了这一切，是你，毁了我们。"一字一顿，北角的声音刚劲有力，却也不过是悲凉之声。

他和张楠楠都被林觉的话刺激到了，他们是愧疚的，正因为愧疚，他们才会一生不安。

此刻从林觉嘴里出来的话，挫伤的，是他们作为男人最脆弱的地方。

张楠楠举起了匕首，一步一步向林觉走过去。十九年前，他用一把匕首自残，才救了简翎，十九年后，还是一把匕首，他要用同样的方式，了结这个毁了他和简翎一生的人。十九年前，他差点死在医院里，又差点病死在牢房里，可他都撑下来了，等的就是今天，以血肉之痛还血肉之痛。

林觉看着张楠楠越来越近，慌不择言。

"张楠楠，你以为那个婊子真的爱你吗？别天真了，那个贱货是不会爱上你的，一辈子都不可能爱你。她只爱萧青暮，你还没看出来吗？"他用尽力气嘶吼，事发三年后，简翎曾经回过一趟青木镇，唯一的一次，她回来接张楠楠出狱，又带着他离开。林觉气得牙痒痒，这个女人宁愿嫁给一个她不爱的男人，也从来没把他放在眼里。

红了眼的张楠楠对着天空发出了一声狂笑，他本来要上去给林觉来一刀，可他临时改变了主意，他要林觉像当年的他一样自残，这出戏才好看。

"你说什么？"简直不可思议，林觉此时后悔了，自己不应该猖狂，张楠楠已经不再是当年那个任人鱼肉的弱者了，现在他是一个变态狂。

"和我当年一样，先给自己两刀，我也不想让你双倍奉还，你就加一刀吧，三刀，你能活下来，我就会饶了你。"张楠楠自己制定了死亡游戏的规则。

"当年你是自己杀的自己，我从没有想过要杀你。"

"哼，要不是我自己杀自己，你会放过我们吗？你折磨简翎，跟杀了我有什么区别？怎么，现在害怕了？当年你可不是这样的。当年你怎么不想一下我们有多痛苦，想想简翎有多痛苦？"

林觉知道自己没有选择，张楠楠不再弱小，只要他愿意，分分钟可以将自己杀了，更何况还有一个萧青暮会帮他。

"你说的当真？"林觉咬牙切齿地看着张楠楠，不得不接受这样的规则。

"当真，可是你不敢。"张楠楠把手里冰冷的匕首扔在了林觉面前，他的声音比匕首更冰冷。

为了求生，林觉捡起地上的匕首，十九年前他怎么都想不到会有今天的下场。当年他看着张楠楠为救简翎自残，内心很震撼，张楠楠可以为了自己所爱的人豁出去，可是自己呢，这三刀太冤了，都不知道是为谁。

今晚是他的新婚之夜，新娘还在等他，自己在这个镇上呼风唤雨多年，还有美好的前途，不能就这么死了！好不容易等来今天，还没和美丽的新娘洞房……不能死，当年张楠楠能躲过两刀……自己或许也可以，这是他最后生还的希望。

林觉颤抖着手，捡起匕首，与张楠楠对视。

"你刺啊，我就看你敢不敢。"张楠楠轻蔑地看着眼前这个曾经嚣张跋扈的恶人。

"啊！"林觉举起了匕首，刺向了自己的腹部，刺得不深，却发出了他这一生最痛的惨叫。这一刀下去，张楠楠脸上一点表情变化都没有，痛快岂会来得这么轻易。

第一刀不够痛快，张楠楠伸出了中指，对着林觉摇了摇："你这个力度，就不好玩了。"

血从林觉身体里喷出来，北角就站在旁边，冷眼看着这一切，张楠楠固然变态，但林觉的猥獗更让人难忍，反正今天已经是条不归路了，只要张楠楠不亲自动手，他就不会出手阻拦。张楠楠发生了如此巨大的变化，他很难受，原来这十九年，张楠楠比任何人都活得痛苦扭曲。

林觉恨恨地看着张楠楠，举起了匕首，刺了第二刀，这一刀，他把控着力度，在拔刀的那一刻，像死亡一样的疼痛，让他倒在了地上，倒在自己的血泊之中。这两刀的力度远远不如张楠楠当年那两刀，但绝不能再来第三刀了，无论如何，他还要活着，只要自己活着，没有人能从青木镇逃出生天。

张楠楠的脸在冰冷的月光下，柔化成了清澈发亮的湖面。

"还有一刀，你就得救了，就看你敢不敢。"他指着下山的路，口气轻松。当年林觉对他那么肯定地说"你不敢"，他冷笑着，他猜林觉一定会跪地求饶。

果然，林觉跪在了地上，他求张楠楠放过自己，他可以弥补他，想要多少钱都可以。

张楠楠长长地冷冷地笑了几声，仇恨早就将他填满了，没有任何空间容得下宽容。宽容？十九年前谁对自己宽容了？对林觉宽容，就是对自己的不宽容。

他恶狠狠地说："放过你？十九年前你有没有想过要放过我，放过简翎啊？"

"我最后放了你们，我从没有想过要置你们于死地。"林觉的声音很微弱，薄如蝉翼。

"你那叫放过我们吗？你摧毁了我们的一生，令我们一辈子都抬不起头，一辈子都活在阴影里。"张楠楠走过去抓起林觉的头发，强行把他的头抬起来，"你睁大眼睛看看，十九年前，就是在这里，你强奸了简翎，她从此就像变了一个人，被人遗弃。她嫁给了我，可是我们过的是什么日子？生不如死啊。我放过你，谁来放过我，谁来放过我们！"

那是声嘶力竭的怒吼。

林觉发出了一声惨叫，那声惨叫很短，像是后半声没发出来，张楠楠愤怒悲痛之余，抬手给了他一刀。

失了心的张楠楠再次举起匕首，被北角拽住，这一刀若是再下去，林觉一定会一命呜呼。

仇恨让他迷失了心智，刚才那一刀几乎要了林觉的命，林觉根本经不起再来一刀。如果张楠楠因为杀人被判死刑，简翎在这个世界上就真的没指望了。她坐在病床前为张楠楠擦手、为他读书的画面，证明她从来没有嫌弃也没有放弃过张楠楠，她心里已经将他视为亲人，视为最不可抛弃的人。

救林觉就是救张楠楠，救张楠楠就是救简翎，而此时，如果能救简翎，就是救了当年的萧青暮和现在的北角。

多么可怕残酷的链条。

一切都是因为恨，一切也都是因为还有爱，因为爱，要放所有人一条生路。

但不包括放自己一条生路。

北角抓住张楠楠的手，使劲地把他甩到一边，此时收手，最起码还没到最坏的结局。可张楠楠已经杀红了眼，成了一个真正的失心者，林觉不死，他此生不安。

林觉虽然奄奄一息，但还有强烈的求生本能，他忽然看清了眼前的形势，要是能激起这两个男人之间的斗争，说不定是为自己找到了一条活路。救自己的人应该已经在路上了，新婚之夜，新郎消失了，新娘一定早就报警了，一定要撑到警察来。

何况，他还有最后一个筹码，也许可以救自己。当年简翎回过一趟青木镇，主动找过他一次，说了一个惊天秘密，简翎竟然有个孩子。

现在就拿这个秘密来激起这失心崖上新的矛盾吧，林觉决定赌一赌，虽然他连说话都很费劲了。

"张……张楠……楠，你很痛苦……吧……哈哈哈哈……你替……别人……养了……一辈子……的……孩……孩……"他几乎没有了气力，他死都想不到，他以为可以救命的这个秘密，却实实在在地戳到了张楠楠最痛的痛点。根本没给他说完这句话的机会，张楠楠一脚踹开了北角，举起匕首，刺向了林觉。

这一刀，他要终结林觉的嚣张，终结林觉的生命。

北角发出了一声惨叫，鲜血从他的腹部喷出。

他替林觉挨了这一刀，这一刀下去，林觉肯定会丧命，如果出了人命，张楠楠的一生就真的毁了，可简翎还在等他，他和张楠楠，都不能再负了简翎。

这一刀太致命了，北角也倒在了血泊之中。

"你们都该死！"张楠楠明显是慌了，他无意刺杀萧青暮，至少此刻还没有，他粗暴地喊，孩子是他心里最大的痛。张无然跟着他姓，喊了他十几年爸爸，可自己对这个野种就是爱不起来，看着她就像看到了自己的痛苦，这个痛苦每天都跟自己生活在一起，只要一想到她是林觉的孩子，他就不能正视。

他曾多次要求简翎为他生一个孩子，简翎就是不同意，自己的女人不肯为自己生孩子，自己却替仇人养着孩子，这叫什么天理！他不知道为什么简翎要带着这个孩子，他曾经提议过把孩子送回青木镇，可简翎宁死不从。现在仇人就在眼前，十九年堆积的怨气在此刻爆发，此时不杀更待何时。

没等他再多说任何一句话，张楠楠往林觉的腹部又是一刀，林觉发出了生命中最后一声惨叫。这一刀，彻底了结了林觉的生命。

等了十九年，张楠楠终于等到了。

为了简翎，他还有什么做不到的。他仿佛又听见了十九年前自己对简翎说的那句话："简翎，我爱你，我比萧青暮更爱你。我可以为你去死……"十九年前可以，十九年后，还可以。

张楠楠仰天长啸了一声，今晚太完美了，一切都在他的掌握之中。可一声长啸之后，他开始深深地难过，林觉的话像刀子一样，在他心头直砍，简翎的第一次给了萧青暮，而不是他；简翎的孩子是林觉的，而不是他的。

他这一生啊，穷尽了所有的爱，到头来，却似白活一场。

那一年，原本他很坚持，一定要告倒伤害简翎的人。出事后，这件事引起了县里甚至是市里领导的高度重视，必须要有人来承担罪责。林觉的父亲是青木镇最有钱的人，于是，林觉父亲上他们家警告，如果继续上诉，不仅要切断张楠楠父亲生意的所有网络，更要让他们家在青木镇永无立足之地。林觉是他唯一的儿子，他不能让儿子去受牢狱之灾，更不能让儿子就此一生背负强奸犯的罪名。他提出，如果张家能够让张楠楠顶罪去坐三年牢，会给他们家一笔很大的经济补偿。

张楠楠反抗、挣扎，不能向权贵低头，不能向恶势力妥协！

但是，等他见到简翎时，他忽然变了主意。那天简翎来医院看他，一见到他，她就哭成了泪人，她是那样善良，那样美好，惹人怜爱，简翎握着他的手，他又感受到了第一次触摸到她手背时的感觉。如果能拥有这个女人，两刀致命伤算什么，三年牢狱之灾算什么。只要简翎愿意和他一生一世在一起，所有的这些不值得，都将是值得的。

于是，在所有人不解的目光里，他向林觉家低了头，主动投了案，承认了罪行。林觉父亲也信守了承诺，找了法院的关系，他被判了三年，伤刚刚好，身体还摇摇晃晃，就入狱服刑了。

三年在一生的长河里微乎其微，何况是这么有意义的三年，张楠楠在监狱里的每一天都活得很开心，有盼头。

三年很快过去了，他出狱的那天，简翎回了青木镇一趟，特地回来接他。如他所愿，他和简翎结了婚，他也得到了简翎。可有些事只有他自己知道，每次向简翎求欢的时候，他的内心都有一种胜利感，他赢了，萧青暮只拿走了简翎的第一次，但他却得到了简翎的一生，他才是最后的赢家。

新的痛苦很快接踵而来，简翎竟然有个孩子，她没说孩子是谁的，他猜，一定是林觉的。

简翎对他很好，无微不至照顾他，甚至宁愿养着他，但她不爱他，或者不像爱萧青暮一样爱他。他没有工作，才二十几岁的人就好像失去了生存的能力，三年牢狱生活让他自卑，抬不起头，他变得很沉闷，不善与人交际。他尝试着工作，但没有一份工作可以维持一个月。

最痛苦的是，简翎经常在午夜梦回的时候喊着"青暮救我"，有时候她紧紧抱着张楠楠的身体，嘴里却喊着"不要离开我"。张楠楠知道当时自己心里有多痛，那场浩劫过去了这么多年，简翎还爱着萧青暮。

他恨萧青暮，因为萧青暮就像在简翎心里生了根，简翎从来没有忘记过他。可萧青暮像是从世界消失了，再也没有了音讯。他恨，他害怕，他痛苦不堪，中间有几年，他染上了毒品，只有吸一口的时候，才能忘记所有的痛苦，才能产生那种特别虚幻的快感。毒品几乎花光了简翎所有的钱，简翎不得不深夜出去卖唱，不眠不休。可他像一个废物一样，和寄生虫没差别。他试着戒毒，又忍不住复吸。他自卑苟且地活着，一辈子都是失败者。

张楠楠很痛苦，五年前，他通过很多渠道找到了改名后的萧青暮的信息，原来他真的去了北方，过着很好的生活。他很恨，但他又产生了另外一种念头，他千方百计弄到了北角的邮箱，想给他写一封信。他在草稿箱里写了当年的故事，想用这些细节来激起萧青暮的回忆，他想告诉萧青暮，自己和简翎过得并不幸福，如果可以……如果可以，他希望萧青暮能回去找简翎，自己选择退出。

可是，这封邮件还没写完，愤怒之情又占据了上风，凭什么萧青暮可以过着人上人的生活，自己和简翎却悄无声息地活成了小人物，受尽冷嘲热讽？于是，那封邮件他没发出去，而只写了一句话："万水千山不可见，你的爱人呢？"他模仿着简翎的口吻，可一点回响都没有，他气坏了，把怒气撒在了女儿张无然身上。

还没来得及发第二封邮件，他在一场血战中成了植物人，昏睡了四年。

想不到的是，消失了十九年的萧青暮也在这一天回来了，他竟然还会再回来！张楠楠心里的恐惧慢慢大过了震惊。

萧青暮跟以前完全不一样了，如果不是在这里见到，他一定认不出眼前的人就是萧青暮。以前的萧青暮文文弱弱白白净净，一身书生气，不沾一点烟火。可现在的萧青暮沧桑邋遢黝黑垂老，干枯的头发遮住眼睛，脸也被遮住了大半张，整个人是如此苍老阴郁，跟十九年前判若两人。

林觉已经死了，一动不动，倒在混浊不堪的血泊之中，血很快就冻住了，结了冰。

比起林觉，张楠楠更恨萧青暮，林觉死了，萧青暮也必须要死。要不他没法回去，再也别想和简翎一起生活，必须杀了萧青暮，除掉最大的隐患。所有人都只会以为失心崖的战局是萧青暮和林觉同归于尽。

他慢慢地走到萧青暮面前，把匕首对准了萧青暮。"林觉死了，你也该死，萧青暮。"他冷冷地说。万般思绪涌上心头，如果不是萧青暮当年抛弃简翎独自远走他乡，简翎就不会夜夜噩梦，十九年不得安宁。

萧青暮今日出现在青木镇，也就意味着这个男人心里也还爱着简翎。尽管隔着万水千山，隔着十九年的时光，他们还彼此爱着，一想到这里，张楠楠就又多了几分杀意，就更加坚定，萧青暮必须死。

"对不起，张楠楠。"北角的话语里再没任何情绪起伏，他接受张楠楠的判决，甚至在他自己心里也是同样的判决，自己该死，当年他敢爱却不敢承担，抛下简翎一人远走他乡，太自私了。一个人的自私，三个人来背负后果，他接受今日的判决。当他知道李琴操就是简翎的时候，当他知道张楠楠是植物人的时候，他已经在心里给自己判了死刑。

他在张楠楠面前，是个负罪之人。

"你对不起的是简翎，她那么爱你，你却只顾自己，不顾她的死活，你知道当年她是怎么熬过来的吗？你萧青暮不值得她爱，很不值得，你不配拥有她的爱，你不配！"张楠楠对着北角怒吼，十九年的恨和十九年的阴影，叫他如何肯放手。

"可是，她还爱着你。"张楠楠开始哭泣，声音越来越弱，原来自戳伤口是如此之痛。"只有你死了，我和简翎才能真正地在一起，我们之间再也不会横着一个你了，你该死，你死有余辜。"

张楠楠手中的匕首上面沾满了林觉的血，此刻，他要让这把匕首，沾上萧青暮的血。

北角觉得自己快要解脱了，在来青木镇的路上他就有了预感，如果能死在失心崖，能死在这样好的月色之下，不用再去面对接下来的十九年，是多么美好的结局啊。

"我今天回来，就没有想过要再回去。可是，你不一样，张楠楠，你要回去，简翎还在等着你，你昏睡的这四年，她对你不离不弃，一直等着你醒来。你走吧，现在走还来得及，至于这里，我会给警察一个交代。"

他已经不是萧青暮了，他的泪水早已被寒冷的悬崖之风风干，连同他的心也风干了，再也不会复活。

张楠楠不为所动，萧青暮只要还活着，就是一种威胁，是他走不出的囚笼。

萧青暮看了张楠楠一眼，他知道张楠楠不会放过他，他说道："这十九年我隐姓埋名，借了另外一个名字，一个人漂泊在外面，我以为时间久了，能忘记简翎，有段时间，我以为真的能做到。张楠楠，你会明白吗，不管过了多少年，我依然爱着简翎，我亏欠她，我一生都亏欠她，如果我不回来，我一生都将活在沉重的枷锁里。"

他的声音平静得像没有风的湖面："可当我看到躺在病床上的你，我就知道，我没有资格去爱她了。张楠楠，这个世界上，最痛苦的不是你想爱而得不到，而是你想爱却发现你没有资格爱了。我出局了，我的人生被林觉毁了，我又毁了你和简翎的人生。我们谁都逃不出内心里的恶魔，我在内心里已经把自己杀过一千遍、一万遍，却还是得不到救赎。"

萧青暮就在匕首之下，张楠楠手中的匕首只要动一下，就能轻而易举地取了他的命。

血还流着，刚才张楠楠那一刀非常致命，萧青暮感觉自己的生命正在消失。可奇怪的是，他又感觉自己正在满血复活，有用不完的力气。

他伸手直接抓住张楠楠的匕首，刀锋瞬间划破了他的手掌，鲜血直流："张楠楠，现在你有两个选择，一是马上离开这里，回去和简翎好好过日子，这才对得起你这么多年的付出。二是现在就杀了我，马上离开这里，我和林觉都死了，你是不是就可以放下了？"

张楠楠不禁后退了两步，眼里的寒冷，一点都没减弱，虽然他已生无可恋，像一个将死之人。

慢慢地，张楠楠眼里的寒光逐渐消失了，刚才那一刀，他原本是给林觉的，没想到萧青暮会那么傻，去扛下这一刀。

可是，他以为这样自己就下不了手了吗？萧青暮比林觉更该死，林觉摧毁了简翎的肉身，萧青暮却折磨了简翎心灵十九年。要是此刻心软，这个人将是自己此生无穷无尽的后患，不如照他说的，杀了他，再离开这里。

他可以按照原计划回去做一个沉睡的人，等某一天在简翎面前醒来，像什么事情都没发生过。

"那我就成全你！"张楠楠冷冷地回了一句，他举起了匕首，再没有一丝犹豫，往北角的腹部刺了一刀。

44

刀子刺进了萧青暮的身体里，一口堆积在他心口许久的血从他的嘴里瞬间喷出来，猝不及防，但吐了这口血之后，胸口就很舒坦了，再无疼痛，再无牵挂。身体不断地下坠，那种下坠感无边无际，像无底洞一样，他看到了无边的黑洞，慢慢地，他看到了星辰月光，身体不再觉得痛了，漫天星辰包围着他，还有许多孔雀翎在他身边飞舞，如此美好。

他闭上了眼睛。

"张楠楠，住手，不要！"简翎站在了失心崖上，她还是来晚了。

她看到萧青暮倒在血地上，那是一条血泊之河，失心崖应该从来没有过如此血色之时。

简翎瞪大了眼睛，她难以置信地走到萧青暮的身边，试着去触摸萧青暮，可是手刚伸出去，就摸到了血，这样阴冷的天气，血到手上很快就干了。

她现在很想大哭，可是却哭不出来，眼睁睁地看着萧青暮就在眼前死去。

张楠楠手中的匕首掉在了地上，为什么简翎也会出现在失心崖？

世界静止了，悬崖上的风，是从失心崖的最下面吹来的，阴冷得让人发颤。

萧青暮努力睁着双眼，没有气力了，沉沉的下坠感还在，一直没落地，很不踏实，直到看到了简翎，他以为是自己的幻觉。三十七岁的萧青暮和三十七岁的简翎，十几年来各自一人分饰两角，终于在此刻，他们都活回了原本的自己。

三个少年，这才是他们本真的模样。

简翎看着萧青暮，现在她能哭出声音来了，原来过了十九年，这个人还活着，多好啊。十九年太漫长，漫长得像是两个世界的陌生人，从少年变成了中年，他们再也回不去少年时光，谁能想到命运如此弄人，他们还会再见面。

以这样残酷的方式见面，以这样血腥的方式告别。

萧青暮刚才看到的星辰、月光、孔雀翎，正在慢慢地消失，消失在冬日里的夜里。剧烈的痛感涌上来，难以承受的疼痛感，是十九年前简翎咬的伤口的一百倍。

十九年来，三人分饰五角。

萧青暮变成了阴郁的北角，苟活在这个世界上，他以为心灵的罪行，迟早可以被时间洗刷，但他最终还是要回头来寻找十九年前的简翎，为自己赎罪。

简翎变成了浓妆艳抹的李琴操，她想过一死了之，可是她不能死，她要为张楠楠活着，张楠楠的每一天都离不开她；她要为孩子活着，孩子来到这个世界上，给她带来了新的期盼。她努力赚钱，哪怕去陪老男人喝酒，也要赚钱养植物人张楠楠，她亏欠了他太多，这一生，亏欠谁，都不能亏欠张楠楠。

张楠楠还是张楠楠，他没有改变容颜，也没有隐姓埋名，可他的命运最悲惨。植物人有一天醒了，却不敢和简翎相认，他害怕一旦醒来了，生活又会回到柴米油盐，自己又变成残暴的自己。他可以为一个女人去死，也可以为一个女人，活成一个真的植物人。

三人分饰五角，张楠楠又何尝不是扮演了极其悲壮的角色。

简翎看着萧青暮，这个她一生最爱的男人，他就要死去了。她又看了看张楠楠，这个她不爱的男人，却一生都在爱着她。

现在，她不爱的男人，杀了她最爱的男人。

命运之神永远都在操控着别人的命运，殊不知，命运本身的色彩就是悲惨的，快乐幸福的人生不能称之为命运。命运飘来飘去，飘来飘去，终究走向一个结局。

萧青暮倒在地上，血从他的伤口不断流出，简翎抱着他的头放在怀里，他的手变得冰冷，她希望自己的体温，能延续他正在消逝的生命力。

她喊着："为什么你要回来？十九年前你就不是萧青暮了，何苦又再回来？你就是北角，明明知道今日是这样的结局，为什么还要回来，为什么？"

萧青暮的嘴唇苍白无色，瞳孔涣散，他努力想要聚焦，想看清楚简翎，但气力实在不多，后来他放弃了，反倒轻松。这样朦胧着更好，只能看清楚她的轮廓，看不清她被岁月风吹雨打的憔悴。她还是十八岁时的轮廓，简单勾勒，就很美好。

"因为我爱你，简翎，不管我躲你多少年，我都爱你。"萧青暮感觉体内已经没有血可以再流了，简翎抱着他，他感受到了这个世界上最后一点温暖，来自他的爱人，他知足了，这一辈子，没有哪一刻比现在更幸福。

他这一生最害怕的就是告别。一生中，他没跟任何人告别过。小时候父母死了，连一声再见都没跟他说，也没人允许他去告别，他被围观的人群挡在外面，他看到父母面目全非，他害怕去告别，他躲了起来。

那是他这一生悲剧的开始，他懦弱，连告别的勇气都没有。

当年简翎第一次即将离开青木镇，他没去告别，眼睁睁看着她离去。

不，他有过一次告别，当年他决定离开青木镇，去跟简翎告别，简翎在他身上刻下第二个印记，让他铭记一生。原来告别是如此痛苦。

除此之外，他再没跟任何人告别过，跟旅店老板没有，跟十八岁的盛凌没有，跟十八岁的张无然没有，跟安没有，跟之前所有的女人都没有。他这一生，都在懦弱地躲避着"告别"二字。

如今，他即将回到属于他自己的乐园去了，或许，他将不再害怕告别。

他把手伸向空中，月光在他的指缝里来来回回兜兜转转，不留一点温度。这是他的命，他逃不过的宿命。既然逃不过，就笑着迎接它。

简翎就在他的眼前，他又想起了少年往事，忧郁的萧青暮数着青石板路，一步一印；他和简翎走上失心崖的倒三角岩石，第一次亲吻；第一次面对离别，哭得死去活来；第一次和简翎身体坦诚相对，那是人生最美好的时刻。

最是美好留不住，轻舟已过万重山。

"谢谢你，北角。"萧青暮在心里跟北角告别了，是北角这个名字，让他重生了十九年，让他短暂地忘记了痛苦。现在，他要把这个名字归还，归还给谁不重要，因为每个人都只是自己的过客，名字只是一个代号。萧青暮永远是萧青暮，他只是北角的过客，他已经不再是北角了，他是青木镇的萧青暮。

"再见，简翎。"泪水从他的眼角流了出来，是残留的泪水。他很开心，他这一辈子终于可以在此刻坦然地面对告别。萧青暮死在简翎怀里，在她怀里跟这个世界告别，在她怀里度过生命最后的时光，他知足了。

"简翎……你和张楠楠走吧，这里……就是我的宿命……不要再搭上你们，我……几个月前来过青木镇……我恨林觉……你们走啊，是我杀了林觉，一切合情合理……没有人会来找你们，也没有谁会再来打扰……你们……的生活。"

他实在没有力气了，尽管还有好多话，却说不出来。要不是简翎灼热的眼泪滴落在他的脸颊，他真的想闭上眼睛，太累了，世事如此沉重至不可说，原来是不必都说。

小镇上响起了警车的声音，整个小镇都在寻找今晚新婚的公子哥林觉，他莫名其妙消失了。很快，警察调出了酒店的监控记录，看到了林觉被张楠楠劫持的画面，大队人马朝着失心崖奔了上来。

萧青暮的嘴已经张不开了，血开始凝固，发出黑紫色的光。简翎紧紧地抱着他，双手沾满了血，她确定，自己还爱着这个正在跟她告别的男人，不管他现在是谁，不管他是否曾经抛弃过自己，不管她为了活下去受过多少痛苦，此时此刻的她，心里还爱着青暮。

沧海桑田，他们一如少年。

"简翎……我……"萧青暮还想说什么。

她也很知足了，他们一生都在受苦；但庆幸的是，可以在弥留的时候，相互原谅，相互救赎，此生无憾。她知道自己现在说的每一句话，流的每一滴泪，都可能会给即将要沉睡的萧青暮最后的温暖和力量。

她轻声地说，语速像极了十八岁的简翎，不，此刻她就是十八岁的简翎，安静，像是在述说一段快乐的陈年往事："青暮，我多希望你就是北角先生，跟我们的故事没有任何关系。我记得你画了很多画，有一幅你画的是我的阳台，简单几笔，但画得很好，我只见过一次，却从未相忘。"

怀里的人已经没有知觉了，但简翎还是抱着他，月光照在她的脸上，万物缥缈无欲："青暮，我知道你去过猫耳朵咖啡馆，我知道你找到过我写的那些话，我还知道，有三张你没有找到。"

还是哽咽了，痛苦再次向她袭来，泪水从眼角滴落，像是倾盆大雨过后的屋檐水，从未间断过。

"青暮，你不要死啊，我还没说完呢。"简翎捧着他的脸，那张脸完全冰冷了。

"2002年。从来不知道做一个选择会如此艰难，到底要不要坚持？青暮，你在哪儿？ 2003年。青暮，你过得好吗？我很不好。2004年。青暮，我以为我不会想你了，可你知道吗，我发现我还爱着你，爱你，让我痛苦。2005年。我们还会再见面吗，青暮？"简翎抹去脸上的泪水，太咸，太苦。那时他们分开数年，她对他的想念与日俱增，她想带着孩子去找他，可是，她知道，他当年离开青木镇，肯定不会再是当年那个纯粹的萧青暮了，找到他，两个人也不可能了。

寒冷的月光仿佛变成了灼灼烈日，三个人的心都被这灼灼月光烧灼着。

在这失心崖，他们已经失了心，没有人可以再回到过去。简翎从衣服里拿出三张发黄的青色的便签，那是她今晚从女儿手里拿过来的，那三张便签，便是最好的证明，证明她一直爱着萧青暮。

简翎又轻轻地说着："青暮，前面那几年，我都没有走出来，很多事你不知道，我也不想再说。我告诉自己要走出来，才可以面对新生活，可是我又告诉自己，为什么要走出来啊，我们曾经有过那样美好的时光……请不要让我走出来，走出来，太残忍了。"

她笑了笑，擦干了脸上最后的眼泪。

现在她的记忆真的很好，这些年写过的话，仿佛就在眼前啊。

"2006 年。再多的苦楚，也不过是一瞬间。2007 年。等你长大了，我们就说再见。2008 年。我愿意代你去受你人生所有的痛。2009 年。如果生活让人一次次麻木，我们还要一次次地选择相信吗？ 2010 年。还会有未来吗？我看不见。2011 年。我们永远都没有机会再见了，这黑夜，就如白夜之夜，照着那条永远回不去的路。2012 年，也许相爱，是我们人生最后的退路。"

听到最后一句，张楠楠浑身发抖，瘫坐在地上，2012 年，不就是他出事的前一年吗？她说："也许相爱，是我们人生最后的退路。"她选择要和自己好好生活，是自己又打乱了！如果他在醒来的第一时间告诉她，是不是今晚这一切都不会发生？

是仇恨让自己失了这颗原本渴望爱的心。

岁月这般无情，到头来，让每个人都失了心。

萧青暮的手动了一下，他没有力气说话了，但他仍然张着嘴，简翎将耳朵放在他的嘴唇边，声音微弱得几乎听不见。

"我……放下了……你呢？"气若游丝，看见简翎点了点头，他笑了。他希望简翎从此以后能真正从那场浩劫里走出来，笑着去生活，未来还很长。

"简翎……十九年，我……可能忘记了我是谁，可是直到现在我才发现，我从来……没有……忘记过爱你。"萧青暮露出了十八岁时的少年之气，说出这句话，终于对得起少年时的那份爱了，终于对得起简翎对他的一往情深。

警笛声越来越近，已经能听到山脚下有人咆哮的声音。

"快跑……沿着北侧的小路走，路的尽头有我的车，很隐蔽……只有这辆车……可以让你们安全离开。"青暮大口地喘着粗气，他铆足了劲，这是他生命最后几口气，他要救简翎，"这里是我……我……和林觉……的战场……你们……都……没有出现过……记住……你是李琴操……是西街的歌手……从来……没有……来过……青木……镇……张楠楠……从来……没有……醒来过。"

说完最后一句话，萧青暮的手垂在了地上。

简翎把他紧紧地往自己的怀里抱，她知道萧青暮要走了，他将永远离开这个世界。

忽然，她想起了什么，在他耳朵边轻轻地说了一句话。就轻轻的一句，萧青暮的眼睛里又闪过了一丝光亮，这是他生命最后的光亮，他瞪大了眼睛看着简翎，简翎点点头，他的嘴角一直微张着，好像要笑。

慢慢地，他闭上了眼睛，模样安详。

他尽了最大的力气去爱一个女人，张楠楠可以为她而死，他萧青暮，也可以。

月色之下，时光在他脑海里倒退，他变成了北角，变成了十八岁的萧青暮，变成了十六岁的萧青暮，变成了躲在黑夜里哭泣的童年萧青暮。童年是他来到这个世界的记忆原始地，童年是他开始记得简翎能带给他快乐的出发地。

慢慢地，这些记忆都消失了。他倒在一朵巨大的血莲花之中，身上的两个伤口，妖艳而璀璨。

从此，世间再无北角，再无萧青暮。

45

车子半路抛锚了，熄了火，救援车要半小时才能赶到。

简翎把头趴在方向盘上，头发散乱着，过了一会儿她才起身，在车前镜里看到自己萎靡憔悴的模样，伸手去镜子上摸了摸。车里实在太闷，她摇下了车窗，冷风立刻吹了进来，头发更加凌乱，覆盖了她半张脸。她从包里拿出了梳子咬在嘴里，又掏出一根简单的橡皮筋，对着镜子把头发扎了起来，有很多年没再扎这样的小马尾，脸还是那张脸，人却已经不再是那个人了。

这时她才发现头发和脸上都是脏的，手掌里全是黑色的粉末。

她往车外望了望，马路边不远处有一个野生的小池湖，开了车门走过去，湖面上有星星点点薄薄的冰块。清亮的湖面倒映着她的脸庞，韶华就如这冬日里枯萎的无根浮萍一样残败。

手上的黑色粉末，是萧青暮的骨灰，他的尸体今天早上火化。火化的时候，她已经哭不出一滴眼泪了，平静得如同一个未经世事的女人。没有葬礼，没有追悼会，到场的也只有她和萧青暮的姑姑，还有那个旅店的老板，他的叔叔婶婶只在警车来的时候围观过，之后再没露面。姑姑哭得肝肠寸断，旅店的老板跟着落了眼泪，他说，要是知道这个过路人就是十九年前的萧青暮，他肯定不会收那么多钱。

下午她带着骨灰去了一趟失心崖，把萧青暮的骨灰都撒在了失心崖。有老人提醒她死者要入土才为安，只有她懂这个男人，他不希望自己长眠在青木镇，但可以在失心崖。如果人死后真的有灵魂，就让他飘荡在失心崖的上空，他一定会知道失心崖到底有多深，也一定会知道这永远到底有多远。

每个人都会回到他最初来时的游乐场。

撒完了骨灰，她直接开了车，离开青木镇。前一天她已经跟奶奶告别过了，她给奶奶看了张无然的照片，告诉她自己已经结婚生子，女儿十八岁，成绩很好，在阳朔过着安稳平凡的生活。奶奶搂着她，失心崖发生的事情奶奶都知道，一句责怪的话都没有。这个世界上，只有奶奶的怀抱永远对她温暖如一，不管她长到多少岁，这个怀抱的温度始终都没变过。

奶奶说，萧青暮和张楠楠都不是坏心眼的孩子，能被两个这样的男人爱过，不算白活。简翎就安静地躺在奶奶的怀里，紧紧地闭着眼，什么话也没说，长长地睡了一觉。

池湖里的水很冰，寒冷蚀骨，她把手伸了进去，黑色的粉末四处游散开来，慢慢地消失在湖面。

　　捧了一把清水，把脸洗净，萧青暮留给她最后的记忆，也随着这些粉末的消失而消亡。她坐在湖边，终于又哭出声来，空荡荡的湖面，空荡荡的旷野，只有她坐在枯草堆上放声大哭的声音。从前她也见不到萧青暮，但她认为他还活在世上的某个角落里，她觉得人生还有希望，她还有秘密要告诉他，两个人还有重逢的可能。可如今，他们再也不在同一片蓝天下，再也不能呼吸着同一片流动的空气了。

　　世事难料，唯有这光阴漫长，无色无痕，风色无停。

　　青暮临死前给她和张楠楠指了一条逃生的路，如果他们按照那条路下山，正好能和上山的警察错开。他们要是逃走了，不会有人想到他们回来过，案发现场的定案毫无疑问就会变成萧青暮和林觉同归于尽，一桩十九年的冤案终于有了结果。

　　可她和张楠楠谁也没动，等着警察上山将他们逮捕。

　　心若死水，万物难生，萧青暮死了，这个跨越了十九年的故事终于终结。

　　简翎主动将所有罪责都揽在自己身上，她对警察说，所有罪行都是自己内心里的仇恨没有熄灭引起的。

　　"当年我和萧青暮相爱，后来我被林觉强奸了，这些都是真实的，你们可以在十九年前的案底里查到。过了这么多年，我还是恨林觉，是他毁了我，要不是他，我不会成为今天这个样子，于是我和萧青暮就筹谋要回来复仇，要在他新婚之夜回来，让他用命来偿还我们这十九年的青春。"简翎说这话时，眼神空洞，可她说得那样真诚，她宁愿事实就是如此。

　　"张楠楠在现场又是怎么回事？"警察问。

　　"那个傻子，十九年前的事原本就跟他没关系，是我和萧青暮要复仇，他非要跟着来，我都不知道他来了，整件事跟他没有任何关系。"

　　她的声音轻轻的，一点杂念都没有，她不知道张楠楠就在隔壁的审讯室里，警察正通过大屏幕观察着她说话的表情变化。张楠楠被捕之后一句话都没说，萧青暮的惨死画面还在他的脑海里，要是萧青暮不回来，该有多好，他悄无声息地杀了林觉，还可以回去继续他的生活。尤其当他得知简翎和自己好好过日子的时候，就更后悔了。他还没想好措辞怎么和警察周旋，他试图找到漏洞，尽量让案情和自己无关。可是，简翎竟然傻到将所有罪责都揽在身上，她的供词明显就是为他开脱。

所以，当听到简翎说整个案件和他无关的时候，他突然抬起了头，这个傻女人，怎么可以傻成这样，将自己往监狱里送。事实不是这样的啊。

"不！不是她，不是她杀的！"张楠楠发出了咆哮声，可简翎根本听不到，她心如死水般坐在隔壁，眼里已无一物。

"是我，警察，是我，两个人都是我杀的，跟她没有任何关系，她一个弱女子，怎么可能杀人，你们一定要查清楚。"此时的张楠楠防线已经崩溃，他不能眼看着自己这一生最爱的女人，为了自己而失去自由甚至丧命，那样他所做的这一切，就失去了意义。

此时，警察把简翎从隔壁审讯室带了出来，经过这间房，两个人隔着门窗望了一眼。就在那一瞬间，简翎用眼神告诉他千万不要冲动，可是他无法不冲动，如果他不说出事实，简翎的后半生就毁了。

五天后，简翎被无罪释放。

张楠楠承认了所有罪行，被判死刑，缓期二年执行。

案件很快一锤定音，前后也就十天时间。宣布判刑的那天，简翎拖着疲惫的身子从法院出来，年迈的林觉父亲就站在庭外，不等她反应过来，就扇了她一巴掌，老来丧子让他一夜之间如被霜打一样垮了，一场喜事变成了丧事。林觉父亲扬起手还想给她一巴掌，这一次简翎没有躲闪，而是在空中抓住了林觉父亲的手，把他甩在了地上，这个曾经不可一世的镇上最有钱的人，如今被丧子之痛击垮了。

"如果不是你教子无方，如果不是十九年前你纵容你的儿子，让张楠楠去坐牢，也许就不会有今天，这一切，都是你们咎由自取！"

简翎露出了嫌恶之情，她一点都没有解脱的感觉，相反，她现在很可怜这个人。

张楠楠当天就被送去市里的监狱服刑，被押上警车之前，他们又见了一面。

"这一生，是我对不起你。"简翎低着头，她对张楠楠此生都是愧疚的，她能放得下任何事，却放不下这个男人。他们在一起生活了十几年，凶狠残暴的十几年，她也没有把他当仇人，他成了植物人的四年里，她一直在等他醒来。可谁都想不到，当他沉睡时，还会发生这么多事，如果可以选择，她会选择他永远沉睡，自己愿意一辈子照顾他。

张楠楠微微张了张嘴，本来也想说点什么，但什么也没说，虽然他因为这个女人而活得凄惨，可这一切都是他心甘情愿的，有恩，也会有怨，从此恩怨两消。可他还有一件未解的事情，他必须要问。当日在失心崖上林觉曾说张楠楠替别人养了一辈子的孩子，当时他为了不让萧青暮知道这件羞辱的事情，就一刀杀了林觉，但后来他认真想，林觉主动提到了孩子，也就是说，他早就知道了这个孩子的存在，他一直无子嗣，不可能对这个孩子不闻不问，这个孩子到底是谁的？

他又一次张了张嘴，警察已经在催了，最终还是问了出来："简翎，孩子……"他不敢看简翎，怕又伤害到她。

"孩子是我的，你是孩子的爸爸，一直没变过。"简翎轻声地回答，她知道他想问什么，这个男人给了她的孩子名和姓，张无然叫了这么多年的爸爸，孩子就是他的。至少在这一刻，她还这么想。

张楠楠笑着上了警车，此去经年，再无归期，在离别的时候他最爱的女人还给了一个他最满意的答案，他也知足了。此刻的他无怨无悔，心里再无怨恨，萧青暮曾问过简翎有没有放下，现在，他彻底放下了。

简翎下午去了殡仪馆，把萧青暮的骨灰取走，撒向了失心崖。

　　从此，失心崖再无失心的人，那群少年，都找到了他们的归宿，他们都将走向来时的路。人生就是一个大的游乐场，所有人都会经历喜怒哀乐，大悲大喜，生命最终都会回归大江大河，大山大海，丛林与乐园，春夏与秋冬，万物无恙。

46

　　张无然现在每天放学都回家，她已经跟老师请了假，要走读半个月，爸爸的事老师也略微知情，老师体谅她的心情，也就同意了。

　　自从那晚母亲走了之后，她每日都在那条路上站一会儿，内心很着急，但只能干等，一点办法都没有。这个时候，她才知道自己的力量是多么渺小。她每天都会不自觉地朝着远方说："你答应过我会平安地回来。"只有这样，才能安心一点。

　　她每天都刷着网络新闻，不放过任何一条新的青木镇当地的信息，终于在第五天刷出了新闻报道。结局在她意料之中，又有点出乎意料，是林觉和北角死了，张楠楠和母亲成了嫌疑人，要等审判结果。她不知道的是，林觉父亲出面压了新闻，因为不想让自己儿子的死讯和当年的旧案再被放大，直到压不住了，新闻才终于曝光。

　　少女在家里百感交集，现场厮杀一定很惨烈，三个男人都得到了应有的下场。可母亲还是卷入了这桩案件，这是母亲的命，她从未想过自己的计划会让母亲身陷囹圄，她的本意并不在此，她要知道母亲会主动承担罪责，也许一开始就不会布下这张大网。她仅仅只是不想再回到以前那样恐怖的生活，要阻止现实回到以前，只有动用这样的计划。可千算万算，还是把母亲牵扯了进去。

　　给母亲打电话，电话已关机，微信也没回，既然母亲是嫌疑人，肯定是不能与外界联系的。她每日都很焦虑，心急如焚，不停地刷着新闻，这几日她度日如年，万一审判结果母亲有罪，自己要如何是好？

去自首有用吗？谁会理会一个小姑娘？再说，她没有动手，甚至跟这个案件一点关联的实际信息都没有，自己的出现，只会让局面更混乱，于母亲一点帮助也没有，只好等。

等到救援队来修好车，简翎的车开到小区门口时，已经是深夜。停好车，她在车里深呼吸了一口气，抬头望，发现女儿房里的灯是亮着的，灯光微微模糊，窗门紧闭，但窗帘没拉，看不到女儿的身影，应该趴在桌上睡着了吧。想必女儿已经知道自己无罪释放了，要不然不可能一点动静没有。

下了车，一路风与尘土，她看上去有点狼狈不堪。

打开门，客厅没有人，又推开女儿房间的门，还是没有人，女儿不在房间。简翎轻轻地喊了一句"无然"，一边喊一边推开了自己的卧室，女儿果然在这儿，她正在翻着一本老相册。

张无然看得太入神了，好多一两岁时的照片，她和妈妈在一起，笑得那么开心。忽然听到母亲在叫自己，还以为是幻觉，还以为又回到了小时候。回头一看，母亲果然就站在身后，手中的相册落在了地上。

"妈，你回来了。"

母亲点点头，已是眼含热泪。

母女俩紧紧地拥抱在一起，生活给了她们很多无情，却也给了她们许多温情的时刻，她们只要对望一眼，就能望到对方心底，她们不需要和解，不需要更多言语，因为她们是母女。

这么多年，她们给彼此温暖，是彼此的希望，没有了彼此，谁都活不下去。

人生，本来就是一步错，步步皆错，这些错，从来都不是孩子的错，更不应该由孩子来承担。

母女俩翻着从前的相册，坐在灯光下，张无然依偎着母亲，可能她自己都不相信，在她这十八年的时光里，像这样没有恐惧只有温情的时光，少之又少。她早早地读寄宿，早早地独立了，从来不羡慕别的孩子有父母接送，也不羡慕他们吃好的穿好的。因为她早早地知道了，物质上的东西，始终只是肤浅的，只要努力以后就可以实现，所以她追求成绩，只有成绩好，她想要的尊重和敬仰才能得到。

她担心母亲，担心母亲在外受欺负，更担心父亲不定时的家暴，每到黑夜就提心吊胆，过着惶惶不安的生活，拯救母亲出水深火热是她最想做的事情。她一直不敢承认的是，张楠楠在西街被打的那次，她很害怕，也很担心，因为那是她的父亲，可后来医生宣布张楠楠成了植物人之后，她的内心反而有了一种解脱、窃喜，替母亲松了一口气，至少母女俩以后不用再提着心过日子了。只是，母亲又陷入了另一个困境，为了支付高昂的医疗费用，不得不深夜去那种场所卖唱。

这日子什么时候才是头啊？

所以，少女才策划了弥天的大局，她恨别人失心，却不知道自己也慢慢失了心。

张无然和盛凌还是好闺密，但一直没告诉她，自己曾经利用过她，也没告诉她其实一开始自己没有想过要和谁成为好闺密。可现在她们是真的好闺密，张无然无比珍惜这个难得的朋友。

期末考试，张无然的成绩每科全优，拿到了下学期的全额奖学金。她在语言上很有天赋，课外已经开始自修法语。学校对她很满意，这个以第一名成绩入学的学生从未让他们失望过。

时间从来不会倒退，只会往前走，只有往前走，所有人才可能有机会，忘记所有的过往。

47

简翎回了一趟西街，她答应女儿不再去唱歌了。

走的还是那些路，从前日子再苦，也从未像今天这样沉重。租的房子她住了五六年，当初她选这套房的时候张楠楠不同意，他不喜欢选靠近西街的房子，觉得没有安全感，又怕吵，但最后还是租了下来。

房子里有一间是衣帽间，堆满了她的演出服和一些日常衣服，演出服穿来穿去就那几件，日常衣服却很多。每次去医院看望张楠楠，都尽量穿得有颜色，她希望给自己一些活力，也希望沉睡的张楠楠能感受到世界上还有人在等着他。

如今衣服都落满了尘土，如同她那些等待的时光一样。

拉开窗帘，让房里更加明亮，走到阳台上去，抬头就是北角先生曾经住过的阁楼。如今西窗紧闭，她仿佛又看到了那个在夜间偷窥她的身影，很忧郁，分明就是萧青暮的影子，可自己却丝毫没有察觉。是啊，十九年的时间太长了，足够让一个人死心，足够让人两两相忘。

北角拿着啤酒坐在西窗上，对着她傻笑，那样真实的存在，简翎瞬间泪如泉涌。

一阵敲门声传来。

人总是很容易被赐予梦境，又很快被赐予清醒，那个陌生的北角先生，永远都不会在西窗出现了，还带走了一个十八岁的萧青暮。

抹干泪水去开门，原以为是房东来交接，但不是，是隔壁旅店的老板，老板把一个已经封好了的盒子递给她，说是楼上北角先生交代，如果新年过了十天他还没回来，就代为转交给她。简翎的手颤抖着把箱子接了过去，箱子上写着李琴操的名字，她猜不到箱子里会是什么，老板好像没有走的意思，也想知道箱子里装的是什么，这个北角先生，自从圣诞节之前离开之后就再也没有出现过。

简翎拿了一把剪刀把箱子的胶带划开，打开了箱子，里面是一幅画，这幅画她在他的阁楼见过。画上远处是青黛漓江，近处是她的阳台，不同的是，她第一次见到这幅画的时候，只是一个空阳台，现在打开的这幅画，已经画了她在阳台上的侧影，也不知道他什么时候画的，虽然只是寥寥几笔，神态却是对了。

"不知道还会不会遇见你"，北角画完这幅画的时候，在旁边写了一句话。这幅画早就画好了，那个时候，他所追寻的谜底呼之欲出，他很害怕，谜底揭开了也许自己的生活又变了，可他也害怕预感出错，于是他把这幅画委托旅店老板代为转交。

写这句话时他很矛盾，他希望她就是李琴操而不是谁谁谁，李琴操的生活环境虽然很糟糕，但她可以活得自我，她会保护自己，会深藏身与灵魂。而简翎，一万个简翎都抵不过李琴操，她的人生易碎，太容易被击毁。

这是北角留给李琴操的。

简翎忽然想到了什么，从包里拿出一部手机，是萧青暮的遗物，当日他丧命失心崖的时候，全身上下就只有一部手机，她取回来之后充了电还没敢打开看。现在她打开了手机，输入了萧青暮的生日，很容易就解了锁，手机的相册里，果然有自己在阳台上的照片，往后翻，能看出是拍在不同的夜，不同的星辰，再往后翻，还有许多视频，视频里她朝着阁楼瞪了一眼，狠狠地回身拉上窗帘，抽烟、喝酒、仰望、回眸，每一个细节都真实无比。现在来看，忍不住笑了。

她进门，她关灯，她对着阁楼甩出不屑的眼神，这些都存活在北角先生的记忆里。

简翎拿起那幅画比对着手机里的照片，发现作画人是对着其中一张手机照片画的，功底不深，只画得五六分神似，但已足够。

谁都不知道会在什么时间遇上谁，又失去谁。他们在 1998 年相爱，又在 1998 年相忘，如果能预见遇见，该有多好。

眼泪再也收不住了，现在多希望阁楼上的男人是个陌生男人，他坐在冰冷的西窗前画画，而不是躺在冰冷的失心崖。

旅店老板不知道什么时候离开的，箱子中只是一幅画，让他兴致全无，他多年未见卸妆后的李琴操，是那么的陌生。他更看不懂楼上的男子和她有什么关系，完成了委托的事情也算了了一桩心愿。这个房客曾说过如果他不回来，不用到处找，他可能已经奔赴下一个地方了，可能再也不会回来。不回来也好，女儿再也不会挂念这个男人了。

还在盯着这幅画出神的时候，手机响了，简翎接了电话。

"请问您是简翎女士吗？"对方问。

"对，我是。"

"我是招商银行的经理，有个叫萧青暮的男士在我行寄存了一些物品，委托我们通知您来取走，您下午方便来一趟吗？"

北角给她留了东西，萧青暮也给她留了，还刻意区分得如此清楚。

"我能知道他寄存了什么吗？"

"物品是封存的，我们也不知道，您下午能过来一趟吗？"

"好的。"

"为了安全起见，我们再和您核对一下信息，您能告诉我您的名字分别是哪两个字吗？"

"简单的简，孔雀翎的翎，一个令加一个羽字。"

"请问您身份证上是叫李琴操吗？"

银行是怎么同时知道这两个名字的？简翎略微迟疑了一下，还是回复了对方："对，我后来改名，跟了母亲姓。"这是当年她改名时对外的说法。

"信息无误，那请您下午来一趟银行吧。"

画是留给李琴操的，而银行的东西，是萧青暮留给简翎的。委托银行的时候，其实他心里已经确定李琴操就是简翎，自从收到第一封邮件开始，他就知道，摆在他面前的路已经不由自己控制，为了追寻初恋情人的下落，他必须面对所有突如其来的变数。一路将他引向不归路的人，肯定不是为了简单地告诉他简翎在西街生活，也不是要告诉他简翎生活得不好，一定还有更大的谋划，只是他猜不透，只能跟着藏在暗处的影子走。

所以，他要提前做很多事，把时间提前设置好，他虽然没有李琴操的微信，但是要打听到她的电话还是很容易的，随便去哪个酒吧的老板那儿，都能拿到。寄存这些物品的时候，他特意去问了她的电话号码。

每个人都会对自己的命运有些神秘的预感，不需要理由，也解释不清楚，更何况他清楚自己所做的事不会错。如果李琴操不是简翎，这些东西她肯定不会接受，但他压根就没想过如果她不是简翎，这些寄存的物品要怎么处理。

他叮嘱了银行，一定要跟接电话的人，先确定简翎这个名字，再核实李琴操这个名字，两者为同一人时，此次委托才生效。

简翎把一些衣服送给了平时还有点交往的姐妹，房里的东西她都不想带走，房子她退了，房东下午就把房子收了回去。她离开那栋楼的时候忍不住回头看了一眼，想起曾经跟北角先生说的话，自己最可悲的是，不喜欢西街却永远都不会离开西街。没想到这么快，自己就离开了西街。谁说不知道永远有多远，只是你不知道什么时候什么事什么人来终结这永远罢了。

离开西街这件事自从她来西街就从未想过，跟张楠楠过得再不好，也未动过这个念头，张楠楠成了植物人之后就更没想过。不可能的，自己是要在西街终老的人。可她对陌生的北角先生说了这句话，你看啊，冥冥中都有定数，谁都想不到，这个陌生男人就是离开了她十九年的萧青暮。

下午她去了银行，银行给她看了委托，把东西拿出来，是一个大信封。

撕开信封，首先看到的是一根孔雀羽毛，正是旅店门口的那根，北角那天出门来银行的时候，在旅店门口把孔雀羽毛取了下来，这根羽毛确实很好看，经得起风吹雨打，没有褪色。刚到西街的时候他猜孔雀羽毛可能是暗号，是引他住到那家旅馆的信物，既然西街的故事从它开始，也就以它结束吧。他把孔雀羽毛装进了信封，这是一封名副其实的"孔雀令"了，它将有它的主人，不用再孤苦伶仃。

信封里还有一张银行卡，卡后面贴了张小纸条，上面写着"密码是你的生日"，折了一行，还写了一句。

"简翎，我又爱了你十九年。"

简翎拿着这张银行卡看了许久，强忍着泪水，萧青暮的人生如此短暂，一共才三十七年，他却熬不下去了，现实太残忍。

"可以帮我查一下卡里有多少钱吗？"她把卡递给工作人员。

她输入了自己的生日。

"女士，卡里一共是一千〇三十一万元。"

她紧咬着嘴唇，只要一开口，她就会哭出来。

"萧青暮，你怎么这么傻，这么多钱，够你过上很好的生活了，不用再回头来找我。都过了十九年，这是何苦啊，还把自己的命搭了进去，值得吗？值得吗？"

她又看了看纸条上的字，对着银行的工作人员点了点头，算是表示了感谢，拿了卡就走出了银行。

这恋恋风尘是如此无情，刚平息了，又风起云涌，人都走了，却能在每个角落里看到他，这个人明明存在于每个角落里，却再也无法拥抱，心里空荡荡的，像没有了心脏没有了灵魂。这种丢失的感觉，像是从未拥有过，就像从不可能去拥抱天空，也从不可能去拥抱那遥远的星辰，也从没有走进过那静海一样。

脚步越来越快，也越来越乱，第一次在西街这样惊慌失措，第一次在西街迷失自己。终于，她走到了漓江边，终于可以大声喊出来了："青暮，你到底在哪儿，你出来啊。"

鸬鹚从江面掠过，荡起一身水花，可这无尽的江面，没给她一点回响。

48

一年半后。

张无然顺利地接到了美国斯坦福大学交换生的录取通知书，全美排行第五的大学，人人艳羡，下半年的九月她就要开启人生新的旅程了。

学校都在流传她的传说，一个小女孩从初二那年突然逆袭到现在成功去斯坦福大学留学的故事，张无然是学校励志的典范。

张无然原本五月就满二十岁了，但一直在备战斯坦福大学交换生的一些事宜，她和母亲约定，接到录取通知书的那天再庆生。对于争取到这个交换生的名额，她从一开始就志在必得，从未想过会失手。她是那样的青春自信，昂首挺胸，人生和前途，都被她紧紧地握在手里。

当张无然拿着通知书兴冲冲地回家时，母亲正在厨房做饭，这一年她没再去西街唱歌，全心陪女儿。张无然站在母亲的身后，母亲不知什么时候又蓄起了长发，有好几根白发特别扎眼，她也不修饰一下，至少应该去染一下嘛。

不知道母亲在想什么，开门的声响那么大也没听见。她走进厨房，从后面轻轻地抱住母亲，把脸贴在母亲的背上，是那样舒服。

"妈，我回来了。"

简翎连忙把眼中的泪水擦干，她一早就知道女儿去取通知书了，这一天不知道为什么，眼泪总是控制不住。但她回头的时候换上了一个笑容，温柔地看着女儿，这一年半的生活，女儿整个人看上去瘦小了一大圈，女儿踌躇满志，对未来的生活充满了向往，这才是一个二十岁少女该有的模样。

张无然把手中的通知书扬了扬。"妈，这是斯坦福大学的通知书，刚取回来的哦，还热着呢。"这才发现母亲刚才在流泪，她有点慌张，连忙伸手去擦母亲脸上的泪痕，"妈，你怎么了？"

简翎接过通知书，从头到尾认真看了一遍，泪水又流了出来，人快四十岁了还这样脆弱，比少女还敏感。眼泪是替女儿高兴的，她的努力没有白费，所有熬过的苦楚在这一刻都不值一提。母女俩开心地拥抱在一起，空荡的房子里许久没有人这样大哭大叫过了。

冰箱里早已准备好了张无然最爱吃的草莓蛋糕，这个季节还没有草莓，简翎跑了大半个城市去一家进口水果超市才买到一盒。蛋糕是她亲手做的，很鲜亮，不大，也不会浪费。北角留给她的钱，她一分没动，日子依然过得简朴。

这大概是张无然记忆中最幸福的一个生日，虽然只有母亲一个人为她庆生。此时的她被幸福包围着，考上名校，学校发给她一笔奖学金，她可以和同学去一趟短途毕业旅游。生日简单得很，二十岁的少女露出了微笑，她习惯性地把垂在额头前的头发往耳朵后面拨，露出耳朵上的痣。没有考试，没有担忧，也再没有恐惧带来的痛苦，如此平静的生活，是少女渴求了二十年的，别人一开始就拥有的平凡生活，她到现在才拥有。

为了追求这样的时刻，她曾经变成了一只失心的魔鬼。青木镇连环杀戮的那晚，少女在家里大笑，笑得不能自持，犹如恶魔，她追求的新生，从那一刻开始，慢慢清晰起来。

她对面坐着的母亲，非常平和，十九年的恩怨已了结，再无心事。这一年半，她没见过母亲大悲大喜，每天都在厨房忙活，日复一日。她从未想过母亲的夜晚是怎么过的，是否安心，是否不再失眠，是否不再难过，是否心里还会有新的希望，母亲平和到连这些信息都不释放出来。

但她确定，母亲看到通知书的一刻是开心的。

"要是你爸知道了，他一定会很开心，他此生……"简翎喃喃自语，眼泪无声无息，张无然知道，母亲爱哭，是因为她有一颗滴泪痣，很细微，不近身根本看不到。

"妈，等我假期旅行回来，我和你去探望爸，好吗？"张无然说，不知道能否安慰到母亲。

"无然，你还恨你爸吗？"

"……他不是我亲爸，我不爱他，但我已经不恨他了。"这个话题自从母亲从青木镇回来，两个人就再没谈起过，刻意地回避着。张无然也不想问，她恨的父亲张楠楠再也回不来了，而她不想认的亲生父亲林觉也死了，这两个男人，不应该再在她的生命里出现。对于张楠楠，她选择遗忘，虽然她知道母亲做不到。

吃完饭，母亲说想出去散散步，母女俩挽着手就下了楼。张无然回头看着身后的房子，它已经非常破旧，应该早就进入拆迁规划了，但因为它是学区房，总有业主前赴后继地买进来，没有人同意拆迁，一提拆迁，附近的小区就会组织大规模的游行。

她很感谢母亲当年长远的眼光，让她有机会在花岩一中读完小学和初中，虽然考高中都是靠自己，但从花岩一中的初中本部升到高中部，已经便捷了不少。

"妈，等我去了美国，你把这套房子卖了吧。我算过，这套学位房可以去换一套江边的复式房，那里风景好，人多，也热闹。"

"妈已经不喜欢热闹了，傻孩子。"简翎温柔地看着女儿，女儿什么都懂，反而让她难过，女儿过早地独立，太早地懂了其他同龄孩子还不知道的事。

"妈，要不你卖了房，跟我去美国吧，反正这里也没有什么牵挂的人。我可以赚钱养活你的，相信我。"

是啊，这里已经没有可以牵挂的人了，所有人都离她远去。可是，萧青暮当年在这里重生过，现在她哪里都不想去，只想在这里。

"妈会不习惯国外的，英语早就丢到九霄云外了。听说美国的冬天下雪很冷，你要提前备好冬天的衣服。"

"妈，人家那边比我们这里气温可舒服多了。不过找个时间你陪我去买衣服吧，妈，我们很久没有一起逛街了。"

"好啊，还得多买个行李箱，怕装不下，千万不要冻着。"

不知道萧青暮从南方到北方去的那一年，是怎么生活的，衣服够穿吗？吃得习惯吗？手有没有被冻僵过？他的手一到冬天就容易红肿。

张无然紧紧地挽着母亲的手，她和母亲其实才相差十九岁，母亲十九岁就生下了她，那么年轻，完全可以选择不带她来这个世界，可是母亲没有放弃她。人世间这么多的悲喜交加，谁都不知道会怎么书写，虽然经历了苦难，她还是很庆幸母亲坚持把她生下来。

你来人间一趟，总会看见太阳。

"妈，女人生孩子很痛很痛吗？"

"嗯，很痛很痛的。"

"妈，你生我的时候是顺产还是剖腹产？"

"这些词你都知道？"

"学校老师会教的啊。妈，你还记得我读初中时候的小姜老师吗？她才比我大五六岁，听说她今年死了，她想给她老公生个孩子，但大人和孩子只能保一个……妈，你生我的时候，有医生这样问过你吗？"

"傻孩子，妈生你的时候开心得不得了，都忘记痛了。"

张无然发出了一长串的笑声："真的啊，妈？那我为什么叫无然呢？"

"你今天问题真多。"

"闲聊嘛，等我去了美国，都没人陪你这么聊了。"

"你如果是个男孩差点就叫张无忌了，或者张无谓，还好你是个女孩。当时妈妈想啊，人生哪有那么多的然后，然后，就叫你无然了，希望你永远活在当下。"

"妈。"张无然酸了鼻子，这些事她都不知道，过去的生活里竟然没有这样的氛围来问这些。

"无然，记住妈妈的话，不管在哪里，女孩子，一定要懂得怜惜自己，爱自己。"

"我知道啦，妈。"

花岩一中门口的校牌早已换成了近海中学，几个字苍劲有力，校园里还有学生在嬉戏追闹，校园里的时光是最无忧无虑的时候。母女俩安静地走在学校门口的路上，有一搭没一搭地边走边聊，岁月静好，只盼你我，永远能这样，安然无虞。

"无然，以后的路你要学会自己走。"

"妈，有你陪着，我什么时候都不会是一个人走。"

"就算是一个人走路，也不要怕，哪有人是妈妈一直陪着的啊，知道吗？"

"知道啦，你真啰唆啊，你就陪我这样慢慢地走嘛。"

母女俩的身影越走越远，消失在这条路上。这条路葱葱郁郁，生机盎然，人来车往，昼夜不息。

番外

1

九月很快就到了，学校早已给张无然母女订好了去美国的机票，她坚持要母亲去送她。这个暑假她过得自由自在，去了一趟假期旅行，剪了短发，整个人看上去清爽明亮。桂林的山水很养人，只是从前没这样觉得，也许只有经历过大考之后的孩子才会有这样的领悟。

她和母亲特意提前几天去了美国，到了圣弗朗西斯科，落脚后在斯坦福大学就逛了两天，全新的生活让张无然兴奋不已。圣弗朗西斯科九月的气温很宜人，不冷不热。之后母女俩又去了优胜美地国家公园、硅谷，去了赌城，母女俩玩得不亦乐乎，披星戴月。

简翎买了一个新的DV，一路拍着女儿和风景。她活到三十九岁，还没去过国外，甚至没有坐过飞机，没有和女儿一起旅游过。这三十九年，活得多么沉重，觉得一生都不可能会有这一天。

日子过得很快，新生报到的第一天，张无然带着母亲兴冲冲地走进了斯坦福大学的校园，她所在的专业，全系只有她一个来自中国的交换生。

张无然在绿色林荫小道上张开双手跑着，左边右边来回地跑，这是她渴望已久的生活，终于开启了重生之门，她要好好享受这几年的大学生活，渴望爱情，渴望未来，渴望这滚滚红尘。简翎跟在女儿的身后，一手拖着行李，一手用 DV 记录着女儿这骄傲的一刻，看着女儿去新生报到处拿属于她的校园卡，挂在胸口，脸上是幸福的光芒。

告别的时候，张无然把母亲送到校门口，拥抱着母亲，以前总觉得自己很独立，可是真的到了这一天，却是万般的不舍。简翎早就哭成了泪人，仿佛她才是要入学的新生，她把女儿紧紧地拥在怀里。

"妈，我要进去啦，你看你，都哭成什么样了，放心吧，我会好好照顾自己的，你也是。"张无然嘴一扁，母亲这么爱哭，可自己在十岁的时候就已经不会哭了，此刻她也哭不出来，她要以全新的笑容去面对新生活，不能哭，什么时候都不能哭。

"无然，记住妈妈的话，不管什么时候，女孩子都要好好爱自己，以后的路要自己走了，不要害怕，记住，不要害怕。"

"妈，你真啰唆，快走吧，我要进去啦。"张无然把母亲推开，见母亲不舍，又推了推母亲转身，自己走进了校园，回头朝母亲挥了挥手，那是她人生中最灿烂的笑容，她真正重生了。

一个月后。

为期一个月的语言集训后，张无然即将开始她在斯坦福大学真正的校园生活。

一切都很美好，她人生中真正无忧无虑的日子来了。

这一晚，她正在自习室看书，接到了一个越洋电话，前面几次她都挂了，但那个电话反反复复地给她打了好几次。她接了起来，对方在电话里告诉她是青海的警方，通知她立刻去青海辨认一具尸体，可能是她的母亲，警方目前初步排除了他杀的可能性。

一定是警方搞错了！

手里的电话差点掉在地上，张无然慌了神，怎么可能？母亲一直在旅游，前天母亲还和她视频了许久，母亲在视频那边笑得很开心，叮嘱她一定要好好学习，把握好机会，一点异样都没有，母亲怎么可能自杀！

她慌慌张张地拨打母亲的电话，语音提示对方已关机，急死了，这个时候为什么会关机呢？这下她真的慌了，跑出学校，按照警方提示，打电话买好了机票连夜飞到青海。在青海一家医院的太平间，她掀开了一具尸体上的白布。

警方说，母亲的尸体是在湖里泡了两天才被当地人发现的，面部已经开始浮肿。母亲的表情很恬静，一点挣扎的痕迹都没有，警方检查过了，死者身上没有任何伤痕，也调看了相关监控，鉴定死者系自杀。

张无然摸着母亲的脸，她很安详，她还没跟自己告别，就孤独地上路了。

她闭上眼睛，不敢相信眼前的一切，她明明在怒吼着，可是却一点声音也没有。

"这不是她，这不是她，这不是我妈！"她终于喊了出来，使劲地摇头，双手揪着自己的头发，又用力地敲打着自己的头，"这不是她，我妈在桂林，这不是她，你们一定弄错了！"她喊得那么撕心裂肺，闻者伤心。

她从凳子上拿起包，伸手进去摸了半天，也没找着手机，干脆把拉链全部打开，把里面的物品全部倒在地上。终于，她看到了手机，昨天打母亲电话没开机，也许现在开了，也许母亲也在找她。

她拿起手机，就给母亲的微信发语音，一般母亲很快就会回复她。

"妈，你在哪里，你快回复我，我想你了，我很想你啊！"发完这条语音，她就盯着手机屏幕，多希望这条微信能马上得到回复。

可是，微信没有动静。

她又拨起了母亲的手机号码，这一次真的响了，她几乎要喜极而泣。响了几声之后，身后传来了电话的声音，她转过身，站在她身后的人是警方的中队长，中队长手里拿着一个透明的包装袋，手机的声音是从里面传来的。

"别打了，这就是你妈妈的手机，昨天没电了，刚充好。"中队长说。

"不，不，不可能的，你们都是在骗我，这不是我妈，她在家里等我，一定是你们搞错了！"少女失去了理智，此刻犹如掉进了地狱，这地狱漆黑无比，她看不到路，看不到任何人。

双手紧紧地抱着头，眼神无比慌乱，四处寻找，像一个迷路的孩子一样。那么艰难的十九年母亲都没有轻生，怎么可能现在去自杀！自己布的局，就是为了救她出苦海，她怎么可以毁掉自己辛辛苦苦换来的一切，怎么可以！

可母亲的尸体就在眼前，摸着母亲的脸和手，不能再自欺欺人了，母亲已经死了！她的脸和手寒冷如冰，没有一丝温度，她想起母亲这几个月来一直叮嘱她的一句话——以后的路你要自己一个人走了，原来母亲早就在向她传递讯号，可自己却一点都没有体会到其中的意味。

她以为自己重生，母亲也跟着重生了。

"妈，你起来啊，我们回家，我不想一个人走。这条路，从来就没有亮过，这么黑，这么难走，我怕黑，怕摔倒，你起来啊，你起来陪我啊，哪怕再多走一程，求求你……"她的声音越来越小，小到只有自己能听到，"求求你，我害怕，我不知道以后的路要怎么走，你告诉我啊，不要留我一个人啊，我害怕……"

当年十八岁的少女谋划了一切，她猜得中开始，却猜不到结局。她这会儿还不知道，母亲其实已经多陪她走了一程，母亲的心早在一年多前就死了。如果不是自己还未出国读书，可能母亲当时就离她而去了。

2

处理完母亲的后事，她回到了桂林，把母亲的骨灰安葬好，她把自己锁在家里，浑身再无力气，不知道接下来的路要怎么走。母亲为何自杀，在她心里是个谜。

　　离开警局的时候，中队长把那个透明的包装袋也给了她，里面有母亲的一部手机，还有一部 DV，就是母亲陪她在美国度过最后时光时一直在拍的 DV。她拆开了包装袋，DV 里有两张 SD 卡，上面标好了"1"和"2"，母亲应该是按时间顺序来编排的。

　　她把数据导出来，又连接到电视的大屏幕上，生怕错过母亲任何一个细微的动作。

　　母亲 DV 的镜头里全部是女儿的身影，一个多月前，她和母亲游玩美国，两个人都很兴奋，她实在看不出来，那时的母亲就已经在为之后所有的一切做铺垫了。

　　那天在学校送走母亲，自己走进了校园，回头朝母亲又挥了挥手，自己的笑容很灿烂。张无然在视频里看到了自己的背影，母亲明显往前走了好几步，直到拍不到自己的背影。

　　后面的镜头，有许多风景，是母亲从美国回来时一路拍的。当天她启程回国，出门的时候就开了 DV，一边走一遍录，天还只是蒙蒙亮，上了飞机天才完全亮，母亲的脸由暗慢慢变得明亮。

　　母亲在视频里说："无然，没想到坐飞机挺遭罪的，时间太长了，一次就坐够了。"母亲边说，脸上带着微笑，"美国真大，差点把自己弄丢。"

　　之后，母亲过了安检，镜头一直是开着的，镜头有点歪，只能看到她半张侧脸，就那样静止着至少拍了五分钟。上了飞机，镜头也还是开着，母亲应该不知情，张无然看着母亲向空姐叫了一杯温水，她临时学了一个多月的英语，对付日常没有问题。温水来了，母亲喝了一口，又把头发整理好，歪着头看外面的风景，若有所思的样子。

　　若母亲一直这样岁月无恙地活着，该有多好。

　　视频里的镜头记录着母亲最后一个月的生活，步履匆匆但是很从容。

简翎回到桂林后，她去了一次银行，把萧青暮留下的钱分作四份做了处理，一份给了张楠楠，一份打进了奶奶的户头，一份留给了自己，剩下的钱全部留给张无然。

她去了一趟青木县城，张楠楠在县里的监狱服刑，她告诉张楠楠自己过得还可以，不用担心。她还告诉他，如果有机会能再出来，哪里都不要去，桂林的老房子会一直留着，岁月可期，不要灰心。她往张楠楠的卡里打的钱，足够他未来的生活不用求人。

她把银行卡放在房子的衣柜里，在视频里告诉了女儿。

"无然，这是留给你的，密码就是你现在银行卡的密码。妈知道你是个乖孩子，不会乱花钱，希望你学会理财，这些钱……是一个人留给你的。"张无然看到妈妈在镜头里很认真地说，然后镜头扫过了衣柜里的衣服，扫过了一个行李箱，母亲应该是那个时候开始外出旅游的。

钱是谁留给我的？母亲好像没说清楚，张无然按了暂停键，又按了后退键，反复看了好几遍，母亲除了在说那句话的时候有所停顿，后面的话没再做交代。

只能继续往下看。

镜头转得很快，好像看到了一样很眼熟的东西。

她又按了暂停键和后退键，镜头闪得太快了，反反复复后退了五六次，最后才定格在行李箱里。她瞪大了眼睛，行李箱里有一根孔雀羽毛，如果没看错的话，应该就是自己插在盛凌家旅馆门口的那根，醒目鲜艳。母亲什么时候把这根羽毛拿回家的，自己完全不知道。孔雀，是所有故事的开始，如果写给北角先生的那封邮件里没有附上孔雀的图片，可能就不会有接下来的故事了。

真可笑，世间所有的轮回，最终都会走到它的起点，这些是当年十八岁的她绝对想不到的。

继续看，她很珍惜现在所有的画面，眼睛一动不动地盯着屏幕。

　　简翎在萧青暮的手机里，发现了他生前最后的轨迹，她决定顺着这个轨迹重走一遍他的生前路，也许能找到一些他的温度，和不同的念想。北京、法国、青海这三个地方是她要去的，北京已经去过了，但她可以选择从北京出发飞往法国。

　　没有喜怒哀乐，没有大悲大喜，简翎的情绪一直都很平静，跟往常一样，没有波动，没有人知道这个女人心里在想什么。

　　她去了尼斯，在海滩上暴晒了好几天，身上瞬间就脱了皮，蚀骨般地酸痛。又去了昂蒂布的私人沙滩，她用北角的微信和那对夫妇取得了联系，但没告诉他们发生了什么，他们也没多问，好生接待了她。

　　她一路拍了好些风景，告诉女儿，以后有机会一定要来法国旅游。"或者你嫁给老外，嫁个法国人也挺好的。"她在镜头里跟女儿开着玩笑，她知道看到这一段女儿一定会发笑，她还从未跟女儿说过这样的话，过去的生活太沉重了，活得不像一对母女。

　　之后，她又回到了北京，她去了北角以前住过的房子，去了北角以前工作过的地方，她只是在楼下仰望着，这里有她爱的人曾经的过往，是这十九年她触碰不到的生活。

　　真美好啊，可这样的繁华也留不住萧青暮，这个男人得有多傻，才会抛下这滚滚红尘再回去找她，世间可能只有这个人还遵循着内心在生活。尽管他迷失过，也尝试过不遵循，但他最终还是回头了，只有这样的人，才能一如年少。

　　自己的一生，被这样一个男人爱着，伤着，虐着，如今他不在了，所有点滴串起来，竟然在内心为她构筑了一个传奇。

　　她在人潮汹涌的国贸 CBD 流下了眼泪，在人群里想起萧青暮临死前的样子，倒在血泊里再也不会起来的影子。如果这一切都没发生该多好，宁愿他做一个背叛者活在这尘世里，也不要一个沉睡再也不会醒来的他。

　　她又想起自己在萧青暮临死前，在他耳边对他说的那句话，命运弄人，萧青暮在生命最后一刻才知道真相，晚了十九年。

从北京出发，她又去了趟青海，去了茶卡盐湖。

她到的那天风特别大，跟着小火车到盐湖尽头的时候，已经冷得不行，没想到九月的茶卡盐湖会这样冷。管理员告诉她如果再晚来几天，就要禁园了，游客不能再游玩。

湖边有一对新人正在拍婚纱照，摄影师穿着厚厚的羽绒服，但新娘却坚持穿婚纱，露着背，锁骨冻得一伏一伏，吸着鼻子也要拍得美丽。新人笑得很开心，虽然冷，风景却宜人，这才是爱情的模样。

简翎在湖旁待了一下午，感觉灵魂已经从身体里抽离出去，没有心没有灵魂的人在那样空旷的湖边，笑得那么甜美。三十九岁的她，素面朝天，飘舞的头发里有几根是白的，脸上起了不少斑点，脸被风吹得通红通红。

她在湖边唱了《风吹风吹》，"风吹风吹／风中一枝花／谁人会知青春剩多少／缘分是相欠债／简单一句话／情断无相借问／阮是谁人的。"

这首歌张无然从未听母亲唱过，母亲唱歌那么好听，这样的民谣小调从她嘴里飘出来，细细的，柔柔的，听完后却伤感猛烈地袭来。

天空之镜太冷，简翎又拍了点风景就离开了，她的镜头录到了那块石碑，上面刻写着茶卡盐湖海拔三千多米，她竟是一点高原反应都没有。

她没想过要再离开这里，因为她已经没有去处，再按照萧青暮的步伐走，就要回到青木镇，可是，那是毁灭她人生的地方，不可能再回去，回去也没有什么意义。这里就是她的最后一站，是她的生命之尽头。

在一个星辰漫天的夜晚，她只身来到青海湖，北角曾经说过，她在唱《静止》的时候，眼神和星辰相接的孤独光芒曾经打动过他，那是她十九年里，偶尔流露出来想念萧青暮的光芒，也被北角看到了。这样的巧合和重叠，真是欣慰，真该感激上苍，它会让所有不会错过的人，千山万水都会重逢。

"我和你遥远地相望星辰，青暮，我爱你，我们再也不会分开了。"简翎笑着，这三十七年，她很苦，但她觉得人生没有白活，如果重来，还要再走一遍这样的人生，仍旧无怨无悔。因为她知道了结局，结局是有个她爱的人，也爱了她三十七年。

十八岁的萧青暮，你还好吗？十八岁的简翎，你还好吗？

她站在湖边，身体开始往下坠，碰到湖面后，迅速冲向了湖底。

3

第一张 SD 卡母亲离开茶卡盐湖就没有了，张无然又把第二张 SD 卡里的数据导了出来。

画面有点乱，镜头一直在晃，看不清，画面中有个女人赤着脚，穿着一身藏服，跪在地上，嘴里念念有词，镜头扫过周围，能看出是一座寺庙，原来是青海的塔尔寺。半晌，女人抬起头来，张无然才认出，那是母亲，她的手里拿着一串硕大无比的佛珠，正在进行磕长头的朝拜，跪下的时候大半个身体都要向前匍匐，肢体动作跨度很大。她从未见过这样的朝拜，母亲非常认真，每磕一次，额头上的红印就加深一点，直至最后，母亲热泪盈眶，额头渗出鲜红的血。

母亲已经瘦得不成人形了，如枯木无春。

她知道，母亲一定是在忏悔，替女儿忏悔。事实上，简翎拍下这段画面，原意也只是让女儿知道，她在赎罪，祈求佛祖宽恕她和她的女儿。

画面有点抖，不知道是谁拍的。

第二个画面再出现的时候，母亲单独到了青海湖旁边，她盘着腿坐着，能听到呼呼的风吹过来，好几次 DV 都被吹倒了，最后大概是搬了一块石头之类的东西，三脚架才被固定放稳。母亲盘着腿的动作她很熟悉，平时在家里母亲也会这样盘着腿坐在床上，一边收拾衣服，一边和她说话。

母亲看着镜头笑了一下，很羞涩，是那种少女的羞涩，头发总是被风吹散，她不停地去拨。张无然现在才发现自己拨头发的动作，真是像极了母亲，也有可能是母亲像她，因为拨头发的动作，她从小就会。

母亲空坐了一会儿，神情慢慢变得严肃，母亲只要不笑，她就觉得母亲是不开心的，这么多年，她最害怕母亲严肃。

母亲似乎想了很久才开口。

"无然，妈妈还是要录这段视频给你，以后你要是想我，就打开看看，可能你第一次看到的时候，妈妈已经……散落在天涯海角了。

"无然，记得你问过妈妈一次，生你的时候痛不痛，当时妈妈怕你被吓到，所以说不痛，其实很痛的。"

长时间的沉默。

"妈妈的故事你都知道了。那一年的九月过后……"母亲停了一会儿，说着说着，好像不是在跟女儿说话，像是在自言自语。

"就像小镇上传的那样，我真的怀孕了，肚子里怀的就是你，整个青木镇的人都笑话我。有人告诉我这个孩子不能要，我那时虽然小，但知道是一条人命，谁都可以不要，绝对不能不要我的孩子。所以，我只能离开那里。

"离开青木镇的那天，我就只有一个小背包，我联系了一个初中的同学，她在广东打工，我想我可以养活我的孩子的。"

……

"你在妈妈肚子里只待了八个月，就早产了，那个时候妈妈还在工厂做女工，每天挺着大肚子去上班。有一天，妈妈在上班的时候突然出了很多血，她们都被吓坏了。

"生你的时候，医生说你脐带绕颈，顺产会有风险，但后来你又自己把脐带绕出来了，妈妈就想，你一定是希望妈妈永远爱你，想让妈妈用那样的痛来记得的出生……所以，妈妈后来主动跟医生说要顺产，看看女人生孩子到底能有多痛。

"其实也就那么痛。"

母亲的眼眶红了，但她努力地笑着。

"以后你要是生孩子，可以顺产的话，就要坚持自己生，这些都是一个女人的必经之路，那个时候你才会知道做母亲的伟大。

"妈妈总以为自己很弱小，可是每次你在肚子里踢妈妈的时候，妈妈就知道，人的力量是可以无穷大的。

"妈妈的妈妈……也就是你的外婆，我在十六岁那年见了最后一次，我选择留在青木镇读书，不跟她外出打工，她就真的没再回来找过我……可我依然觉得她很伟大，因为她把我带到这个世界来，看尽人情冷暖，喜怒与哀怨，都尝遍了。

"无然，你的命特别大。有一年冬天，你得了中耳炎，可妈妈一直以为你是简单的感冒，就只给你吃感冒药。那时候妈妈在工厂已经做到领班了，每天要工作十二个小时，只有中午回去给你喂奶，其他时间要靠宿舍的阿姨轮流带你。好几天都不见你好转，可妈妈还是只给你吃感冒退烧的药。第三天晚上回去发现你的耳朵里都流脓了，怎么叫都叫不醒你……"母亲紧咬着下嘴唇，可还是哭出声来，她抽泣着，"妈妈把你抱到医院去的时候，医生跟妈妈说，你来晚了，当时妈妈觉得天都塌了……但妈妈不相信你会活不下去，连夜抱着你去了市区里的医院……总之，你最后康复了。无然，你知道吗，有好几年，妈妈把第一个医生诅咒了一千次一万次，庸医！"

这些事张无然都不知道，母亲从未跟她说过。

母亲用手指轻轻地把脸上的泪珠擦了擦，继续说道：

"在这个社会，底层人物活得很艰辛。妈妈带着你刚到西街唱歌那会儿，十块，二十块，都要唱，没有人会在意我们这种小人物是怎么生存的。尤其是你爸，不，是张楠楠，他坐过三年牢，这个社会根本不能接受他这种人，进工厂没人要，他坐过牢，连想做一个普通工人的资格都没有，去店里帮人洗碗也被人嫌弃。慢慢地，他就变了品性，脾气很差，赚不到钱……他自己的个人问题很大，但是，小人物要想体面地生存，何其困难，所以我不能离开他，不能抛弃他，离开了我，他就没地方可去了。

"无然，你之前的所作所为，妈妈没有怪过你。但是你要试着理解妈妈，还有他。

"张楠楠当年在失心崖救了妈妈，差点死了，又为我坐了三年牢，他之所以会成为植物人，也还是为了妈妈，这个男人很爱我，妈妈心里很清楚。所以不管多苦，我都没有放弃他，他变成那样，也有妈妈的责任。只是苦了你，跟着妈妈受了很多苦。

"可是妈妈真的不爱他，对他只有愧疚，妈妈对他……他是亲人。"母亲低着头，仿佛往事又重现了。

母亲不知道什么时候用双手抱紧了腿，把头埋在两腿之间，沉默着，视频里面只能听到呼啸的风声，乌云铺天盖地地暗涌着袭来，看上去好像有一场大雨随时会落下来。

过了很久，母亲才慢慢抬起头，看得出来她很难过，她的眉毛皱在一起，嘴唇发白，脸上的斑因为清冷而格外清晰，这张脸经历了太多的折磨和等待，似乎已经耗光了她这个年纪应有的光泽。她的眼睛大而无神，眼里有许多的无力感，她的肩膀一直在轻微地起伏。

母亲抬起了手，用衣袖擦干脸上的泪水。

"无然，真的没想到，妈妈竟然会用这种方式跟你说这些话……跟你告别。"

泪珠大颗大颗地从她的眼睛里落下来，母亲不敢看镜头，偏着头，又是长时间的沉默。

张无然想，如果这时候下了一场大雨，会不会改写当时的结局？可是，乌云只是一直笼罩着，越压越低，雨始终没有下下来，乌云和天空在做着斗争，母亲在和自己做着斗争，她过不了自己心里的那个坎。她这一生，被一个男人毁了，又将自己和两个男人的生死绑在了一起。

母亲终于还是把脸扭了过来，她依然没看镜头，而是抬起头看着天空，从拍摄的角度来看，母亲抬起的脸，还有眉毛正在慢慢地舒展开来，脸上有了一点温暖的笑容。

"可是，妈妈爱过一个男人，这辈子都只爱过他。"她看了一眼镜头，母亲脸上竟然又多了那种少女才有的羞涩，母亲的语速变慢了，是张无然从来没有见过的母亲轻松的时刻。

"十六岁我和那个男人相爱，十八岁我们以身相许。他那样明媚地陪伴了我十八年，那是我人生最快乐的时光。他的学习成绩很好，智商很高，肯定能考上大学，而我成绩一般，我后来知道，即使我们当时不分开，高考之后，我们的命运也会不同，我们也会走不到一起。

"无然，你知道吗？当你真正爱一个人的时候，你会什么都愿意为他付出的，不管任何时候，不管过了多少年。

"后来，发生了那件事之后，我们就分开了……我从来都没有怪过他，每个人都有自己的理想，有自己的追求，他这一辈子就是想离开青木镇，如果当年他留下了，也肯定是毁了……最起码，他后来的十九年人生是自己做主的，是他一直想要的生活。

"我在那个男人身上咬了两口，一口是在胸上，那个时候我知道他是爱我的，他明明很痛，却死忍着。还有一口是咬在他的屁股上。我想，这个男人此生无论走到哪里，都不可能再忘记我了吧。可是，你知道吗？其实我后来很后悔给了他两个伤疤，这两个伤疤一定是他不能磨灭的创伤，陪伴他一生一世，一定影响到了他的生活，只是当时年少的我，想不到。

"十八岁之前的生活，是妈妈此生最快乐的时光，妈妈希望你这一生都能跟妈妈那个时候一样快乐。"

母亲看着镜头，这一次她是真的笑得很开心，整个眉头完全舒展开来，长长地看着镜头，仿佛是在和日后看这段视频的女儿对视，眼里全是被岁月碾轧过的内容，正在慢慢回归平静。

"我爱他，他也很爱我，后来他回来找我，只是我没有发现他的出现。我们心里都没有了故乡，也没有了故人，所以他的出现，我没有及时知道。"

母亲哽咽着，带着哭腔的声音好像被挤到了嗓子眼，一张开嘴，说的话就全被风吹散了。

"那个男人你见过的，你笑起来很像他，眉目一模一样。"眼泪从母亲的眼里肆意地流出，她的声音不再哽咽，那样的难过让她根本说不出话。张无然全身的神经仿佛被针扎过，疼痛不已，她现在知道，母亲在说完这句话之后，就再也不回头了。

"无然，你犯下的错，必须要有一个人来承担。妈妈选择了这条路，是自愿的，只愿你从此好好生活，将所有的一切都放下，好好照顾自己。"

母亲的泪水，再也没有停过。

"在他临死前我才把这个秘密告诉他，我跟他说，这个世界上还有另外一个他的存在，你和他的眉目一模一样，因为他是你的父亲，你是他的孩子。"

母亲把手伸向了镜头，DV 倒在地上，画面彻底关闭了。

张无然闭上了眼睛，母亲在塔尔寺朝拜的身影再次浮现，母亲匍匐着长跪不起，眼噙热泪。

母亲眼里的泪水，像一道光，照得她的世界都通亮了，她想起自己给北角先生写的第二封邮件，原来那是对自己的预言："你相信世界上还有另外一个你吗？"

张无然瘫坐在地上，如若无骨。

（全文完）

图书在版编目（CIP）数据

一如年少 / 楚飞著 . —长沙：湖南文艺出版社，2018.4
ISBN 978-7-5404-8568-9

Ⅰ.①一… Ⅱ.①楚… Ⅲ.①长篇小说—中国—当代 Ⅳ.①I247.5

中国版本图书馆 CIP 数据核字（2018）第 032336 号

上架建议：畅销·小说

YI RU NIANSHAO

一如年少

作　　者：楚　飞
出 版 人：曾赛丰
责任编辑：薛　健　刘诗哲
监　　制：蔡明菲　邢越超
策划编辑：蒋淑敏
特约编辑：温雅卿
营销编辑：张锦涵　李　群　姚长杰
封面设计：末末美书
版式设计：潘雪琴
封面插图：瓜田李下 Design
出版发行：湖南文艺出版社
　　　　　（长沙市雨花区东二环一段 508 号　邮编：410014）
网　　址：www.hnwy.net
印　　刷：三河市兴博印务有限公司
经　　销：新华书店
开　　本：880mm×1270mm　1/32
字　　数：261 千字
印　　张：9.5
版　　次：2018 年 4 月第 1 版
印　　次：2018 年 4 月第 1 次印刷
书　　号：ISBN 978-7-5404-8568-9
定　　价：45.00 元

若有质量问题，请致电质量监督电话：010-59096394
团购电话：010-59320018